ESTA VALSA É MINHA

A marca FSC® é a garantia de que a madeira utilizada na fabricação do papel deste livro provém de florestas que foram gerenciadas de maneira ambientalmente correta, socialmente justa e economicamente viável, além de outras fontes de origem controlada.

ZELDA FITZGERALD

Esta valsa é minha

Tradução
Rosaura Eichenberg

Copyright © 1932 by Charles Scribner's Sons
Copyright © renovado 1960 by Frances Scott Fitzgerald Lanahan
Copyright do prefácio de Harry T. Moore © 1967 by Southern Illinois University Press

*Grafia atualizada segundo o Acordo Ortográfico da Língua Portuguesa
de 1990, que entrou em vigor no Brasil em 2009.*

Título original
Save me the Waltz

Capa
Elisa von Randow

Foto de capa
Where there's smoke there's fire © Russell Patterson/ Biblioteca do Congresso —
Divisão de Imagem e Fotografia, Washington, D.C.

Preparação
Leny Cordeiro

Revisão
Adriana Bairrada
Renata Lopes Del Nero

Dados Internacionais de Catalogação na Publicação (CIP)
(Câmara Brasileira do Livro, SP, Brasil)

Fitzgerald, Zelda
    Esta valsa é minha / Zelda Fitzgerald ; tradução Rosaura Eichenberg — 1ª ed. — São Paulo : Companhia das Letras, 2014.

Título original : Save me the Waltz
ISBN 978-85-359-2379-7

    1. Ficção inglesa I. Título.

13-13439   CDD-823

Índice para catálogo sistemático:
1. Ficção : Literatura inglesa 823

[2014]
Todos os direitos desta edição reservados à
EDITORA SCHWARCZ S.A.
Rua Bandeira Paulista, 702, cj. 32
04532-002 — São Paulo — SP
Telefone: (11) 3707-3500
Fax: (11) 3707-3501
www.companhiadasletras.com.br
www.blogdacompanhia.com.br

Para Mildred Squires

Víamos outrora céus azuis e mares de verão
Quando Tebas na tempestade e na chuva
Oscilou, como se fosse morrer.
Oh, se fosses de novo possível,
Céu azul... céu azul!

Édipo, rei de Tebas

1.

I

— Essas garotas — diziam as pessoas — pensam que podem fazer qualquer coisa e ficar impunes.

Isso se devia à sensação de segurança que encontravam no pai. Ele era uma fortaleza viva. A maioria das pessoas talha as ameias da vida fazendo concessões, erigindo torres inexpugnáveis a partir de submissões judiciosas, fabricando filosóficas pontes levadiças com retraimentos emocionais e escaldando os saqueadores no óleo fervente das uvas verdes. O juiz Beggs entrincheirou-se em sua integridade quando ainda era jovem; suas torres e capelas foram edificadas com noções intelectuais. Como qualquer pessoa de sua intimidade sabia, ele não deixava aberta nenhuma passagem perto de seu castelo, nem ao pastor de cabra amigo, nem ao barão ameaçador. Essa inacessibilidade era a sombra no seu brilho que o impedia de se tornar, talvez, uma figura na política nacional. O fato de o Estado considerar sua superioridade com indulgência dispensou seus filhos dos primeiros esforços sociais necessários, na vida, à construção de fortificações para si próprios. Um senhor do ciclo vivo das gerações, capaz de elevar as experiências acima da calamidade e da doença, basta para garantir a sobrevivência de seus descendentes.

Um homem forte pode padecer por muitos, escolhendo para sua prole os tópicos convenientes da filosofia natural que melhor emprestem à sua família a aparência de um propósito. Quando as crianças Beggs aprenderam a cumprir as exigências mutáveis da sua época, o diabo já havia pulado em seus pescoços. Mutiladas, mantiveram-se longo tempo agarradas às torres feudais de seus pais, guardando as heranças espirituais, que poderiam ter sido mais numerosas se tivessem encontrado um repositório adequado.

Uma das amigas de escola de Millie Beggs dizia que nunca vira em toda a sua vida uma prole mais desordenada que aquelas crianças quando pequenas. Se choravam por alguma coisa, Millie tratava de arrumar o que estivesse ao seu alcance, ou chamava-se o médico para subjugar as inexorabilidades de um mundo que, por certo, só oferecia provisões escassas a bebês tão excepcionais. Sustentado de maneira insatisfatória pelo pai, Austin Beggs trabalhava dia e noite em seu laboratório cerebral para conseguir melhores meios de subsistência para os seus. Millie, inevitavelmente mas sem relutância, tirava as crianças da cama às três horas da manhã, sacudia seus chocalhos e cantava-lhes em voz baixa para impedir que as origens do código napoleônico saíssem aos berros da cabeça do marido. Este costumava dizer sem humor:

— Vou construir para mim uns baluartes cercados de animais selvagens e arame farpado no alto de um penhasco para escapar destes arruaceiros.

Austin amava as crianças de Millie com aquela ternura distante e introspecção peculiares aos homens importantes quando se veem confrontados com alguma relíquia da juventude, alguma lembrança dos dias em que ainda não tinham decidido tornar-se os instrumentos de sua experiência, e não apenas o resultado desta. É possível sentir o que se quer dizer escutando a delicadeza da sonata "Primavera", de Beethoven. Austin poderia ter mantido uma relação mais íntima com a família, se não tivesse perdido o único filho ainda pequeno. Fugindo de sua decepção, o juiz virou-se selvagemente para outras preocupações. Como os cuidados financeiros são os únicos que os homens e as mulheres podem ter em comum, foi essa inquietação que ele levou a Millie. Atirando a conta do funeral do menino no seu colo, gritou com uma voz de partir o coração:

— Por Deus, como é que você quer que eu pague isto?

Millie, que nunca tivera uma consciência muito forte da realidade, foi incapaz de conciliar essa crueldade do homem com o que ela sabia ser um caráter justo e nobre. Nunca mais conseguiu formar um julgamento de pessoas, mudando as realidades que possuía para adaptá-las às incoerências dos outros até que, por uma fixação de lealdade, conseguiu na sua vida uma harmonia de santa.

— Se minhas crianças são más — respondeu à amiga —, nunca percebi.

O conjunto de suas incursões às irreconciliabilidades do temperamento humano ensinou-lhe também um truque de transferência que a sustentou depois do nascimento da última criança. Quando Austin, enraivecido pelas estagnações da civilização, espalhava suas desilusões e a esperança cada vez menor na humanidade junto com suas dificuldades financeiras sobre a paciente cabeça de Millie, ela transferia o ressentimento instintivo para a febre de Joan ou o tornozelo torcido de Dixie, movendo-se pelos sofrimentos da vida com a tristeza de um coro grego. Confrontada com o realismo da pobreza, saturou sua personalidade de um otimismo estoico e impassível e tornou-se impermeável às dores especiais que a acompanhariam até o fim.

Incubada na pungência mística das amas negras, a família chocou as meninas. Da personificação de uma moeda extra, de um passeio de bonde aos terrenos caiados dos piqueniques, de um bolso cheio de balas de hortelã, o juiz tornou-se, em suas percepções amadurecidas, um órgão de retribuição, um destino inexorável, a força da lei, da ordem e da disciplina estabelecida. Juventude e experiência: um funicular hidráulico, e a experiência, com menos águas de convicção no seu carro, insistindo em igualar o lastro da juventude. As meninas adquiriram então os atributos da feminilidade, procurando perto da mãe um descanso da exposição de seus anos de jovens damas, assim como teriam buscado um bosque protetor cheio de sombra para escapar de um olhar fixo ofuscante.

O balanço range na varanda de Austin, um vaga-lume oscila selvagemente sobre a clematite, insetos aglomeram-se no holocausto dourado da luz do corredor. Sombras varrem a noite do Sul como pesados esfregões túmidos recolhendo o esquecimento noturno e levando-o de volta ao calor negro de onde se expandiu. Melancólicas ipomeias espalham folhas absorventes e escuras sobre as treliças de cordão.

— Fale de mim quando eu era pequena — insiste a menina mais moça. Encosta-se na mãe num esforço para estabelecer uma relação apropriada.

— Você foi um bebê comportado.

A menina não fora preenchida com nenhuma interpretação de si mesma, pois tinha nascido tão tarde na vida de seus pais que a humanidade já se havia dissociado da consciência íntima destes últimos e a infância se tornara mais um conceito do que a criança real. Ela quer que lhe digam como é, sendo jovem demais para saber que não se parece absolutamente com nada e que vai completar seu esqueleto com o que dela se desprender, como um general talvez possa reconstituir uma batalha seguindo os avanços e os recuos de suas forças com alfinetes de cores brilhantes. Ela não sabe que qualquer esforço que fizer se transformará nela mesma. Foi muito mais tarde que a criança, Alabama, chegou a compreender que os ossos do pai só podiam indicar suas limitações.

— E eu chorava de noite e criava um inferno a ponto de você e papai desejarem que eu morresse?

— Que ideia! Todos os meus filhos foram boas crianças.

— E os da vovó também?

— Acho que sim.

— Então por que ela mandou o tio Cal embora quando ele voltou da Guerra Civil?

— Sua avó era uma velha dama esquisita.

— Cal também?

— Sim. Quando Cal voltou para casa, vovó mandou um recado para Florence Feather dizendo que, se Florence estava esperando que ela morresse para casar com Cal, seria bom que os Feather soubessem que a raça dos Beggs morria tarde.

— Ela era assim tão rica?

— Não. Não se tratava de dinheiro. Florence dizia que só o diabo conseguiria viver com a mãe de Cal.

— Então Cal não casou, afinal de contas?

— Não... as avós sempre conseguem o que querem.

A mãe ri — o riso de um aproveitador recontando proezas de negócios, desculpando-se de sua segurança gananciosa, o riso da família triunfante derrotando outra família triunfante no eterno jogo da superposição.

— Se eu fosse o tio Cal, não teria suportado isso — declara a criança com rebeldia. — Teria feito o que eu quisesse com a srta. Feather.

A harmonia profunda da voz do pai subjuga a escuridão até o diminuendo final da hora de dormir dos Beggs.

— Por que você quer mexer nessas coisas velhas? — pergunta sensatamente.

Fechando as venezianas, ele repassa as qualidades especiais de sua casa: uma afinidade com a luz, babados de cortina transpassados pelo sol até as dobras ondularem como orlas eriçadas de jardim ao redor do tecido de algodão brilhante e floreado. O cair da noite não deixa sombras nem distorções nos quartos, transferindo-os para mundos mais vagos e cinzentos, intactos. No inverno como na primavera, a casa é um lugar encantador, cheio de luz, pintado num espelho. Quando as cadeiras caírem aos pedaços e os tapetes ficarem cheios de buracos, isso não terá importância no brilho da apresentação. A casa é um vácuo para a cultura da integridade de Austin Beggs. Como uma espada brilhante, ela dorme de noite na bainha de sua nobreza fatigada.

O telhado de zinco estala com o calor; o ar dentro da casa é como o sopro de uma arca que há muito tempo não é aberta. Não existe luz na bandeira acima da porta no início do saguão do andar superior.

— Onde está Dixie? — pergunta o pai.

— Saiu com uns amigos.

Sentindo as palavras evasivas da mãe, a menina chega mais perto, atenta, com o sentimento importante de participar dos assuntos de família.

"Acontecem coisas conosco", pensa. "Como é interessante ser uma família."

— Millie — diz o pai —, se Dixie está de novo andando à toa pela cidade com Randolph McIntosh, pode deixar a minha casa para sempre.

A cabeça do pai treme de cólera; a decência ultrajada faz os óculos caírem do nariz. A mãe caminha silenciosamente sobre o revestimento quente de seu quarto e a menina fica deitada no escuro, cheia de si, virtuosamente submissa aos modos do clã. O pai desce na sua camisa de dormir de cambraia para esperar.

Do pomar do outro lado da rua o perfume de peras maduras flutua sobre a cama da criança. Uma banda ensaia valsas ao longe. Coisas brancas brilham no escuro — flores brancas e pedras do calçamento. A lua nos vidros das janelas inclina-se para o jardim e faz ondular as emanações espessas da terra, como se fosse um remo de prata. O mundo é mais jovem do que na verdade é, e a menina se imagina velha e sábia, compreendendo seus próprios problemas e lutando com eles como assuntos que lhe são peculiares, e não como heranças raciais. Há um brilho e um viço sobre as coisas. Ela inspeciona a vida orgulhosamente, como se caminhasse num jardim que ela própria tivesse obrigado a crescer no menos fértil dos solos. Já despreza as plantações ordeiras, acreditando na possibilidade de um cultivador mágico que fizesse brotar flores de doce perfume nas rochas mais duras, e vinhas de florescência noturna em terras devastadas e estéreis, que soubesse estocar o sopro do crepúsculo e negociar com cravos-de-defunto. Ela quer que a vida seja fácil e cheia de lembranças agradáveis.

Pensando, detém-se romanticamente no namorado da irmã. O cabelo de Randolph parece uma profusão de nácares despejando-se sobre os globos de luz que formam seu rosto. Pensa que ela também é assim por dentro, imersa nessa confusão noturna entre as emoções que experimenta e sua reação à beleza. Numa identificação exaltada, pensa em Dixie como sendo uma parte adulta de si mesma, divorciada dela por anos transfiguradores, como um braço muito queimado do sol que talvez pareça pouco familiar caso não se tenha prestado atenção às suas alterações. Ela se apropria do caso de amor da irmã. Sua vivacidade a torna sonolenta. Conseguiu uma suspensão de si

própria com o esforço que seus sonhos tênues lhe exigem. Ador-
mece. A lua embala seu rosto bronzeado benevolamente. Ela
fica mais velha dormindo. Um dia acordará para observar que as
plantas dos jardins alpinos são, na sua maioria, fungos que não
precisam de muito alimento, e que os discos brancos que perfu-
mam a meia-noite não chegam a ser flores, apenas embriões em
desenvolvimento; e, mais velha, caminhará com amargura pelas
trilhas geométricas de filosóficos Le Nôtres, em vez de por esses
atalhos nebulosos das peras e cravos-de-defunto de sua infância.

Alabama nunca conseguia identificar o que despertava as
suas manhãs, quando ficava deitada olhando ao redor, consciente da ausência de expressão que cobria seu rosto como um
tapete de banheiro molhado. Mobilizava-se. Olhos vivos de delicado animal selvagem preso numa armadilha espiavam, num
convite cético, para fora da rede tensa de suas feições; o cabelo
amarelo-limão escorria pelas costas. Vestia-se para a escola com
gestos amplos, inclinando-se para a frente a fim de observar os
movimentos de seu corpo. O sino da escola, no meio das trans-
pirações silenciosas do Sul, soava apático como o ruído de uma
boia nos vastos silenciadores do mar. Ela ia na ponta dos pés até
o quarto de Dixie e emplastrava o rosto com o ruge da irmã.

Quando as pessoas diziam: "Alabama, você está com ruge
no rosto", ela respondia simplesmente: "Estive esfregando o rosto com a escova de unhas".

Dixie era uma pessoa que dava muita satisfação à irmã
mais moça. O seu quarto estava cheio de objetos; peças de seda
espalhavam-se por toda parte. Uma estatueta dos três macacos
sobre o consolo da lareira segurava fósforos para os fumantes.
*Flor escura, A casa das romãs, A luz que se apagou, Cyrano de
Bergerac* e uma edição ilustrada do *Rubáiyát* se estendiam entre
dois "Pensadores" de gesso. Alabama sabia que o *Decameron* estava escondido na gaveta de cima da escrivaninha — ela havia

lido as passagens fortes. Sobre os livros, uma garota Gibson cutu-cava um homem com um alfinete de chapéu atrás de uma lente de aumento; um par de ursinhos se regalava em cima de uma pequena cadeira de balanço branca. Dixie possuía um chapéu de abas largas cor-de-rosa, um broche longo de ametista e um par de ferros elétricos para encrespar o cabelo. Dixie tinha vin-te e cinco anos. Alabama completaria catorze às duas horas da manhã do dia 14 de julho. A outra irmã Beggs, Joan, tinha vinte e três. Joan estava fora, mas, de qualquer modo, era tão ordeira que fazia pouca diferença na casa.

Alabama escorregou pelo corrimão cheia de expectativas. Às vezes sonhava que caía no poço da escada e era salva no final por aterrissar escarranchada sobre a larga balaustrada — escorre-gando, ela revivia as emoções do sonho.

Dixie já se encontrava sentada à mesa, separada do mundo em furtivo desafio. O queixo estava vermelho e vergões verme-lhos apareciam salientes em sua testa, de tanto chorar. Embaixo da pele, o rosto erguia-se e caía, primeiro num ponto, depois noutro, como água fervendo num pote.

— Não pedi para nascer — falou.

— Lembre-se, Austin, ela é uma mulher adulta.

— O homem é um impertinente que não vale nada e um vagabundo inveterado. Nem sequer é divorciado.

— Eu ganho a minha vida e faço o que quero.

— Millie, esse homem não vai mais entrar na minha casa.

Alabama sentou-se muito quieta, prevendo um protesto es-petacular contra a interferência do pai no curso do romance. Nada transpirou a não ser a quietude da criança.

O sol nas copas de prata das samambaias, o jarro de água de prata, os passos do juiz Beggs no calçamento azul e branco ao sair para o escritório dividiram um tanto de tempo, um tanto de espaço — nada mais. Ela escutou o bonde parar sob as catalpas da esquina, e o juiz partiu. A luz movia as samambaias com um ritmo menos organizado sem a presença dele; a casa pairava em suspenso ao sabor de sua vontade.

Alabama ficou olhando a trepadeira que se espalhava sobre o muro dos fundos como cordões de coral lascado cingindo uma vara. A sombra da manhã sob o cinamomo tinha a mesma natureza da luz — quebradiça e arrogante.

— Mamãe, não quero mais ir para a escola — disse pensativa.

— Por que não?

— Acho que já sei tudo.

A mãe encarou-a com uma surpresa levemente hostil. A criança, reconsiderando seus declarados propósitos, voltou-se para a irmã a fim de salvar sua pele.

— O que você acha que papai vai fazer com Dixie?

— Ora! Não canse sua cabecinha com essas coisas enquanto não é preciso, se é isso que está incomodando você.

— Se eu fosse Dixie, não deixaria que ele me detivesse. Gosto de Dolph.

— Não é fácil conseguir tudo o que se quer neste mundo. Agora, corra. Você vai chegar tarde à escola.

Ruborizada com o calor de faces palpitantes, a sala de aula oscilava a partir das grandes janelas quadradas para ancorar na litografia sombria da assinatura da Declaração da Independência. Dias lentos de junho acumulavam-se num monte de luz na extremidade do quadro-negro. Partículas brancas dos apagadores gastos pulverizavam o ar. Cabelos, sarjas de inverno e a crosta nos tinteiros sufocavam o suave começo de verão que cavava túneis brancos sob as árvores na rua e cobria as janelas com um doce calor doentio. Sons entoados por negros circulavam melancolicamente pelo sossego.

— Ei... ô... tomates, belos tomates maduros. Verduras, couves.

Os meninos usavam longas meias pretas de inverno, verdes ao sol.

Alabama escreveu "Randolph McIntosh" embaixo de "Um debate na Assembleia Ateniense". Desenhando um círculo ao redor de "Todos os homens foram na mesma hora executados e as mulheres e crianças vendidas como escravos", ela pintou os lábios de Alcibíades e lhe pôs um penteado da moda, fechando a sua *História Antiga* de Myers depois da transformação. Sua mente continuou a divagar inconsequentemente. Como é que Dixie conseguia se compor tão bem, sempre tão pronta para tudo? Alabama achava que ela própria nunca conseguiria ter todos os detalhes de sua pessoa no lugar — nunca seria capaz de atingir um estado de prontidão abstrata. Dixie parecia à irmã o instrumento perfeito para a vida.

Dixie era a colunista social do jornal da cidade. O telefone tocava desde o momento em que ela chegava em casa do escritório, à tardinha, até a hora de jantar. A voz de Dixie soava monótona, afetada e cheia de arrulhos, atenta às suas próprias vibrações.

— Não posso te dizer agora... — Depois, um longo e vagaroso balbucio como água caindo para fora de uma banheira.

— Oh, eu te conto quando nos encontrarmos. Não, não posso falar agora.

O juiz Beggs estava deitado na sua austera cama de ferro arrumando os feixes de tardes amarelecidas. Volumes com capa de couro de *Annals of British Law* e *Annotated Cases* repousavam sobre seu corpo como folhas. O telefone perturbava a sua concentração.

O juiz sabia quando era Randolph. Depois de meia hora, ele já aparecia esbravejando no saguão, a voz tremendo descontrolada.

— Bem, se você não pode falar, por que continua com essa conversa?

O juiz Beggs agarrou bruscamente o receptor. Sua voz se fez ouvir com a concisão cruel das mãos de um taxidermista em ação.

— Agradeceria que nunca mais tentasse ver ou falar com minha filha pelo telefone.

Dixie encerrou-se em seu quarto e não quis sair nem comer durante dois dias. Alabama deleitava-se com a sua parte na comoção.

— Quero que Alabama dance comigo no Baile da Beleza — tinha dito Randolph do outro lado da linha.

As lágrimas das filhas invocaram infalivelmente a mãe.

— Por que vocês incomodam o seu pai? Podiam fazer os seus arranjos fora de casa — disse ela apaziguando os ânimos.

A ampla generosidade sem lei da mãe fora alimentada por muitos anos de convivência com a lógica irrefutável da fina mente do juiz. Como uma existência em que a tolerância feminina não tivesse vez fosse insuportável a seu temperamento maternal, Millie Beggs se tornara, aos quarenta e cinco anos, uma anarquista emocional. Era o modo de provar a si mesma sua necessidade individual de sobreviver. Suas contradições pareciam assegurar-lhe um domínio sobre as situações, se assim tivesse desejado. Austin não podia morrer ou ficar doente, com três crianças, sem dinheiro e com uma eleição no próximo outono, com seu seguro e sua vida de acordo com a lei; mas Millie, por ser um fio mais frouxo no desenho, sentia que, para ela, isso era possível.

Alabama pôs no correio a carta que Dixie escreveu por sugestão da mãe, e elas se encontraram com Randolph no Café Tip-Top.

Movendo-se pela adolescência no meio de um redemoinho de fortes decisões, Alabama tinha uma desconfiança inata do "significado" que circulava entre a irmã e Randolph.

Randolph era repórter no jornal de Dixie. Sua mãe criava

a filhinha dele numa casa sem pintura no sul do estado, perto dos canaviais. As curvas do rosto e o formato dos olhos nunca tinham sido dominados pela expressão de Randolph, como se sua existência corpórea fosse a experiência mais espantosa que ele já realizara.

À noite dava aulas de dança para as quais Dixie providenciara a maioria dos alunos — bem como suas gravatas, por falar nisso, e tudo o que na sua pessoa precisasse de uma escolha apropriada.

— Meu bem, você deve colocar a faca sobre o prato quando não a estiver usando — disse Dixie, ajustando a personalidade do namorado ao molde de sua sociedade.

Nunca era possível afirmar que ele a escutava, embora parecesse estar sempre querendo ouvir alguma coisa — talvez a serenata de elfos que desejava, ou algum fantástico indício sobrenatural sobre sua posição social no sistema solar.

— E eu quero um tomate recheado, batatas gratinadas, uma espiga de milho, bolinhos e sorvete de chocolate — interrompeu Alabama com impaciência.

— Meu Deus!… Então vamos fazer o *Balé das horas*, Alabama. Eu vou usar malha de arlequim e você terá uma saia de tarlatana e um chapéu de três pontas. Você consegue criar uma dança em três semanas?

— Claro. Sei uns passos do carnaval do ano passado. Vai ser assim, entende? — Alabama fez os dedos caminharem um sobre o outro num modo inextricável. Pressionando um dedo com firmeza sobre a mesa para marcar o lugar, ela desenrolou as mãos e começou de novo: — … E a parte seguinte é assim… E termina com um br… rr… rr… up! — explicou.

Com olhares duvidosos, Randolph e Dixie observavam a criança.

— É muito bonito — comentou Dixie hesitante, levada pelo entusiasmo da irmã.

— Você pode fazer as fantasias — finalizou Alabama, brilhando com o glamour do domínio. Saqueadora de entusiasmos vadios, ela empilhava os despojos sobre tudo o que estivesse à mão, sobre as irmãs com seus namorados, sobre espetáculos e vestimentas. Tudo assumia características de improvisação com as mudanças constantes na menina.

Todas as tardes Alabama e Randolph ensaiavam no velho auditório até o local se tornar escuro com o cair da noite e as árvores lá fora parecerem brilhantes, molhadas e verdes-veronese, como se tivesse chovido. Foi desse auditório que saiu o primeiro regimento do Alabama para a Guerra Civil. O balcão estreito cedia sobre balaústres de ferro e havia buracos no chão. As escadas inclinadas conduziam para baixo através dos mercados da cidade: aves em gaiolas, peixe e gelo picado do açougue, guirlandas de sapatos de negros e uma porta cheia de casacos do exército. Ruborizada de excitamento, a criança vivia no momento em um mundo de recursos profissionais fictícios.

— Alabama herdou as cores maravilhosas de sua mãe — comentavam as autoridades, observando a rodopiante figura.

— Esfreguei meu rosto com uma escova de unhas — gritava ela do palco. Essa era a resposta de Alabama sobre a sua tez, nem sempre bem-cuidada ou adequada, mas era o que ela dizia sobre a sua pele.

— A criança tem talento — diziam —, devia ser cultivado.

— Eu fiz tudo sozinha — ela respondia, sem ser de todo sincera.

Quando por fim as cortinas caíram sobre o quadro, no final do balé, ela ouviu os aplausos no palco como um poderoso rugido de tráfego. Duas bandas tocavam para o baile; o governador liderava a grande marcha. Depois da dança ela ficou na passagem escura que levava ao camarim.

— Esqueci os passos uma hora — murmurou expectante. A agitação suave do espetáculo ainda continuava lá fora.

— Você esteve perfeita — riu Randolph.

A menina ficou ali dependurada nas suas palavras como uma roupa esperando para ser vestida. Satisfeito, Randolph segurou os longos braços de Alabama e roçou seus lábios nos da garota, assim como um marinheiro procuraria outros mastros nos horizontes do mar. Ela ostentou esse sinal exterior de que estava crescendo como uma condecoração de bravura — permaneceu no seu rosto por dias e voltava sempre que ficava excitada.

— Você já é quase uma mulher, não é mesmo? — perguntou ele.

Alabama não se concedia o direito de examinar esses pontos de vista arbitrários, confluência das suas facetas de mulher, que o beijo do rapaz sem querer evocara. Projetar-se nisso teria sido violar sua confissão de si mesma. Ela tinha medo; achava que seu coração era uma pessoa caminhando. Era, certamente. Era todo mundo caminhando ao mesmo tempo. O espetáculo estava terminado.

— Alabama, por que você não vai para a pista?

— Nunca dancei. Tenho medo.

— Eu lhe dou um dólar se você dançar com um jovem que está à sua espera.

— Está bem, mas e se eu cair ou fizer com que ele tropece?

Randolph apresentou-a. Eles se deram muito bem, a não ser quando o rapaz ia para o lado.

— Você é tão bonitinha — disse o seu par. — Achei que devia ser de outro lugar.

Ela lhe disse que podia procurá-la algum dia, e a uma dúzia de outros, e prometeu ir ao Country Club com um homem de cabelos ruivos que deslizava sobre a pista de dança como se estivesse tirando a nata do leite. Alabama nunca imaginara antes como seria ter um encontro marcado.

Ela ficou triste quando a maquiagem saiu do seu rosto ao

se lavar no dia seguinte. Agora só o pote de ruge de Dixie podia ajudá-la a se mascarar para os compromissos que assumira.

Com o *Journal* dobrado respingando o café, o juiz leu a notícia do Baile da Beleza no jornal da manhã. "A prendada srta. Dixie Beggs, filha mais velha do juiz e da sra. Austin Beggs desta cidade", dizia o jornal, "contribuiu muito para o sucesso da ocasião, agindo como empresária de sua talentosa irmã, a srta. Alabama Beggs, com a colaboração do sr. Randolph McIntosh. A dança revelou-se de surpreendente beleza e o desempenho foi excelente."

— Se Dixie pensa que vai introduzir modos de prostituta na minha família, não é filha minha. Identificada na imprensa como um bode expiatório moral! Minhas filhas têm de respeitar meu nome. É só o que lhes peço neste mundo — explodiu o juiz.

Foi o máximo que Alabama ouviu do pai sobre o que exigia delas. Afastado por sua mente singular da esperança de qualquer comunicação com seus pares, o juiz vivia isolado, procurando um divertimento vago e gentil com seus colegas, pedindo apenas um justo respeito pela sua reserva.

Então Randolph veio à tarde para se despedir.

O balanço rangia, as violetas *perkins* escureciam na poeira e no sol. Alabama estava sentada nos degraus molhando o gramado com uma mangueira de borracha quente. O esguicho pingava lúgubre sobre seu vestido. Estava triste por causa de Randolph; imaginou que surgiria uma nova ocasião para beijá-lo. De qualquer modo, disse para si mesma, tentaria lembrar-se daquela vez durante anos.

Os olhos da irmã seguiam as mãos do homem como se esperassem que os caminhos de seus dedos a levassem aos confins da Terra.

— Talvez você volte quando conseguir o divórcio — Alabama ouviu Dixie dizer numa voz truncada. O formato dos olhos de Randolph estava carregado de decisão junto às rosas. Sua voz nítida chegou clara e neutra até Alabama.

— Dixie — disse ele —, você me ensinou a usar a faca e o garfo, a dançar e escolher meus ternos, e eu não voltaria à casa de seu pai nem se tivesse renegado Jesus. Nada é bastante bom para ele.

De fato, nunca mais voltou. Alabama sabia, por experiências passadas, que algo desagradável inevitavelmente acontecia sempre que o Salvador aparecia no meio do diálogo. O sabor de seu primeiro beijo desapareceu com a esperança de sua repetição.

O esmalte colorido nas unhas de Dixie se tornou amarelo e resíduos de negligência brilhavam através do vermelho. Ela deixou o emprego no jornal e foi trabalhar no banco. Alabama herdou o chapéu cor-de-rosa e alguém pisou em cima do broche. Quando Joan voltou para casa, o quarto estava tão desarrumado que ela pegou suas roupas e se mudou para o de Alabama. Dixie economizava seu dinheiro; as únicas coisas que comprou em um ano foram as figuras centrais da *Primavera* e uma litografia alemã de *Manhã de setembro*.

Dixie cobriu a bandeira de sua porta com um pedaço de papelão para impedir que o pai soubesse que ela ficava acordada depois da meia-noite. Garotas chegavam e saíam. Quando Laura passou a noite na casa, a família ficou com medo de pegar tuberculose; Paula, dourada e radiante, tinha um pai que fora julgado por assassinato; quando Jessie baixou de Nova York para fazer uma visita, mandou as meias para a lavanderia. Havia nisso algo de imoral para Austin Beggs.

— Não sei por que minha filha tem de escolher suas companheiras dentre a escória da Terra — dizia.

— Dependendo do modo como você a encara — protestou Millie —, a escória pode ser um resíduo valioso.

As amigas de Dixie liam em voz alta umas para as outras. Alabama ficava sentada na pequena cadeira de balanço branca e escutava, imitando a elegância das moças e catalogando os risos educados de bibelô que trocavam.

— Ela não vai compreender — reiteravam, fitando a menina com olhos em paz com sua consciência anglo-saxônica.

— Compreender o quê? — perguntava Alabama.

O inverno se asfixiava num rufo de garotas. Dixie chorava sempre que um rapaz a convencia a sair com ele. Na primavera chegou a notícia da morte de Randolph.

— Odeio estar viva — gritou histérica. — Odeio, odeio! Poderia ter casado com ele, e isso não teria acontecido.

— Millie, quer fazer o favor de chamar o doutor?

— Nada sério, apenas um acesso de nervos, juiz Beggs. Nada com que se preocupar — disse o médico.

— Não aguento mais esse desatino emocional — disse Austin.

Quando Dixie ficou melhor, foi para Nova York trabalhar. Chorou quando deu em cada um o beijo da despedida e saiu com um buquê de madressilvas na mão. Dividiu um quarto com Jessie na Madison Avenue, e procurava todas as pessoas do seu estado que andavam por lá. Jessie lhe arrumou um emprego na mesma companhia de seguros em que trabalhava.

— Quero ir para Nova York, mamãe — disse Alabama enquanto lia as cartas de Dixie.

— Mas por quê, pelo amor de Deus?

— Para ser dona de mim mesma.

Millie riu. — Bem, não faz mal — falou. — Ser dona de seu destino não é uma questão de lugares. Por que você não pode ser dona de si mesma em casa?

Em três meses Dixie casou-se por lá — com um homem de Alabama, do sul do estado. Fizeram uma viagem de volta ao lar, e ela chorou bastante como se tivesse pena de todo o resto da família que tinha de continuar vivendo ali. Mudou móveis na velha casa e comprou um bufê para a sala de jantar. Comprou uma Kodak para Alabama, e elas tiraram fotos juntas nos degraus da Assembleia Legislativa do Estado, sob as nogueiras-pecãs e de mãos dadas nos degraus da frente da casa. Pediu que Millie lhe fizesse um acolchoado de retalhos e mandasse plantar um roseiral ao redor da velha casa, e disse que Alabama não devia pintar tanto o rosto, que ela era jovem demais, que em Nova York as meninas não se pintavam assim.

— Mas eu não estou em Nova York — respondeu Alabama.

— Mas, de qualquer modo, vou continuar me pintando quando for para lá.

Então Dixie e o marido foram embora de novo, abandonando a calma do Sul. No dia em que a irmã partiu, Alabama sentou-se na varanda traseira observando a mãe cortar tomates para o almoço.

— Corto as cebolas uma hora antes — disse Millie —, e depois as retiro para que fique na salada apenas o sabor justo.

— Sim, senhora. Posso ficar com essas pontas?

— Você não quer um inteiro?

— Não, senhora. Gosto da parte verde.

A mãe cuidava de seu trabalho como uma castelã servindo um camponês necessitado. Havia uma relação pessoal, bela e aristocrática, entre ela e os tomates, dependentes da sra. Millie para se transformarem numa salada. As pálpebras dos olhos azuis da mãe se erguiam num arco cansado, enquanto as doces mãos se moviam caridosamente pelas necessidades de sua circunstância. A filha fora embora. Mas havia algo de Dixie em Alabama — uma impetuosidade. Procurou no rosto da menina semelhanças de família. E Joan ia voltar para casa.

— Mamãe, você gostava muito de Dixie?

— Claro. Ainda gosto.

— Mas ela criava muito problema.

— Não. Ela estava sempre apaixonada.

— Você gostava mais dela que de mim, por exemplo?

— Gosto de todas da mesma maneira.

— Eu também vou ser um problema, se não puder fazer o que quiser.

— Bem, Alabama, todas as pessoas são problemas, a respeito de uma coisa ou de outra. Não devemos deixar que isso nos influencie.

— Sim, senhora.

Nas rendas de couro de sua folhagem, romãs amadureciam fora da treliça, formando uma decoração exótica. As bolas de bronze de uma triste murta, no final do terreno, explodiam em borbotões de tarlatana lavanda. Ameixas japonesas manchavam pesados sacos de verão sobre o telhado do galinheiro.

Cocoricó!

— A galinha velha deve estar botando de novo.

— Talvez tenha pego um besouro.

— Os figos ainda não estão maduros.

Uma mãe, em uma casa do outro lado da rua, chamava os filhos. Pombos arrulhavam no carvalho perto da porta. O baque rítmico de um bife sendo batido começou na cozinha de um vizinho.

— Mamãe, não vejo por que Dixie tinha de ir até Nova York para se casar com um homem de tão perto daqui.

— Ele é um rapaz muito bom.

— Mas eu não teria casado com ele, se fosse Dixie. Teria casado com um nova-iorquino.

— Por quê? — perguntou Millie curiosa.

— Ah, não sei.

— Uma conquista melhor — zombou Millie.

— Sim, senhora, é isso.

Um bonde distante parou esmerilhando os trilhos enferrujados.

— Não é o bonde parando? Aposto que é seu pai.

II

— E estou te dizendo que não vou usá-lo se você não fizer desse jeito — gritou Alabama, batendo com o punho na máquina de costura.

— Mas, querida, é exatamente assim.

— Se tem de ser de sarja azul, não precisa ser comprido.

— Se você está saindo com rapazes, não pode voltar aos vestidos curtos.

— Eu não saio com os rapazes de dia… jamais — disse. — Vou brincar de dia e saio à noite.

Alabama inclinou o espelho e inspecionou a longa saia em gomos. Começou a chorar com raiva impotente.

— Não vou usar isso! Não vou mesmo… como é que vou correr ou fazer qualquer coisa?

— Está lindo, não é mesmo, Joan?

— Se fosse minha filha, eu dava um tapa na cara — disse Joan sucintamente.

— Você me daria um tapa, né? E eu te daria outro.

— Quando eu tinha a sua idade, ficava contente por ganhar qualquer coisa. Minhas roupas eram todas feitas de vestidos velhos de Dixie. Você é uma peste de tão mimada — prosseguiu a irmã.

— Joan! Alabama só quer que o vestido seja feito de outro modo.

— O anjinho da mamãe! Está exatamente como ela queria.

— Como é que eu podia saber que iria ficar assim?

— Sei o que eu faria, se você fosse minha filha — ameaçou Joan.

Alabama ficou parada ao sol especial de sábado e endireitou a gola de marinheiro. Tateou dentro do bolso sobre o peito, fitando com pessimismo seu reflexo.

— Os pés parecem de outra pessoa — falou. — Mas talvez fique bem.

— Nunca vi tanta confusão por causa de um vestido — disse Joan. — Se fosse mamãe, faria você comprá-los prontos.

— Nas lojas não há nada de que eu goste. Além disso, você coloca rendas em todas as suas roupas.

— Eu pago por isso.

A porta de Austin bateu.

— Alabama, quer fazer o favor de parar com essa discussão? Estou tentando tirar uma sesta.

— Crianças, o seu pai! — disse Millie consternada.

— Sim, senhor, é Joan — gritou Alabama.

— Meu Deus! Ela sempre tem de pôr a culpa em outra pessoa. Se não sou eu, então é mamãe ou quem estiver por perto... nunca ela própria.

Alabama pensou com ressentimento sobre a injustiça da vida que criara Joan antes dela. Não só isso, mas ainda dera à irmã um inatingível matiz de beleza, escuro como uma opala negra. Nada que Alabama fizesse podia tornar seus olhos dourados e castanhos, nem formar aquelas misteriosas cavidades escuras nas suas maçãs do rosto. Quando se via Joan sob a ação direta da luz, ela parecia um fantasma de sua beleza à espera de ser habitada. Halos azuis transparentes brilhavam ao redor das pontas dos dentes; o cabelo era macio com um reflexo sem cor.

As pessoas diziam que Joan era uma garota boazinha — comparada com as outras. Com mais de vinte anos, alcançara o direito de ser o centro das atenções da família. Quando ouvia os pais fazerem planos vagos para Joan, Alabama ficava atenta às raras observações sobre o que ela pressentia ser a substância de si mesma. Escutar pedaços de comentários sobre características da família que ela também deveria possuir era como descobrir que tinha todos os cinco dedos no pé, quando até o presente só conseguira contar quatro. Convinha ter indicações sobre si própria para ir adiante.

— Millie — perguntou Austin, ansioso, certa noite. — Joey vai casar com esse rapaz, Acton?

— Não sei, querido.

— Bem, acho que ela não deveria ter saído pela região para visitar os pais dele se não levasse o assunto a sério; e ela está andando demais com o rapaz Harlan, se esse for o caso.

— Visitei a família de Acton quando ainda estava na casa de meu pai. Por que você a deixou ir?

— Não sabia desse Harlan. Há compromissos.

— Mamãe, você se lembra bem de seu pai? — interrompeu Alabama.

— Claro. Ele foi jogado de uma carroça de corrida quando tinha oitenta e três anos, em Kentucky.

Era promissor para Alabama que o pai de sua mãe tivesse tido uma vida pitoresca, passível de dramatização. Havia um espetáculo de que podia participar.

O tempo cuidaria disso, e ela teria um lugar, inevitavelmente — algum lugar onde representar a história de sua vida.

— E que me diz desse Harlan? — continuou Austin.

— Ora! — respondeu Millie sem se comprometer.

— Não sei. Joey parece gostar muito dele. Ele não tem com que se sustentar. Acton está bem estabelecido. Não quero que minha filha se torne um encargo público.

Harlan aparecia todas as noites e cantava com Joan as canti

gas que ela trouxera de Kentucky: "O tempo, o lugar, a garota", "A garota de Saskatchewan", "O soldado de chocolate", canções com capas de litografias em dois tons onde se viam homens fumando cachimbo, príncipes numa balaustrada e mundos de nuvens ao redor da lua. Ele tinha uma voz séria como um órgão. Ficava vezes demais para jantar. Suas pernas eram tão longas que o resto de seu corpo parecia apenas um apêndice decorativo.

Alabama inventou danças para se exibir a Harlan, batendo os pés pelas beiradas de fora do tapete.

— Ele nunca vai para casa? — Austin queixava-se a Millie a cada nova visita. — Não sei o que Acton iria pensar. Joan não deve ser irresponsável.

Harlan sabia como se fazer simpático; seu *status* social é que era insatisfatório. Casar-se com ele significaria, para Joan, começar de onde o juiz e Millie tinham começado, e Austin não tinha cavalos de corrida para tornar mais próspera a situação de sua filha, como o pai de Millie tivera.

— Olá, Alabama, que corpete bonito esse que você está usando.

Alabama enrubesceu. Esforçou-se para prolongar a emoção prazerosa. Era a primeira vez que se lembrava de ter ficado ruborizada; mais uma prova de alguma coisa, ou de que todas as velhas reações eram sua verdadeira herança — embaraço, orgulho e responsabilidade por elas.

— É um avental. Estou com um vestido novo e estava ajudando a fazer o jantar.

Exibiu a nova sarja azul para Harlan admirar.

Ele puxou a criança magricela para os seus joelhos.

Sem querer abandonar a discussão sobre si mesma, Alabama continuou apressadamente.

— Mas eu tenho um belo vestido para usar na dança, mais bonito até que o de Joan.

— Você é jovem demais para ir a uma dança. Parece um bebê, eu teria vergonha de beijar você.

Alabama ficou desapontada ao sentir o ar paternal de Harlan.

Harlan afastou o cabelo claro do rosto de Alabama. Havia na sua quietude muitas formações geométricas, montes brilhantes e um quê esquivo de odalisca. Os ossos eram rígidos como os do pai; uma integridade de estrutura muscular ainda a mantinha ligada à infância.

Austin entrou em busca de seu jornal.

— Alabama, você já está grande demais para se estatelar no colo de rapazes.

— Mas ele não é *meu* namorado, papai!

— Boa noite, juiz.

O juiz cuspiu contemplativamente na lareira, cultivando sua desaprovação:

— Não importa, você está crescida demais...

— Serei sempre crescida demais?

Harlan levantou-se, jogando-a no chão. Joan apareceu na porta.

— A srta. Joey Beggs — falou —, a garota mais bonita da cidade!

Joan riu do modo como as pessoas riem quando, entrincheiradas numa posição invejável, veem-se forçadas a fazer pouco de sua superioridade para poupar os outros — como se ela sempre tivesse sabido que era a mais bonita.

Alabama observou-os com inveja enquanto Harlan segurava o casaco de Joey e a levava embora com um ar de posse. Em suas conjecturas via a irmã transformar-se numa pessoa mais insinuante, mais graciosa, quando se confiava ao homem. Queria ser ela própria essa pessoa. Mas haveria o pai na mesa de jantar. Era quase a mesma coisa; uma igual necessidade de representar alguém que não se é na verdade. O pai não sabia como ela era, pensou.

O jantar era divertido; havia torradas com gosto de carvão e às vezes galinha, quente como um sopro de ar guardado debaixo de um acolchoado, e Millie e o juiz falando com cerimônia de sua casa e filhas. A vida em família se tornava um ritual passado pela peneira da forte convicção de Austin.

— Quero mais geleia de morango.

— Vai ficar doente.

— Millie, na minha opinião, uma moça respeitável que fica noiva de um homem não se permite ter interesse por outro.

— Não há mal nenhum. Joan é uma boa moça. Ela não está noiva de Acton.

A mãe sabia que Joan estava comprometida com Acton, porque certa noite de verão, quando chovia a cântaros e as vinhas zuniam e pingavam como damas dobrando as saias de seda sobre o corpo, e os escoadouros grunhiam e engasgavam-se como pombos tristes e nas sarjetas corria lama coberta de espuma, Millie tinha mandado Alabama com um guarda-chuva, e Alabama os encontrara bem juntinhos como selos úmidos numa carteira. Acton disse a Millie mais tarde que iriam se casar. Mas Harlan mandava rosas aos domingos. Só Deus sabe onde conseguia dinheiro para comprar tantas flores. Não podia pedir que Joan se casasse com ele, era muito pobre.

Quando os jardins da cidade começaram a florescer com muita beleza, Harlan e Joan levaram Alabama junto em seus passeios. Alabama, além das grandes camélias de folhas lembrando lata enferrujada, viburnos, verbenas e pétalas de magnólia japonesa espalhadas pelos gramados como pedaços de vestidos de festa, absorvia a silenciosa comunhão entre eles. A presença da criança lhes impunha trivialidades. Por causa dela mantinham o assunto em suspenso.

— Quero um destes arbustos quando tiver uma casa — apontou Joan.

— Joey! Não tenho como pagar! Vou deixar crescer a barba em vez disso — reclamava Harlan.

— Gosto das árvores pequenas, árvores-da-vida e juníperos, e vou ter um longo caminho sinuoso entre elas como bordado em ponto paris e um terraço de Clotilde Soupert no final.

Alabama decidiu que pouco importava se sua irmã estava pensando em Acton ou Harlan. O jardim seria certamente muito bonito para um deles, para nenhum ou para ambos, emendou confusa.

— Oh, céus! Por que não posso ganhar dinheiro? — protestou Harlan.

Bandeiras amarelas formando esboços anatômicos e lagos de flores de lótus, o estampado marrom e branco de arbustos rosa-de-gueldres e o creme morto do rosto branco e frágil de Joey sob seu chapéu de palha criaram aquela primavera. Alabama compreendia vagamente por que Harlan chacoalhava as chaves no bolso onde não havia dinheiro e caminhava pelas ruas como um homem tonto se equilibrando sobre uma tora de madeira. Outras pessoas tinham dinheiro; ele possuía apenas o suficiente para rosas. Se não as enviasse, nada teria por séculos e séculos, pois até possuir economias Joan não estaria mais ali, já seria diferente ou alguém perdido para sempre.

Quando ficou quente, alugaram um carro e se foram no meio da poeira para campos de margaridas semelhantes aos das cantigas de ninar, onde vacas sonhadoras carregadas de sombras mordiscavam o verão nas encostas brancas. Alabama ficava de pé, na parte de trás, e trazia flores para casa. O que ela dizia neste mundo estranho de reserva e emoção parecia-lhe especialmente significativo, assim como uma pessoa se imagina mais espirituosa que o normal numa língua pouco familiar. Joan reclamou com Millie que Alabama falava demais para sua idade.

Estalando e balançando como uma vela sob forte ventania,

o romance adentrou julho. Por fim chegou uma carta de Acton. Alabama notou-a sobre o consolo da lareira do juiz.

"E por ser capaz de dar à sua filha conforto e, assim o creio, felicidade, peço sua aprovação para nosso casamento."

Alabama pediu para guardar a carta.

— Como um documento de família — disse.

— Não — respondeu o juiz. Ele e Millie nunca guardavam nada.

As expectativas de Alabama em relação à irmã admitiam todas as possibilidades, exceto que o amor pudesse seguir seu curso usando os corpos dos mortos para preencher as crateras do caminho de sua linha de ação. Ela levou muito tempo para aprender a pensar na vida sem romantismo, como uma longa e contínua exposição de eventos isolados, para compreender uma experiência emocional como preparação para outra.

Quando Joey disse "Sim", Alabama sentiu que lhe roubaram o drama para o qual comprara o bilhete com seu interesse.

"Hoje não tem espetáculo; a atriz principal está com medo", pensou.

Não podia saber se Joan estava chorando ou não. Alabama limpava uns chinelos brancos sentada no saguão do andar superior. Via a irmã deitada na cama, como se ela se tivesse jogado ali, como se tivesse desaparecido e esquecido de voltar, mas ela não parecia estar fazendo nenhum barulho.

— Por que você não quer casar com Acton? — ouviu o juiz perguntar com delicadeza.

— Ah... não tenho uma arca, que é sinônimo de sair de casa, e minhas roupas são todas velhas — respondeu Joan com evasivas.

— Eu te arrumo uma arca, Joey, e ele é capaz de lhe dar roupas, uma boa casa e tudo de que você precisar na vida.

O juiz era gentil com Joan. Ela era menos parecida com ele

que as outras; por causa de sua timidez, aparentava ser mais serena, mais disposta a suportar o seu destino que Alabama ou Dixie.

O calor fazia pressão sobre a terra, inchando as sombras, expandindo as barras das portas e das janelas, até que o verão se partiu num terrível estrondo de trovão. Com os relâmpagos viam-se as árvores girando loucamente e ondulando os braços ao redor, como as Fúrias. Alabama sabia que Joan tinha medo de tempestade. Subiu na cama da irmã e passou o braço moreno sobre Joan como uma tranca forte sobre uma porta frouxa. Alabama supunha que Joan tinha de fazer o que era correto e ter as coisas certas; compreendia que isso era necessário, se uma pessoa fosse como Joan. Tudo a respeito de Joan tinha uma ordem definida. Alabama às vezes era assim, em tardes de domingo, quando não havia ninguém na casa a não ser ela e a quietude típica.

Ela queria reanimar a irmã. Queria dizer: "Joey, se algum dia você quiser saber das camélias e dos campos de margaridas, não faz mal se tiver esquecido, porque eu serei capaz de te dizer como era sentir dessa maneira que você não conseguirá mais lembrar bem. Isso acontecerá daqui a muitos anos quando se passar alguma coisa que te fizer lembrar estes tempos de agora".

— Saia da minha cama — disse Joan de repente.

Alabama andou triste pela casa, para dentro e para fora dos clarões dos pálidos relâmpagos de acetileno.

— Mamãe, Joey está com medo.

— Você quer deitar aqui comigo, querida?

— Eu *não estou* com medo. Só não consigo dormir. Mas vou me deitar aí, por favor, se é que posso.

O juiz ficava muitas vezes até tarde lendo Fielding. Fechou o livro sobre o polegar para marcar o fim da noite.

— O que estão fazendo na religião católica? — perguntou o juiz. — Harlan é católico?

— Não, acho que não.

— Estou contente que ela vai se casar com Acton — disse obscuramente.

O pai de Alabama era um homem sábio. A sua preferência com respeito a mulheres tinha criado Millie e as garotas. Ele sabia tudo, ela disse para si mesma. Bem, talvez soubesse... se saber é aparar as percepções do mosaico da vida, ele sabia. Se conhecer é ter uma reação diante de coisas nunca antes experimentadas e preservar um agnosticismo diante das já provadas, ele conhecia.

— Eu não estou contente — disse Alabama decididamente. — O cabelo de Harlan parece o de um rei espanhol. Preferia que Joey se casasse com ele.

— As pessoas não podem viver do cabelo de reis espanhóis — respondeu o pai.

Acton telegrafou dizendo que chegaria no fim de semana e que estava muito feliz.

Harlan e Joan embalavam-se no balanço, empurrando e fazendo ranger a correia, raspando os pés sobre a tinta cinza já gasta e arrancando as folhas das ipomeias.

— Esta varanda é sempre o lugar mais fresco, mais doce — disse Harlan.

— É o perfume da madressilva e do jasmim que você está sentindo — disse Joan.

— Não — disse Millie —, é o feno cortado do outro lado da passagem, e meus gerânios aromáticos.

— Oh, sra. Millie, odeio ter de partir.

— Você voltará.

— Não, não volto mais.

— Lamento, Harlan... — Millie beijou-o na face. — Você ainda é muito novo para sofrer com isso — disse ela. — Haverá outras.

— Mamãe, este perfume é das pereiras — disse Joan suavemente.

— É o meu perfume — disse Alabama com impaciência — e custou seis dólares a onça.

De Mobile, Harlan mandou a Joan um balde de caranguejos para o jantar de Acton. Eles rastejavam pela cozinha e saíam correndo para baixo do fogão, e Millie deixou cair suas cascas de cor verde vivo, uma de cada vez, numa panela de água fervendo.

Todos comeram, exceto Joan.

— Eles são desengonçados demais — disse ela.

— Devem ter chegado no reino animal até onde nós chegamos em relação ao desenvolvimento mecânico. Não funcionam melhor que tanques — disse o juiz.

— Eles comem cadáveres — disse Joan.

— Joey, isso é necessário à mesa?

— Mas é verdade, eles comem — confirmou Millie com repugnância.

— Acho que conseguiria fazer um — disse Alabama —, se tivesse o material.

— Bem, sr. Acton, o senhor fez uma boa viagem?

O enxoval de Joan encheu a casa — vestidos de tafetá azul, um de tecido xadrez branco e preto e um de cetim rosa pálido, uma blusa turquesa e sapatos de camurça preta.

Seda marrom e amarela, rendas, desenhos, trajes arrogantes e sachês de rosa enchiam a nova arca.

— Não quero desse jeito — ela soluçava. — Meu busto está grande demais.

— Vai ficar muito bem e será útil na cidade.

— Vocês têm de vir me visitar — dizia Joan às amigas. — Quero que todas me procurem, quando vierem a Kentucky. Um dia nos mudaremos para Nova York.

Joan se agarrava excitada a um intangível protesto contra o

objetivo de sua vida, como um cachorro mordendo e sacudindo um cordão de sapato. Estava irritada e exigente com Acton, como se tivesse esperado que ele lhe desse a sua cota de felicidade junto com a aliança.

Foram levá-los até o trem à meia-noite. Joan não chorou, mas parecia envergonhada com a possibilidade. Caminhando de volta pelos trilhos da estrada de ferro, Alabama sentiu mais do que nunca a força e a vontade de Austin. Joan tinha sido produzida, alimentada e encaminhada. Ao se separar da filha, o pai parecia ter ficado mais velho, somando todos os anos de vida de Joan aos seus. Agora só havia o futuro de Alabama entre ele e o seu completo domínio do passado. Ela era o único elemento não resolvido que restava de sua juventude.

Alabama pensou em Joan. Estar apaixonada, concluiu, não passa de uma apresentação de nossos passados a outro indivíduo, pacotes na sua maioria de tão difícil manejo que não conseguimos mais lidar nem com os cordões soltos. Procurar amor é como pedir um novo ponto de partida, pensou, uma nova chance na vida. Precocemente para sua idade, acrescentou um adendo: que uma pessoa nunca busca partilhar o futuro com outra, tão vorazes são as secretas expectativas humanas. Alabama tinha alguns pensamentos belos e muitos outros céticos, mas no fundo eles não afetavam a sua conduta. Ela era, aos dezessete anos, um filosófico *gourmand* de possibilidades, tendo chupado os ossos da frustração atirados dos repastos familiares sem ficar satisfeita. Mas havia nela muito do pai que falava por si mesmo e julgava.

Por causa dele, perguntava-se por que aquela viva sensação de ser um fator de peso em momentos estáticos não podia durar. Tudo o mais parecia conseguir. Com ele, apreciava a concisão e a perfeição da transferência da irmã de uma família à outra.

A casa ficou solitária sem Joan. Ela quase podia ser reconstruída pelos pedaços que deixara atrás de si.

— Sempre trabalho quando fico triste — disse a mãe.

— Não sei como você aprendeu a costurar tão bem.

— Costurando para vocês, crianças.

— De qualquer modo, você deixa, por favor, que este vestido fique sem mangas, com as rosas aqui no meu ombro?

— Está bem, se você quer. Minhas mãos já estão ásperas hoje em dia, elas se espetam na seda e não costuro mais tão bem como antes.

— Mas está uma beleza. Fica melhor em mim do que jamais ficou em Joan.

Alabama estendeu toda a seda flutuante para ver como ondularia sob a ação de uma brisa, como teria caído num museu sobre a *Vênus de Milo*.

"Se eu pudesse ficar assim até a hora da dança", pensou, "seria bem bonito. Mas vou me desarrumar toda muito antes disso."

— Alabama, em que você está pensando?

— Em me divertir.

— É um bom assunto.

— E em como é maravilhosa — caçoou Austin. Conhecedor das pequenas vaidades de sua família, divertia-se vendo nas filhas essas coisas que nele eram tão ausentes. — Ela está sempre se olhando no espelho.

— Papai! É mentira! — Ela sabia, porém, que se olhava com mais frequência do que a satisfação com a aparência justificava, na esperança de encontrar algo mais do que esperava.

Seus olhos se enfiaram com embaraço no terreno baldio do lado, que se estendia como um despejo de primaveras através das janelas. O hibisco vermelho curvava cinco escudos bronzeados contra o sol; as alteias caíam em dosséis de púrpura esmaecida contra o celeiro, o Sul se expressava com um convite colorido — para uma festa sem endereço.

— Millie, você não deveria deixar que Alabama fique tão queimada de sol, se ela vai usar esse tipo de roupa.

— Ela ainda é uma criança, Austin.

O velho vestido rosa de Joan ficou pronto para a dança. A sra. Millie abotoou as costas. Estava quente demais para ficar dentro de casa. Um lado do cabelo de Alabama já se achatava com o suor do pescoço antes de ela terminar o outro. Millie lhe trouxe uma limonada gelada. O pó secava em anéis ao redor de seu nariz. Desceram para a varanda. Alabama sentou-se no balanço. Ele se tornara quase um instrumento musical para ela. Movendo as correntes de um lado para o outro, ela fazia com que tocassem uma melodia alegre ou protestassem sonolentamente contra a passagem de um encontro aborrecido. Há tanto tempo estava pronta que já não estaria mais quando chegassem. Por que não vinham buscá-la ou não telefonavam? Por que não acontece alguma coisa? Soaram dez horas no relógio de um vizinho.

— Se não aparecerem, ficará tarde demais para ir — disse, descuidada, fingindo que não fazia a menor diferença se ela perdesse a dança ou não.

Discretos gritos espasmódicos quebraram a quietude da noite de verão. Lá do fim da rua o grito de um menino jornaleiro se aproximou com o calor.

— Extra! Extra! No-tí-ci-as.

Os gritos aumentavam de um lado para o outro, subiam e diminuíam como respostas de cânticos numa catedral.

— O que aconteceu, menino?

— Não sei, senhora.

— Aqui, menino! Dê-me um jornal.

— Não é terrível, papai? O que significa?

— Pode significar uma guerra para nós.

— Mas eles foram avisados de que não deveriam embarcar no *Lusitania* — disse Millie.

Austin atirou a cabeça para trás, com impaciência.

— Eles não podem fazer isso — falou —, não podem dar ordens a nações neutras.

O automóvel cheio de garotos parou na curva. Um longo e estridente assobio soou na escuridão; nenhum dos garotos desceu do carro.

— Você não vai sair desta casa enquanto eles não vierem buscá-la — disse o juiz severamente.

Ele parecia muito bem apessoado e sério sob a luz do saguão — tão sério quanto a guerra que talvez houvesse. Alabama ficou com vergonha de seus amigos ao compará-los com o pai. Um dos meninos saiu e abriu a porta; ela e o pai consideraram o gesto um compromisso.

— Guerra! Vai haver uma guerra! — pensou.

A emoção distendia o seu coração e levantava tão alto seus pés que ela flutuou sobre os degraus até o automóvel à espera.

— Vai haver uma guerra — disse.

— Então a dança deve ser boa hoje à noite — respondeu seu acompanhante.

Durante toda a noite Alabama pensou sobre a guerra. As coisas se desintegrariam, produzindo novas emoções. Com um nietzschianismo adolescente, ela já planejava escapar, pelas reviravoltas do mundo, da sensação de asfixia que parecia estar eclipsando sua família, as irmãs e a mãe. Ela se moveria vivamente ao longo de lugares superiores, disse para si mesma, onde pararia a fim de invadi-los e admirá-los, e se o belo fosse difícil... bem, não havia por que ficar economizando antes da hora de pagar. Cheia dessas resoluções presunçosas, prometeu a si mesma que, se no futuro sua alma viesse morta de fome e chorando por um pedaço de pão, iria comer a pedra que ela talvez tivesse para oferecer, sem queixas nem remorsos. Convenceu-se inexoravelmente de que a única coisa que importava era tomar o que ela queria, quando pudesse. O que fazia da melhor maneira possível.

III

— Ela é a mais louca das Beggs, mas tem classe — diziam as pessoas.

Alabama sabia de tudo o que falavam sobre ela. Eram tantos os rapazes que queriam "protegê-la" que não podia deixar de saber. Recostou-se no balanço visualizando-se na atual posição.

"Tem classe!", pensou, "o que significa que nunca os desapontei nas possibilidades dramáticas de uma cena. Meu espetáculo é danado de bom."

"Ele não passa de um cachorro imponente", pensou do oficial alto ao lado dela, "um cão de caça, um cão nobre! Só queria saber se ele consegue cobrir o nariz com as orelhas." O homem desapareceu em metáforas.

Seu rosto era longo, culminando na sentimentalidade lúgubre da ponta tímida do nariz. Ele se desfazia intermitentemente em pedaços, despejava os fragmentos na cabeça dela. Estava, é claro, numa tensão emocional.

— Jovem dama, acha que conseguiria viver com cinco mil por ano? — perguntou com benevolência. — Para começar — acrescentou, pensando melhor.

— Conseguiria, mas não quero.

— Então por que me beijou?

— Nunca tinha beijado um homem de bigode antes.

— Isso não é motivo...

— Não. Mas é um motivo tão bom quanto os que muitas pessoas dão para entrar num convento.

— Não há por que ficar mais tempo aqui, então — disse ele com tristeza.

— Acho que não. São onze e meia.

— Alabama, você é decididamente indecente. Sabe muito bem a reputação terrível que tem, eu lhe proponho casamento mesmo assim e...

— E está zangado porque não quero fazer de você um homem honesto.

O homem escondeu-se desconfiado sob a impessoalidade de seu uniforme.

— Você vai se arrepender — disse com desagrado.

— Espero que sim — respondeu Alabama. — Gosto de pagar pelo que faço... desse modo, sinto-me em dia com o mundo.

— Você é um comanche selvagem. Por que tenta fingir que é tão má e tão dura?

— Talvez seja assim... De qualquer modo, no dia em que me arrepender, escreverei para você mandando a notícia no canto do convite de casamento.

— Vou te mandar uma fotografia, para que não se esqueça de mim.

— Está bem... se quiser.

Alabama encaixou a tranca noturna e apagou a luz. Esperou na escuridão total que seus olhos distinguissem o volume da escada. "Talvez eu devesse me casar com ele, vou fazer dezoito anos", calculou, "e ele cuidaria bem de mim. É preciso ter alguma espécie de apoio." Chegou ao topo da escada.

— Alabama — a voz da mãe chamou suavemente, quase indistinguível nas correntes da escuridão —, seu pai quer falar com você de manhã. Você terá de se levantar para o café.

O juiz Austin Beggs estava sentado diante dos objetos de prata sobre a mesa, muito bem controlado, coordenado, equilibrado na sua vida cerebral como um maravilhoso atleta nos momentos de repouso entre um arremesso e outro.

Dirigindo-se a Alabama, ele dominou a filha.

— Quero te dizer que não vou tolerar que o nome de minha filha fique correndo por aí.

— Austin! Ela mal saiu da escola — protestou Millie.

— Mais razão ainda. O que você sabe desses oficiais?

— P-o-r f-a-v-o-r...

— Joe Ingham me contou que sua filha teve de ser levada para casa, escandalosamente embriagada, e ela confessou que você lhe deu a bebida.

— Ela não foi obrigada a beber... era uma festa do pessoal do primeiro ano e eu enchi a mamadeira com gim.

— E forçou a garota Ingham a tomá-la?

— Não forcei! Quando ela viu as pessoas rindo, tentou entrar na brincadeira, já que não tinha nenhuma para oferecer — replicou Alabama, arrogante.

— Você vai ter que encontrar um modo mais discreto de se comportar.

— Sim, senhor. Oh, papai! Estou tão cansada de ficar sentada na varanda, sair com rapazes e olhar as coisas se deteriorarem.

— A mim parece que você tem muito o que fazer sem precisar corromper os outros.

"Nada, a não ser beber e fazer amor", comentou para si mesma.

Alabama tinha uma consciência forte de sua própria insignificância, da vida passando enquanto besouros cobriam os frutos úmidos das figueiras com a atividade estática de um bando de moscas sobre uma ferida aberta. A aridez da grama-rasteira seca ao redor das nogueiras-pecãs formigava imperceptivelmente com lagartas fulvas. As vinhas entrelaçadas secavam no calor de outono e pendiam das moitas queimadas ao redor dos pilares da casa como cascas vazias de gafanhotos. O sol caía amarelo sobre os lotes gramados e se feria nos campos de algodão cheios de coágulos. A fértil região que produzia frutos em outras estações estendia-se rasa a partir das estradas para debruçar-se sobre um leque de estacas de ânimo alquebrado. Pássaros cantavam em dissonância. Mula alguma nos campos, ser humano algum nas estradas arenosas teria suportado o calor entre as margens côncavas de barro e os pântanos com ciprestes no meio, que separavam o acampamento da cidade. Soldados morriam de insolação.

O sol da tardinha juntou as dobras cor-de-rosa do céu e seguiu um ônibus cheio de oficiais até a cidade, jovens tenentes, velhos tenentes, com a noite livre para descobrir que explicação esta cidadezinha do Alabama tinha a oferecer para a guerra mundial. Alabama conhecia todos, com graus de sentimentalismo variados.

— A sua esposa está na cidade, capitão Farreleigh? — perguntou uma voz no veículo sacolejante. — Você parece alegre hoje à noite.

— Ela está aqui... Mas agora vou ver minha pequena. É por isso que estou feliz — disse sucinto o capitão, assobiando para si mesmo.

— Oh!

O tenente, muito jovem, não sabia o que responder ao capitão. Imaginava que dizer ao homem "Não é fantástico?" ou "Que bom!" seria como dar parabéns por uma criança nascida morta. Poderia falar "Bem, capitão, isso vai ser um escândalo e tanto!", se quisesse ser levado à corte marcial.

— Bem, boa sorte, eu vou ver a minha amanhã — disse por fim e, além disso, para mostrar que não tinha preconceitos morais, acrescentou: — Boa sorte.

— Você ainda está mendigando em Beggs Street? — perguntou Farreleigh abruptamente.

— Sim — o tenente riu incerto.

O carro os depositou na praça parada, o centro da cidade. No vasto espaço fechado pelas construções baixas, o veículo parecia tão minúsculo como um coche no pátio de um palácio numa gravura antiga. A chegada do ônibus não provocou nenhuma impressão no primeiro sono da cidade. O velho calhambeque vomitou sua carga de estalante masculinidade e vibrante circunspecção oficial no colo desse mundo invertebrado.

O capitão Farreleight cruzou a rua em direção ao ponto de táxi.

—Beggs Street número 5 — disse com grande insistência, certificando-se de que suas palavras chegavam aos ouvidos do tenente — o mais rápido possível.

Enquanto o carro partia balançando, Farreleigh escutava satisfeito o riso forçado do oficial cortando a noite atrás de si.

— Olá, Alabama!

— Oh, oi, Felix!

— Meu nome não é Felix.

— Mas cai bem em você. Qual é o seu nome?

— Capitão Franklin McPherson Farreleigh.

— Só penso na guerra, não me lembrava.

— Escrevi um poema sobre você.

Alabama pegou o papel que ele lhe deu e colocou-o sob a luz que passava através das tabuinhas das venezianas como uma pauta de música.

— É sobre West Point — falou desapontada.

— É a mesma coisa — disse Farreleigh. — Sinto as coisas da mesma maneira em relação a você.

— Então a Academia Militar dos Estados Unidos aprecia o fato de você gostar de seus olhos cinzentos. Você deixou o último verso no táxi ou mandou o carro esperar para o caso de eu começar a atirar?

— Ele está esperando porque pensei que podíamos dar um passeio. Não devemos ir ao clube hoje — ele falou com seriedade.

— Felix! — reprovou Alabama. — Você sabe que não me importo com o que as pessoas dizem de nós. Ninguém vai notar que estamos juntos... São necessários tantos soldados para se fazer uma boa guerra.

Ela sentiu pena de Felix. Ficou comovida por ele não querer comprometê-la. Num impulso de amizade e ternura disse:

— Você não deve se preocupar.

— Desta vez é por causa da minha mulher... Ela está aqui — disse Farreleigh com energia — e pode aparecer por lá.

Ele não pediu desculpas.

Alabama hesitou.

— Bem, então vamos dar um passeio — disse por fim. — Podemos dançar num outro sábado.

Ele era uma espécie de homem das tabernas, afivelado no seu uniforme, preso ao andar arrogante da bem alimentada Inglaterra, golpeado por sua galanteria incorruptível, insensível e turbulenta. Cantou "The Ladies" mais de uma vez enquanto passavam ao longo dos horizontes da juventude e de uma guerra iluminada pelo luar. A lua do Sul é uma lua molhada e opressiva. Quando inunda os campos, as sussurrantes estradas arenosas e as úmidas sebes de madressilvas na sua doce estagnação, a luta que alguém trava para se manter agarrado à realidade é como um protesto contra um primeiro sopro de ar. Ele fechou os braços ao redor do corpo seco e esguio. Ela cheirava a rosas de Cherokee e a portos no entardecer.

— Vou pedir minha transferência — disse Felix impacientemente.

— Por quê?

— Para evitar que eu caia de aviões e fique fazendo algazarras pelas estradas como seus outros namorados.

— *Quem* caiu de um avião?

— Seu amigo com cara de Dachshund e bigode, a caminho de Atlanta. O mecânico morreu e pegaram o tenente para ser julgado pela corte marcial.

— O medo — disse Alabama enquanto sentia os músculos se contraírem com uma sensação de desastre — é uma questão de nervos... Talvez todas as emoções sejam. De qualquer modo, temos de pensar em nós e não ligar.

"Oh... e como aconteceu?", perguntou casualmente.

Felix sacudiu a cabeça.

— Bem, Alabama, *espero* que tenha sido um acidente.

— Não há por que se preocupar com o cara de cachorro — desembaraçou-se Alabama. — Felix, essas pessoas que divulgam suas sensibilidades por certos acontecimentos vivem como prostitutas emocionais; pagam com uma falta de responsabilidade da parte dos outros... nada do inevitável de Walter Raleigh para mim — justificou-se.

— Você não tinha o direito de seduzi-lo, sabe disso.

— Bem, agora acabou.

— Acabou numa enfermaria para o pobre mecânico — comentou Felix.

As maçãs do rosto de Alabama, proeminentes, esculpiam o luar como uma foice num campo de trigo maduro. Era difícil para um homem do exército censurar Alabama.

— E o tenente loiro que veio comigo para a cidade? — continuou Farreleigh.

— Lamento, mas não tenho satisfação a dar sobre ele — disse ela.

O capitão Farreleigh teve os movimentos convulsivos de um homem se afogando. Agarrou o nariz e se afundou no chão do carro.

— Sem coração — disse ele. — Bem, suponho que sobreviverei.

— Honra, Dever, Pátria e West Point! — respondeu Alabama, sonhadora. Ela riu. Os dois riram. Era muito triste.

—Beggs Street número 5 — disse o capitão Farreleigh para o motorista do táxi. — Imediatamente. A casa está em chamas.

A guerra trouxe homens para a cidade como nuvens de gafanhotos benévolos devastando a praga de mulheres solteiras que tinha invadido o Sul desde seu declínio econômico. Havia o pequeno major que esbravejava ao redor como um guerreiro japonês exibindo seus dentes de ouro, e um capitão irlandês de olhos aduladores e cabelos semelhantes à turfa ardente, e oficiais da aviação com um círculo branco ao redor dos olhos no lugar dos óculos de proteção e narizes inchados do vento e do sol; e homens mais bem-vestidos nos seus uniformes do que jamais tinham estado em suas vidas, transmitindo, por isso, a impressão de que viviam uma ocasião especial; homens que cheiravam a tônico capilar Fitch do barbeiro do acampamento, homens de Princeton e Yale que cheiravam a couro da Rússia e pareciam muito acostumados a viver, esnobes rematados dando nomes às coisas, e homens que valsavam de esporas e não gostavam do sistema de terem as suas danças interrompidas. As garotas oscilavam de um homem para outro, no rubor íntimo de uma moderna quadrilha de Virgínia.

Durante o verão, Alabama colecionou insígnias de soldados. Quando chegou o outono, já tinha uma caixa de luvas cheia delas. Nenhuma outra garota possuía mais insígnias do que ela, e isso apesar de ter perdido algumas. Tantas danças e passeios, tantas barras douradas, barras prateadas, bombas, castelos, bandeiras e até mesmo uma serpente que as representava todas na caixa acolchoada. Toda noite ela usava uma nova.

Alabama brigou com o juiz Beggs por causa de sua coleção de bricabraque, e Millie riu e disse à filha que guardasse todos os broches, que eles eram bonitos.

Esfriou tanto quanto era possível esfriar nessa região. Isto é, a pureza da criação enevoou a vegetação solitária do lado de fora; a lua brilhava, espirrando luz, nebulosa como pérolas em formação; a noite colhia para si uma rosa branca. Apesar da névoa e das nuvens no ar, Alabama esperava lá fora pelo rapaz com quem tinha um encontro, movendo o velho balanço como um pêndulo, do passado para o futuro, dos sonhos para as suposições, e de volta ao ponto de partida.

Um tenente loiro com uma insígnia a menos subiu os degraus dos Beggs. Não tinha comprado uma nova insígnia, porque gostava de imaginar que a que perdera na batalha de Alabama era insubstituível. Parecia haver algum suporte celeste embaixo de suas escápulas que levantava seus pés do chão numa suspensão extática, como se ele secretamente dispusesse da capacidade de voar, mas caminhasse por uma concessão às convenções. Verde dourado sob a lua, o cabelo caía sobre a sua fronte irregular em forma de afrescos de Cellini e pórticos da moda. A força da beleza masculina equilibrada durante vinte e dois anos tornara seus movimentos conscientes e parcimoniosos como os passos de um selvagem transportando uma pesada carga de pedras sobre a cabeça. Ele pensava consigo mesmo que nunca mais seria capaz de dizer a um motorista de táxi "Beggs Street número 5" sem fazer o percurso com o fantasma do capitão Farreleigh.

— Você já está pronta! Por que aqui fora? — falou alto. Estava frio na névoa para ficar balançando lá fora.

— Papai está com a cachorra e eu me retirei do campo de ação.

— Que iniquidade especial você cometeu?

— Oh, ele parece sentir, por exemplo, que o exército tem direito a suas dragonas.

— Não é ótimo que a autoridade paterna esteja se despedaçando como tudo o mais?

— Perfeito… gosto de situações convencionais.

Ficaram parados na varanda gelada, no meio do mar de névoas, bem distantes um do outro, mas Alabama poderia jurar que o estava tocando, tão magnéticos eram os dois pares de olhos.

— E…?

— Canções sobre amor de verão. Detesto esse tempo frio.

— E…?

— Homens loiros a caminho do clube.

O clube brotava curioso sob os carvalhos como uma porção de bulbos pequenos surgindo entre as folhas na primavera. O carro parou na passagem de cascalho, enfiando o nariz num canteiro redondo de bambus. O chão ao redor estava tão gasto e usado como o terreno na frente de uma casinha de brinquedo. O arame frouxo ao redor da quadra de tênis, a tinta verde opaca descascada da casa de campo junto ao ponto da primeira tacada, o hidrante pingando, a varanda cheia de poeira, tudo tinha o sabor da atmosfera agradável de um crescimento natural. Foi pena que logo depois da guerra uma garrafa de uísque tenha explodido num dos armários; o incêndio destruiu todo o lugar. Sob os caibros baixos tinha passado uma porção tão grande de juventude teórica — não só os primeiros anos transitórios, mas as projeções e fugas de pessoas desajustadas em tempos dramáticos — que se poderia considerar um caso de combustão gerada por saturação emocional o fogo que destruiu esse santuário de nostalgias da época da guerra. Nenhum oficial o visitava três vezes sem se apaixonar e comprometer-se a casar e a povoar a região com pequenos clubes exatamente iguais.

Alabama e o tenente se demoraram ao lado da porta.

— Vou colocar uma placa comemorativa na cena de nosso primeiro encontro — disse.

Tirando a faca, entalhou na ombreira da porta: "David", dizia a inscrição, "David, David, Knight, Knight, Knight e a srta. Alabama Ninguém".

— Egocêntrico — ela protestou.

— Gosto deste lugar — ele disse. — Vamos sentar aqui fora um pouco.

— Por quê? A dança só vai até a meia-noite.

— Você não confia em mim por uns três minutos?

— Eu confio em você. É por isso que quero ir para dentro.

Ela estava um pouco zangada por causa dos nomes. David já lhe falara várias vezes como ia ser famoso.

Dançando com David, ele cheirava a boas notícias. Ficar bem junto a ele com o rosto no espaço entre a sua orelha e o colarinho duro do exército era como ser iniciada nas reservas subterrâneas de uma fina loja de tecidos que expelisse a delicadeza de cambraias, linhos e tecidos de luxo embalados em fardos. Alabama tinha ciúme de seu pálido alheamento. Quando o via deixar a pista de dança com outras garotas, o ressentimento que sentia não era contra qualquer fusão de sua personalidade com as delas, mas contra o fato de ele conduzir outras que não ela própria a essas regiões isoladas mais tranquilas que só ele habitava.

Ele a levou para casa e sentaram-se juntos diante do fogo da lareira numa quieta suspensão do exterior. As chamas brilhavam nos dentes de David e iluminavam seu rosto com traços transcendentais. Suas feições dançavam diante dos olhos de Alabama com o esquivar-se constante de um alvo de celuloide no painel de uma galeria de tiro ao alvo. Ela procurou em suas relações com o pai conselhos sobre como ser inteligente; ali nada encontrou com respeito ao encanto humano.

Alabama se tornara alta e magra nestes últimos poucos anos. A cabeça ficara mais loira por estar mais distante da terra. As pernas estendiam-se longas e finas como desenhos pré-históricos à sua frente; sentia as mãos doloridas e pesadas como se os olhos de David pusessem um peso sobre seus punhos. Ela sabia que seu rosto brilhava à luz do fogo como um produto de confeitaria, a propaganda de uma garota bonita tomando um sorvete de morango em junho. Perguntava-se se David sabia como ela era convencida.

— Então você gosta de homens loiros?

— Sim.

Alabama tinha um modo de falar sob pressão, como se as palavras que dizia fossem, na sua boca, um estorvo inesperado de que devia se livrar antes de poder se comunicar.

Ele se olhou no espelho — cabelo pálido como o luar do século XVIII e olhos semelhantes a grutas, a gruta azul, a gruta verde, estalactites e malaquitas suspensas ao redor da pupila escura — como se fizesse um inventário de si mesmo antes de sair e ficasse satisfeito por se ver completo.

A parte de trás de sua cabeça era firme e macia, e a curva da face, um prado que se estendia ensolarado. As suas mãos ajustavam-se ao redor dos ombros dela como nos buracos quentes de um travesseiro.

— Diga "querido" — ele falou.

— Não.

— Você me ama. Por que não quer dizer?

— Nunca digo nada a ninguém. Não fale.

— Por que você não quer falar comigo?

— Estraga tudo. Diga que me ama.

— Oh… eu te amo. Você me ama?

Ela amava tanto o homem, se sentia tão próxima e cada vez mais perto que ele se tornava distorcido na sua visão, como se ela pressionasse o nariz num espelho e fitasse seus próprios olhos. Sentia as linhas do pescoço de David e seu perfil talhado a machado como segmentos do vento que soprava sobre sua consciência. Sentia que a essência de si mesma se tornava mais fina e menor como essas porções de vidro repuxado que se esgarçam e se esticam até restar apenas uma ilusão brilhante. Sem cair, nem quebrar, a porção de vidro se afina. Ela se sentia muito pequena e extática. Alabama estava apaixonada.

Arrastou-se para dentro da caverna amiga de sua orelha. A área lá dentro era cinzenta e fantasmagoricamente típica enquanto ela fitava ao redor dos profundos sulcos de cerebelo. Não havia um crescimento, nem uma substância em forma de flor para quebrar aquelas lisas circunvoluções, apenas a elevação túmida de matéria cinzenta e macia. "Tenho de ver as linhas da frente", disse Alabama para si mesma. Os morros encaroçados erguiam-se molhados acima de sua cabeça e ela se pôs a seguir as pregas. Logo se perdeu. Como um labirinto místico, as dobras e arestas se elevavam no meio da desolação; não havia nada para distinguir um caminho do outro. Ela seguiu adiante tropeçando e afinal chegou à medula espinhal. Vastas reentrâncias tortuosas a conduziram em círculos. Histérica, começou a correr. Perturbado por uma sensação de comichão no começo da espinha, David afastou os lábios dos dela.

— Vou procurar seu pai — disse — para saber quando podemos nos casar.

O juiz Beggs se balançou para a frente e para trás, das pontas dos pés para os calcanhares, pesando os valores.

— ... Uhm... bem, suponho que sim, se você acha que pode tomar conta dela.

— Tenho certeza, senhor. Há um pouco de dinheiro na família... e ainda o que posso ganhar. Será o bastante.

David pensou consigo mesmo, hesitante, que não havia muito dinheiro — talvez cento e cinquenta mil entre a mãe e a avó, e ele queria viver em Nova York e ser artista. Talvez a família não quisesse ajudar. Bem, de qualquer modo, estavam noivos. Tinha de conseguir Alabama para si, de qualquer maneira, e dinheiro... bem, certa vez sonhara com uma tropa de soldados confederados que enrolavam os pés feridos com notas dos rebeldes, para protegê-los da neve. No sonho, David estava presente quando eles se deram conta de que pouco importava gastar o dinheiro já sem valor, uma vez que a guerra estava perdida.

Veio a primavera e dispersou seus papa-figos opalescentes pelas grinaldas de narcisos. Madressilvas agarravam-se aos ramos angulosos, e os velhos pátios ficaram cobertos com uma versão infantil de flores: anêmonas e primaveras, salgueiros e malmequeres. David e Alabama chutavam as folhas dos carvalhos para longe das raízes grossas na mata e apanhavam violetas brancas. Aos domingos iam ao *vaudeville* e sentavam-se na parte de trás do teatro para poder ficar de mãos dadas sem chamar a atenção. Aprenderam a cantar "My Sweetie" e "Baby", sentavam-se num camarote em *Hitchy-Koo* e olhavam-se sobriamente durante o refrão de "How Can You Tell?". As chuvas de primavera ensopavam o céu até que as nuvens se abriram e o verão inundou o Sul com suor e ondas de calor. Alabama vestiu-se com linho rosa claro, e ela e David sentaram-se juntos sob as pás dos ventiladores do teto que fustigavam o verão, dando-lhe significado. Do lado de fora das largas portas do clube pressionavam os corpos contra o cosmos, os sons do jazz, o calor negro das plantas na depressão do terreno, como pessoas fazendo uma impressão para um molde da humanidade. Deslizavam pelo luar que envernizava a Terra como uma cobertura de mel, e David xingava e amaldiçoava os colarinhos de seus uniformes, preferindo viajar a noite inteira até o polígono de tiro a perder as horas depois do jantar com Alabama. Eles quebravam a batida do universo, ajustando-a às suas próprias medidas, e hipnotizavam-se com seu precioso ritmo.

O ar tornou-se opaco sobre as encostas de grama chamuscada, e a areia nas casamatas voava seca como pólvora sob a ação de um taco de golfe. Emaranhados de varas de ouro retalhavam o sol; o esplêndido verão transformava o chão em poeira sobre as duras estradas de barro. Chegou o dia da mudança e o primeiro dia de escola deu sabor às manhãs — o verão terminou com outro outono.

Quando David partiu para o porto de embarque, escreveu a Alabama cartas de Nova York. Talvez, afinal, ela fosse a Nova York e se casasse.

"Cidade de hipóteses brilhantes", escreveu David em êxtase, "refugo de um moinho de fadas, suspensa em penetrante azul! A humanidade adere às ruas como moscas sobre melaço. Os topos dos edifícios brilham como coroas de reis de ouro em conferência... e oh, minha querida, você é a minha princesa e gostaria de mantê-la fechada para sempre numa torre de marfim para meu deleite particular."

A terceira vez que ele escreveu sobre a princesa, Alabama pediu que não se referisse mais à torre.

Ela pensava em David Knight à noite mas não deixou de ir ao *vaudeville* com o oficial da aeronáutica com cara de cachorro enquanto durou a guerra. Esta terminou numa noite com o lampejo de uma mensagem sobre a cortina do *vaudeville*. Tinha havido uma guerra, mas agora havia mais dois atos do espetáculo.

David foi enviado de volta a Alabama para desmobilização. Contou a Alabama sobre a garota no Hotel Astor na noite em que estava muito bêbado.

"Oh, céus!", ela disse para si mesma. "Bem, não há nada a fazer."

Pensou no mecânico morto, em Felix, no fiel tenente com cara de cachorro. Ela também não se portara muito bem.

Disse a David que não fazia mal: que ela acreditava que uma pessoa só devia ser fiel a outra quando as duas sentissem dessa maneira. Falou que provavelmente a culpa era dela, por não fazer com que ele fosse mais atento.

Assim que David tomou as providências necessárias, mandou buscá-la. O juiz lhe deu a viagem ao Norte como presente de casamento; ela brigou com a mãe a respeito das roupas do casamento.

— Não quero desse jeito. Quero que caia para fora dos ombros.

— Alabama, é o melhor que posso fazer. Como vai ficar de pé se não tem nada para sustentá-lo?

— Ah, mamãe, você consegue fazer.

Millie riu, um riso triste, satisfeito e indulgente.

— Minhas filhas acham que posso fazer o impossível — disse, vaidosa.

Alabama deixou um bilhete para a mãe na gaveta de sua escrivaninha no dia em que partiu.

Minha querida mamãe:
Não fui como você desejava, mas te amo de todo o coração e pensarei em você todos os dias. Odeio deixar você sozinha agora que todas as suas filhas foram embora. Não se esqueça de mim.
Alabama

O juiz a instalou no trem.

— Até logo, filha.

Ele parecia muito bonito e abstrato para Alabama. Tinha medo de chorar, o pai era tão orgulhoso. Joan também tivera medo de chorar.

— Até logo, papai.

— Até logo, minha menina.

O trem arrancou Alabama da terra banhada de sombras de sua juventude.

O juiz e Millie sentaram-se sozinhos na varanda familiar. Millie brincava nervosamente com uma folha de palmeira, o juiz cuspia de vez em quando através das vinhas.

— Você não acha que seria melhor irmos para uma casa menor?

— Millie, vivi aqui dezoito anos e não vou mudar meus hábitos de vida nesta idade.

— Não há telas nesta casa e os canos congelam todos os invernos. Fica tão longe de seu escritório, Austin.

— Para mim está bom e vou ficar aqui.

O velho balanço vazio rangeu fracamente com a brisa que vinha do golfo todas as noites. Vozes de crianças chegaram flutuando da esquina onde pregavam alguma peça vingativa no tempo, embaixo da luz do arco. O juiz e Millie balançavam-se silenciosamente nas cadeiras sem pintura da varanda. Tirando os pés da balaustrada, Austin levantou-se a fim de fechar as venezianas para a noite. Era sua casa, afinal de contas.

— Bem — disse ele —, esta noite, no próximo ano, você provavelmente estará viúva.

— Ora! — retrucou Millie. — Você diz isso há trinta anos.

Os doces tons pastel do rosto de Millie desmaiaram-se em tristeza. As linhas entre o nariz e a boca penderam como cordões de uma bandeira a meio pau.

— Sua mãe era igual — disse repreensivamente —, sempre dizendo que ia morrer, mas viveu até os noventa e dois anos.

— Bem, mas no fim ela morreu, não foi? — riu o juiz.

Ele apagou as luzes de sua casa agradável, e eles foram para o andar de cima, dois velhos sozinhos. A lua gingou pelo telhado de zinco e saltou desajeitada sobre o peitoril da janela de Millie. O juiz ficou deitado lendo Hegel por cerca de meia hora e adormeceu. Seu ressonar profundamente equilibrado durante a noite, longa, assegurou a Millie que não era o fim da vida, embora o quarto de Alabama estivesse escuro, Joan tivesse partido, o papelão para a bandeira da porta de Dixie tivesse sido jogado fora com o lixo há muito tempo e seu único filho se encontrasse no cemitério, num pequeno túmulo ao lado do túmulo comum de Ethelinda e Mason Cuthbert Beggs. Millie não pensava muito sobre fatos pessoais. Vivia um dia de cada vez; e Austin não pensava neles de modo algum, porque vivia um século de cada vez.

Foi terrível, porém, para a família, perder Alabama. Era a última a partir e isso significava que suas vidas seriam diferentes com ela longe.

Alabama estava deitada no quarto número 2109 do Hotel Biltmore pensando que sua vida seria diferente com os pais tão longe. David David Knight Knight Knight, por exemplo, não teria meios de fazer com que ela apagasse a luz enquanto não se sentisse disposta a tal. Não havia mais poder sobre a Terra que pudesse obrigá-la a fazer qualquer coisa, pensou assustada, exceto ela própria.

David estava pensando que não se importava com a luz, que Alabama era sua noiva e que ele acabara de lhe comprar aquela história de detetive com o último dinheiro real que tinham no mundo, embora ela não soubesse disso. Era uma boa história de detetive sobre dinheiro e Monte Carlo e amor. Alabama estava muito encantadora ali deitada lendo, ele pensou.

2.

I

Era a maior cama que os dois, juntos, podiam imaginar. Mais larga do que comprida, e incluía todas as qualidades exageradas do desrespeito que ambos tinham por camas tradicionais. Havia puxadores pretos brilhantes e arcos esmaltados de branco como nos berços de embalar, e colchas feitas especialmente para a cama caindo de um lado desarrumadas até o chão. David rolou para o seu lado; Alabama escorregou montanha abaixo para o lugar quente sobre o volume do jornal de domingo.

— Não dá para chegar mais para lá?

— Santo Deus... Oh, céus — resmungou David.

— Qual é o problema?

— Estão dizendo no jornal que nós somos famosos — ele piscava como uma coruja.

Alabama endireitou-se.

— Que bom... vamos ver...

David passou impaciente pelos imóveis do Brooklyn e as cotações de Wall Street.

— Bom! — exclamou... ele quase gritava —, bom! Mas diz que estamos num sanatório para má índole. O que nossos pais vão pensar quando virem isso? Gostaria de saber...

Alabama correu os dedos pelo permanente nos cabelos.

— Bem — arriscou. — Na opinião deles é lá que deveríamos estar há meses.

— Só que não é onde temos estado.

— Pelo menos, não estamos agora. — Virando-se alarmada, atirou os braços ao redor de David. — Ou estamos?

— Não sei... estamos?

Os dois riram.

— Olhe no jornal e veja.

— Não somos tolos? — falaram.

— Terrivelmente tolos. Não é engraçado?... Bem, de qualquer modo, estou contente por sermos famosos.

Com três passos rápidos ao longo da cama, Alabama saltou para o chão. Além da janela, vias cinzentas puxavam os horizontes de Connecticut, o da frente e o de trás, até um imponente cruzamento. A estátua de pedra de um miliciano da Guerra da Independência vigiava a paz dos campos indolentes. Uma entrada de carros surgia arrastando-se por debaixo de castanheiras frágeis. Vernônias murchavam com o calor; uma fina camada de ásteres de púrpura se emaranhava sobre suas hastes. O alcatrão se derretia ao sol ao longo das vias cheias de elevações. A casa sempre tinha estado ali, rindo sozinha no meio do restolho das varas de ouro.

O verão da Nova Inglaterra é um rito episcopal. A terra se aquece ao sol virtuosamente, estendendo-se verde e despretensiosa; o verão lança sua tese e se atira contra nossa dignidade de modo explosivo como as costas de um quimono japonês.

Dançando com alegria pelo quarto, ela vestiu a roupa, sentindo-se muito graciosa e pensando em maneiras de gastar dinheiro.

— Que mais eles dizem?

— Dizem que somos maravilhosos.

— Está vendo... — ela começou.

— Não, não entendo, mas suponho que tudo vá dar certo.

— Nem eu... David, devem ser seus afrescos.

— Claro, não poderíamos ser nós, megalomaníaca.

Brincando pelo quarto ao sol de lalique das dez horas, eles eram dois sealyham terriers despenteados.

— Oh — choramingou Alabama das profundezas do armário. — David, olhe só esta valise, e é a que você me deu na Páscoa.

Mostrando o couro de porco cinzento, ela apontava o longo anel amarelo aguado que desfigurava o forro de cetim. Alabama olhou para o marido sombriamente.

— Uma dama da minha posição não pode ir à cidade com uma coisa dessas — falou.

— Você tem de ir ao médico... que aconteceu com ela?

— Emprestei a Joan para levar as fraldas do bebê no dia em que ela veio me encher de sermões.

David riu com parcimônia.

— Ela foi muito desagradável?

— Disse que deveríamos economizar o nosso dinheiro.

— Por que você não lhe contou que já gastamos tudo?

— Eu contei. Ela pareceu achar errado, por isso falei que iríamos conseguir mais logo em seguida.

— E o que ela retrucou?

— Não pareceu acreditar. Disse que não respeitamos as regras.

— As famílias sempre acham que nada deve acontecer às pessoas.

— Não vamos mais ligar para ela... Eu encontro você às cinco, David, no saguão do Plaza... Vou perder meu trem.

— Está bem. Até logo, querida.

David a prendeu com gravidade nos seus braços.

— Se alguém tentar raptá-la no trem, diga que você me pertence.

— Se você me prometer que não vai ser atropelado...

— Até lo-go!

— Não nos adoramos?

Vincent Youmans escreveu a música para aqueles crepúsculos logo depois da guerra. Eram maravilhosos. Ficavam suspensos sobre a cidade como uma camada fria de azul, formando-se a partir da poeira do asfalto, de sombras cheias de fuligem sob as cornijas e de fracas lufadas de ar exaladas de janelas fechadas. Estendiam-se acima das ruas como uma cerração branca perto de um pântano. Em meio à melancolia, todo mundo ia tomar chá. Garotas com capas curtas amorfas, longas saias flutuantes e chapéus lembrando banheiras de palha esperavam por táxis na frente do Plaza Grill; garotas com longos casacos de cetim, sapatos coloridos e chapéus de palha que pareciam bocas-de-lobo criavam uma melodia de catarata nas pistas de dança do Lorraine e do St. Regis. Sob os sombrios papagaios irônicos do Biltmore, um halo de cabelos curtos dourados se desintegrava no meio de rendas pretas e buquês presos aos ombros, durante as pálidas horas do chá e do jantar que mantinha as janelas principescas fechadas; o retinir de silhuetas esguias contemporâneas afogava-se no barulho das xícaras no Ritz.

Pessoas esperando por outras torciam as pontas das folhas das palmeiras, transformando-as em extremidades de bigodes marrons, e abriam fendas nas folhas mais baixas. Era apenas muita juventude: Lilian Lorraine ficaria bêbada como o cosmo em cima do New Amsterdam à meia-noite, e times de futebol, interrompendo os treinos, assustariam os garçons com bebedeiras no outono. O mundo estava cheio de pais cuidando de pessoas. Debutantes diziam umas para as outras:

— Mas não são os Knight? — E: — Eu o conheci num baile estudantil. Minha querida, por favor me apresente.

— Para quê? Eles são l-o-u-c-o-s um pelo outro — isto dito num tom monótono então em voga em Nova York.

— Mas é claro, são os Knight — dizia uma porção de garotas. — Você já viu os quadros dele?

— Prefiro mil vezes olhar para ele — respondiam outras garotas.

Pessoas sérias os tratavam com seriedade. David fazia conferências sobre o ritmo visual e o efeito da física nebular sobre a relação entre as cores primárias. Fora das janelas, ardentemente insensível ao seu próprio significado, a cidade se encolhia numa assembleia de copas douradas. O topo de Nova York cintilava como um dossel dourado atrás de um trono. David e Alabama defrontavam-se inabilmente... não havia o que discutir sobre o fato de ter um bebê.

— Então, o que o médico disse? — ele insistiu.

— Já te falei... disse: "Olá!".

— Não seja besta... que mais ele falou? Temos de saber o que ele disse.

— Então vamos ter uma criança — anunciou Alabama com ares de proprietária.

David mexeu nos bolsos.

— Desculpe... devo ter deixado em casa.

Ele estava pensando que então eles seriam três.

— O quê?

— O calmante.

— Eu falei "criança".

— Oh.

— Devemos perguntar a alguém.

— A quem vamos perguntar?

Quase todo mundo tinha teorias: que Longacre Pharmacies vendia o melhor gim da cidade; que anchovas curavam bebedeiras; que se podia distinguir o álcool metílico pelo cheiro. Todos sabiam onde encontrar o verso livre em Cabell e como conseguir lugares para o jogo de Yale, que o sr. Fish habitava o aquário e que outros, além do sargento, se escondiam no posto policial de Central Park... mas ninguém sabia como ter uma criança.

— Acho que seria melhor perguntar à sua mãe — disse David.

— Oh, David... não! Ela iria pensar que eu não sei como fazer.

— Bem — aventurou-se ele —, eu poderia perguntar ao meu marchand... ele sabe para que lado vai o metrô.

A cidade flutuava sobre barulhos amortecidos como o aplauso indistinto que chega ao ator no palco de um grande teatro. "Two Little Girls in Blue" e "Sally", do New Amsterdam, repercutiam nos seus tímpanos, e ritmos difíceis e apressados os convidavam a ser negros e saxofonistas, a voltar para Maryland e Louisiana, chamando-os de babás e milionários. As caixeiras imitavam Marilyn Miller. Universitários falavam em Marylin Miller assim como antes tinham falado em Rosie Quinn. Atrizes do cinema eram famosas. Paul Whiteman produzia o significado da diversão no seu violino. Havia filas de espera no Ritz naquele ano. Todo mundo estava lá. Pessoas encontravam conhecidos em saguões de hotéis que cheiravam a orquídeas, luxo e histórias de detetive, e perguntavam umas às outras onde tinham andado desde aquela última vez. Charlie Chaplin usava um casaco de polo amarelo. As pessoas estavam cansadas do proletariado... todo mundo era famoso. Todos os outros que não eram tão conhecidos tinham morrido na guerra; não havia muito interesse pelas vidas pessoais.

— Lá estão eles, os Knight, dançando juntos — diziam. — Não é bonito? Lá vão eles.

— Ouça, Alabama, você não está seguindo o ritmo — David dizia.

— David, pelo amor de Deus, quer fazer o favor de parar de pisar nos meus pés?

— Nunca soube dançar valsa.

Havia centenas de milhares de coisas tristes em todos os refrões.

— Vou ter de trabalhar muito — disse David. — Não vai ser estranho ser o centro do mundo para outra pessoa?

— Muito. Ainda bem que meus pais vão chegar antes de eu começar a ficar enjoada.

— Como sabe que vai ficar enjoada?

— Deveria.

— Isso não é motivo.

— Não.

— Vamos a outro lugar.

Paul Whiteman tocava "Two Little Girls in Blue" no Palais Royal, um número grande e caro. Garotas com perfis maliciosos eram confundidas com Gloria Swanson. Nova York estava mais cheia de reflexos que de si mesma — as únicas coisas concretas na cidade eram as abstrações. Todos queriam pagar as contas do cabaré.

— Vamos receber alguns convidados — todo mundo dizia a todo mundo — e queremos que você também venha. Acrescentavam: — Depois te ligamos.

Por toda parte em Nova York as pessoas se ligavam. Ligavam de um hotel para outro, para pessoas que estavam em outras festas, dizendo que não podiam ir… que já tinham outro compromisso. Era sempre a hora do chá ou tarde da noite.

David e Alabama convidavam os amigos a atirar laranjas

dentro do barril, na Plantation, e a si mesmos para ir ao chafariz da Union Square. E lá se iam eles, entoando o Novo Testamento e a Constituição do país, acompanhando a maré como ilhéus triunfantes sobre uma prancha de surfe. Ninguém sabia a letra de "The Star-Spangled Banner".

Na cidade, mulheres velhas com caras tão suaves e mal iluminadas como as ruas laterais da Europa Central ofereciam seus amores-perfeitos; chapéus flutuavam para fora do ônibus da Quinta Avenida; as nuvens emitiam um prospecto sobre o Central Park. As ruas de Nova York tinham um cheiro acre e doce como pingos dos mecanismos de um jardim metálico que florescesse à noite. Os odores intermitentes, as pessoas e a agitação, sugados espasmodicamente das grandes vias para as ruas laterais, erguiam-se em lufadas na batida de seu ritmo pessoal.

Como possuíam um ego voraz e absorvente, o espírito particular dos dois tragava o mundo ao redor em uma rápida contracorrente e jogava os cadáveres ao mar. Nova York é um bom lugar para se subir na vida.

O funcionário no Manhattan achou que eles não eram casados, mas lhes deu o quarto assim mesmo.

— Qual é o problema? — perguntou David da cama dupla sob a gravura da catedral. — Não vai dar para buscá-los?

— Claro que sim. A que horas chega o trem?

— Agora. Só tenho dois dólares para me encontrar com sua família — disse David mexendo nos bolsos.

— Eu queria comprar umas flores.

— Alabama — disse David, lacônico —, seja prática. Você se tornou uma teoria estética... nada mais que fórmula de química para o ornamental.

— Não podemos fazer nada com dois dólares, de qualquer maneira — ela protestou num tom lógico.

— Acho que não...

Perfumes tênues vindos da florista do hotel batiam na concha do vácuo de veludo como martelos de prata.

— É claro que, se tivermos de pagar o táxi...

— Papai deve ter algum dinheiro.

Sopros de fumaça branca elevavam-se até a claraboia da estação. No dia cinzento, luzes lembrando frutas cítricas verdes mantinham-se suspensas dos caibros de aço. Multidões e multidões passavam umas pelas outras subindo a escada. O trem estalava com o ruído de muitas chaves girando em muitas fechaduras enferrujadas.

— Se ao menos tivessem dito em Atlantic City que seria assim — diziam. Ou: — Imagina, estamos meia hora atrasados.

— Ou: — A cidade não mudou muito sem nós — falavam arrastando as bagagens e descobrindo que seus chapéus não eram como deviam ser na cidade.

— Lá está mamãe! — gritou Alabama.

— Bem, como vão...

— Não é uma grande cidade, juiz?

— A última vez que estive aqui foi em 1881. Houve mudanças consideráveis desde então — disse o juiz.

— Vocês fizeram uma boa viagem?

— Onde está sua irmã, Alabama?

— Ela não pôde vir.

— Ela não pôde vir — confirmou David canhestramente.

— Sabem — continuou Alabama diante do olhar de surpresa da mãe —, na última vez em que apareceu, Joan tomou emprestada minha melhor valise para levar fraldas molhadas e desde então nós... bem, nós não a temos visto tanto.

— Por que ela não deveria tomar emprestada a valise? — perguntou o juiz com severidade.

— Era minha melhor valise — explicou Alabama pacientemente.

— Mas o pobre bebê... — suspirou a sra. Millie. — Suponho que podemos telefonar para eles.

— Você terá sentimentos diferentes a esse respeito quando tiver seus próprios filhos — disse o juiz.

Alabama se perguntou desconfiada se o seu corpo já demonstrava a gravidez.

— Mas compreendo como ela se sentiu a respeito da valise — continuou Millie com magnanimidade. — Mesmo quando era bebê, Alabama se comportava assim com suas coisas... nunca queria dividir nada com os outros, mesmo naquela época.

O táxi subiu rápido a rampa cheia de vapores da saída da estação.

Alabama não sabia como pedir ao juiz para pagar o táxi — ela não tinha mais certeza de como agir a respeito de coisa alguma desde que o casamento lhe tirara a orientação indignada do juiz. Não sabia o que dizer quando garotas se postavam diante de David esperando que ele desenhasse, na frente de sua camisa, um esboço de suas feições, ou o que dizer quando David berrava, reclamava e xingava, dizendo que perder os botões da camisa na lavanderia arruinava seu talento.

— Se vocês, crianças, carregarem estas valises para dentro do trem, eu pago o táxi — disse o juiz.

As colinas verdes de Connecticut pregaram um sermão tranquilizante depois do balanço do trem ruidoso. Os perfumes disciplinados e fracos dos gramados da Nova Inglaterra, o cheiro de hortas invisíveis, criavam no ar buquês severos. Árvores tímidas varriam as varandas, insetos chiavam nos prados crestados já viúvos de sua colheita. Não parecia haver lugar para o inesperado na paisagem cultivada. Se alguém quisesse enforcar uma pessoa, refletiu Alabama, teria de executá-la em seu próprio quintal. Borboletas se abriam e se fechavam ao longo das estradas como o clarão branco na lente de uma máquina fotográfica.

— Você não poderia ser uma borboleta — diziam. Eram borboletas tolas, voando por aí dessa maneira e discutindo com pessoas sobre suas potencialidades.

— Pretendíamos cortar a grama — começou Alabama —, mas...

— É muito melhor assim — completou David.

— Mais pitoresco.

— Bem, gosto das ervas daninhas — disse o juiz amavelmente.

— Elas dão ao campo um perfume doce — acrescentou a sra. Millie. — Mas à noite vocês não se sentem sozinhos aqui?

— Oh, os amigos de David da universidade nos visitam de vez em quando, e às vezes vamos até a cidade.

Alabama só não falou com que frequência eles iam a Nova York passar as tardes livres derramando suco de laranja em santuários de solteiros, consumindo o verão em conversas indolentes atrás de trancas insolúveis. Iam lá antecipadamente, esperando a passagem daquela celebração progressiva que alguns anos mais tarde se seguiria ao crescimento de Nova York assim como o Exército da Salvação aparece depois do Natal, para se absolverem nas águas de sua inquietação recíproca.

— Senhor — Tanka cumprimentou-os nos degraus da escada — e senhora.

Tanka era o mordomo japonês. Não teriam como pagá-lo sem pedir dinheiro emprestado ao marchand de David. Ele custava dinheiro; e isso porque construía jardins botânicos com pepinos e arranjos florais com manteiga, e conseguia o dinheiro para suas aulas de flauta com as contas da mercearia. Tinham tentado passar sem ele até Alabama cortar a mão numa lata de feijões cozidos e David torcer o punho de pintor com o cortador de grama.

O oriental deslizou pelo chão numa rotação completa de

seu corpo, exibindo-se como o eixo da Terra. Explodindo de repente num acesso de riso inquietante, virou-se para Alabama.

— Senhora, vir aqui um minuto... só um minuto, este lado, por favor...

"Vai pedir uns trocados", pensou Alabama apreensiva, seguindo-o até a varanda lateral.

— Olhe! — disse Tanka. Com um gesto de reprovação, indicou a rede estendida entre as colunas da casa onde dois rapazes estavam deitados, ruidosamente adormecidos com uma garrafa de gim ao lado.

— Bem — disse ela hesitante —, acho melhor você dizer ao senhor... mas não na frente da família, Tanka.

— Muito certo — concordou o japonês, produzindo um som para pedir silêncio e colocando os dedos sobre os lábios.

— Ouça, mamãe, acho melhor você subir e descansar antes do jantar — sugeriu Alabama. — Deve estar cansada da viagem.

Pela sensação de não ter o que fazer de si mesma que irradiava da garota enquanto descia as escadas vindo do quarto dos pais, David logo viu que havia algo errado.

— Qual é o problema?

— Problema! Há bêbados na rede. Se papai vir isso, vai ser o inferno!

— Mande-os embora.

— Não conseguem se mover.

— Meus Deus! Tanka vai ter de cuidar para que fiquem lá fora até depois do jantar.

— Você acha que o juiz compreenderia?

— Infelizmente sim...

Alabama olhou ao redor, desconsolada.

— Bem... imagino que chega um momento em que as pessoas têm que escolher entre seus contemporâneos e sua família.

— Eles estão muito ruins?

— Não têm mais volta. Se mandarmos vir a ambulância, só criaríamos uma cena — arriscou.

O brilho *moiré* da tarde poliu a esterilidade do caráter pitoresco dos quartos coloniais e esfregou-se nas flores amarelas que trepavam pelo consolo da lareira como ponto paris. Era uma luz sacerdotal se curvando pelos declives e depressões de uma valsa melancólica.

— Não vejo o que podemos fazer — concordaram.

Alabama e David ficaram ali ansiosos, no meio do silêncio, até que o tinido de uma colher numa bandeja de latão os chamou para jantar.

— Estou contente por ver — disse Austin observando as beterrabas transformadas em rosas — que você conseguiu domar Alabama um pouco. Ela parece ter se tornado uma boa dona de casa depois que se casou. — O juiz estava impressionado com as beterrabas.

David pensou em seus botões lá no andar de cima. Todos despregados.

— Sim — disse vagamente.

— David tem trabalhado muito bem aqui fora — adiantou Alabama nervosa.

Ela estava prestes a pintar um quadro de suas perfeições domésticas quando um resmungo alto vindo da rede a preveniu. Cambaleando pela porta da sala de jantar, com um ar visionário, o rapaz fitava a reunião. No geral, estava inteiro, apenas um pouco torto... a bainha da camisa saía para fora da calça.

— Boa noite — disse com formalidade.

— Acho que seu amigo deveria jantar — sugeriu o desconcertado Austin.

O amigo explodiu num riso tolo.

A sra. Millie inspecionava confusa a arquitetura floral de Tanka. É claro que ela *queria* que Alabama tivesse amigos. Sempre educara suas filhas com essa intenção, mas as circunstâncias eram, às vezes, dúbias.

Um segundo fantasma desgrenhado passou às cegas pela porta; o silêncio só era quebrado por grunhidos e guinchos de histeria reprimida.

— Ele faz esses barulhos porque foi operado — David foi logo dizendo. O juiz se encrespou.

— Extirparam a sua laringe — acrescentou David alarmado. Seus olhos perscrutavam selvagens a face protoplasmática. Por sorte, os sujeitos pareciam escutar o que ele estava dizendo.

— Um deles é mudo — explicou Alabama com inspiração.

— Bem, alegro-me com isso — respondeu o juiz enigmático. Seu tom não deixava de ser um pouco hostil. Parecia sobretudo aliviado com a impossibilidade de qualquer futura conversa.

— Não consigo dizer nenhuma palavra — proferiu o fantasma inesperadamente. — Sou mudo.

"Bem", pensou Alabama, "é o fim. O que podemos dizer *agora?*"

A sra. Millie estava dizendo que o ar salgado estraga o serviço de prata. O juiz encarava a filha, implacável e reprovador. A necessidade de se dizer alguma coisa foi eliminada por uma estranha e evidente carmanhola ao redor da mesa. Não era exatamente uma dança, mas antes um protesto interpretativo contra o estado dos vertebrados, entrecortado por cantos gloriosos e extáticos acompanhados de batidas rítmicas nas costas alheias e convites em voz alta para que os Knight aderissem à festa. O juiz e a sra. Millie eram generosamente incluídos no convite.

— É como um friso, um friso grego — comentou a sra. Millie espantada.

— Não é muito edificante — completou o juiz. Exaustos, os dois homens caíram cambaleando no chão.

— Se David pudesse nos emprestar vinte dólares — falou o

vulto com dificuldade —, já estaríamos a caminho da hospedaria. É claro que, se ele não pode, vamos ter de ficar mais tempo aqui.

— Oh — disse David hipnotizado.

— Mamãe — falou Alabama —, você poderia nos emprestar vinte dólares até tirarmos dinheiro do banco amanhã?

— Claro, minha querida... lá em cima na gaveta da minha escrivaninha. É uma pena que seus amigos tenham de ir embora; parecem estar se divertindo tanto — continuou vagamente.

A casa se aquietou. O cricri tranquilo dos grilos, semelhante ao ruído de alface fresca sendo esmigalhada, limpou a sala de estar de dissonâncias. Sapos chiavam no prado onde as varas de ouro floresceriam. O grupo familiar se entregou às pressões da canção de ninar da noite soprada através dos ramos do carvalho.

— Salvos — suspirou Alabama quando se aconchegaram na cama exótica.

— Sim — disse David —, está tudo bem.

Pessoas em automóveis ao longo de toda a Boston Post Road também pensavam que tudo acabaria bem, enquanto se embebedavam, batiam em hidrantes, caminhões e velhos muros de pedra. Os policiais, pensando igualmente que tudo sairia bem, estavam ocupados demais para prendê-los.

Eram três horas da madrugada quando os Knight foram despertados por um forte sussurro no gramado.

Passou-se uma hora depois que David se vestiu e desceu. O barulho aumentava com sons abafados cada vez mais ruidosos.

— Bem, então vou tomar um trago com vocês, se tentarem fazer um pouco menos de barulho — Alabama ouviu David dizer enquanto vestia meticulosamente sua roupa. Algo estava por acontecer; era melhor se arrumar bem para quando as autoridades chegassem. Deviam estar na cozinha. Enfiou a cabeça com truculência pela porta de vaivém.

— Alabama — David a saudou —, eu a aconselharia a não

meter o nariz aí. — Num rouco aparte melodramático, continuou confidencialmente: — Foi o melhor modo que encontrei...

Alabama fitou furiosa o estrago na cozinha.

— Oh, cale a boca — gritou.

— Escute, Alabama — começou David.

— Era você que sempre dizia que deveríamos ser respeitáveis, e agora olhe para si mesmo! — acusou.

— Ele está bem. David está ótimo — murmuraram fracamente os homens prostrados.

— E se meu pai descer agora? O que *ele* terá a dizer sobre tudo estar assim tão bem? — Alabama apontou os destroços. — O que são todas essas latas velhas? — perguntou com desdém.

— Suco de tomate. Cura bebedeira. Dei um pouco aos convidados — explicou David. — Primeiro dou suco de tomate para eles; depois, dou gim.

Alabama tentou tomar a garrafa da mão de David.

— Passe esta garrafa.

Quando ele a rechaçou, ela deslizou contra a porta. Para evitar o barulho de um choque no saguão, arremessou o corpo com força contra o umbral da porta de vaivém. Esta a pegou em cheio na cara. Seu nariz sangrou jubilante sobre toda a frente do vestido como um poço de petróleo recém-descoberto.

— Vou ver se há um bife no congelador — disse David. — Coloque o nariz sob a torneira da pia, Alabama. Por quanto tempo você consegue prender a respiração?

Quando a cozinha tinha recobrado alguma ordem, a aurora de Connecticut já encharcava a região como uma mangueira de bombeiro. Os dois homens se retiraram cambaleando para dormir na hospedaria. Alabama e David examinavam desconsolados os olhos pretos dela.

— Eles vão pensar que fui eu quem fiz isto — ele disse.

— Claro... nada do que disser vai adiantar.

— Quando nos virem juntos, é de se supor que acreditem em nós.

— As pessoas sempre acreditam na melhor história.

O juiz e a sra. Millie desceram cedo para o café da manhã. Esperaram entre montanhas ensopadas de pontas de cigarro úmidas e intumescidas, enquanto Tanka queimava o bacon na expectativa de alguma encrenca. Quase não havia lugar para se sentar onde não se ficasse grudado em marcas secas de copos de gim e de suco de laranja.

A cabeça de Alabama doía como se alguém tivesse feito pipoca no seu crânio. Tentou disfarçar os olhos roxos com pesadas camadas de pó. Sentia o rosto descascando sob a máscara.

— Bom dia — falou alegremente.

O juiz piscou feroz.

— Alabama — disse —, a respeito daquele telefonema para Joan... Sua mãe e eu achamos que seria melhor telefonarmos hoje. Ela deve estar precisando de ajuda com o bebê.

— Sim, senhor.

Alabama sabia que essa seria a atitude deles, mas não pôde impedir um cataclismo em seu interior. Sabia que nenhum indivíduo tem o poder de forçar outras pessoas a manterem para sempre suas versões sobre o caráter desse indivíduo... pois, mais cedo ou mais tarde, vão tropeçar na concepção que a própria pessoa tem de si própria.

"Bem!", falou desafiadora para si mesma, "as famílias não têm o direito de responsabilizar ninguém pelo que inculcam antes que a pessoa atinja a idade de protestar!"

— E — continuou o juiz —, como você e sua irmã parecem não estar se dando muito bem, pensamos em procurá-la sozinhos amanhã de manhã.

Alabama ficou sentada em silêncio, examinando os escombros da noite.

"Imagino que Joan vá enchê-los de preceitos morais e de histórias sobre como é difícil relacionar-se comigo", disse para si mesma com amargura. "E vai liquidar conosco de forma muito elegante pelo contraste de nossa vida com a dela. Não há dúvida de que vamos sair desse quadro como demônios negros, de qualquer modo que se considere a situação."

— Compreenda — o juiz dizia — que não estou fazendo um julgamento moral sobre a sua conduta pessoal. Você é uma mulher adulta, e isso é da sua conta.

— Compreendo — ela disse. — Você só a desaprova, por isso não vai tolerá-la. Se não aceito a sua maneira de pensar, você me deixa sozinha. Bem, suponho que não tenho o direito de te pedir para ficar.

— As pessoas que não assumem compromissos — respondeu o juiz — não têm direitos.

O trem que levou o juiz e a sra. Millie à cidade estava atravancado com latas de leite e parafernálias alegres de verão em trânsito. A atitude dos pais foi de rejeição relutante ao se despedir. Iam para o Sul em poucos dias. Não poderiam voltar à região de novo. David teria de viajar por causa de seus afrescos, e achavam que Alabama ficaria melhor na casa paterna durante a ausência do marido. Eles se alegravam com o sucesso e a popularidade de David.

— Não fique tão desolada — disse David. — Vamos encontrá-los de novo.

— Mas nunca mais será a mesma coisa — lamentou Alabama. — A partir de agora, nosso papel vai ser o de procurar negar o caráter que eles acham que temos.

— Mas não foi sempre assim?

— Sim... mas David, é muito difícil ser duas pessoas distintas ao mesmo tempo, uma que deseja ter uma lei própria e outra que deseja conservar todas as coisas belas do passado e ser amada, cuidada e protegida.

— Acredito — disse ele — que muitas pessoas já se defrontaram com o mesmo problema. Acho que a única coisa que podemos realmente partilhar com as pessoas é a preferência por alguns tipos de clima.

Vincent Youmans escreveu uma nova melodia. As melodias antigas tocadas no realejo flutuaram pelas janelas do hospital enquanto o bebê nascia, e novas melodias percorreram a ronda luxuosa de saguões e restaurantes, jardins de palmeiras e telhados.

A sra. Millie mandou para Alabama uma caixa de roupinhas de bebê e uma lista do que fazer no banho dos recém-nascidos para pregar na porta do banheiro. Quando a mãe recebeu a notícia do nascimento de Bonnie, telegrafou para Alabama: "Meu bebê de olhos claros cresceu. Estamos muito orgulhosos". A mensagem da Western Union dizia "olhos colados". As cartas da mãe pediam simplesmente que ela se comportasse; deixavam implícito que Alabama e David eram, em certa medida, libertinos. Enquanto as lia, Alabama podia ouvir as fontes lentas chiando sobre o grasnar enferrujado dos sapos nos pântanos de cipreste de sua casa paterna.

Os rios de Nova York balançavam as luzes ao longo das margens como lanternas presas num fio; os charcos de Long Island distendiam o crepúsculo transformando-o numa porcelana azul estilo Campagna. Edifícios brilhantes obscureciam o céu como uma colcha de retalhos luminosa. Pedaços de filosofia, restos de perspicácia, as pontas gastas da visão se suicidavam na penumbra sentimental. Os pântanos se estendiam pretos, chatos, vermelhos e cheios de crimes nas beiradas. No meio das sentimentalidades labirínticas do jazz, eles sacudiam as cabeças de um lado para o outro e se acenavam através da cidade, corpos aerodinâmicos montados na proa da região como figuras de metal sobre um veloz tampão de radiador.

80

Alabama e David estavam orgulhosos de si mesmos e do bebê, adotando conscientemente um vago ar casual e *bouffant* a respeito dos cinquenta mil dólares que gastaram em dois anos com refinamentos para a fachada barroca da vida. Na realidade, não há ninguém tão materialista quanto o artista, que pede da vida o dobro, a perda e o custo do que ele despende, com usura emocional.

As pessoas estavam investindo em deuses naquele ano.

— Bom dia — os funcionários dos bancos diziam nos vestíbulos de mármore —, você gostaria de sacar de sua Palas Atena? — E: — Devo creditar a Diana na conta de sua esposa?

Sai mais caro andar no topo dos táxis que dentro deles; os céus de Joseph Urban* custam mais quando são autênticos. O brilho do sol cobra alta soma para cerzir as vias públicas com agulhas de prata — um fio de encanto, um fio de Rolls-Royce, um fio de O. Henry. Luas cansadas pedem salários mais elevados. Com os sonhos batendo vigorosamente no poço escuro da gratificação, seus cinquenta mil dólares compraram uma boneca de papelão para Bonnie, um Marmon de segunda mão, uma água-forte de Picasso, um vestido de cetim branco para combinar com um papagaio de contas, um vestido de gaze de seda amarela capaz de prender um campo de florzinhas rosa, um vestido verde como tinta fresca molhada, dois trajes com calções presos à altura dos joelhos exatamente iguais, um terno de corretor, um traje inglês igual aos campos queimados de agosto e duas passagens de primeira classe para a Europa.

No caixote embalado, uma coleção de ursinhos de pelúcia, o casacão do exército de David, o serviço de prata do casamento e quatro grossos álbuns de recortes, cheios de todas as coisas que

---

* Joseph Urban (1872-1933) foi cenógrafo de ópera e das produções Ziegfeld Follies. (N. T.)

despertavam a inveja das outras pessoas, já estavam prontos para serem deixados para trás.

— Até logo — haviam dito nas escadas de aço das estações. — Algum dia vocês têm de provar nossa cerveja caseira. — Ou: — A mesma banda vai tocar em Baden-Baden no verão, talvez encontremos vocês por lá — diziam. Ou: — Não se esqueçam do que eu lhes disse, e encontrarão a chave no mesmo antigo lugar.

— Oh! — resmungou David das profundezas das sagazes curvas esmaltadas da cama —, estou contente por irmos embora.

Alabama se examinava no espelho de mão.

— Mais uma festa — respondeu — e teria de consultar Viollet-le-Duc sobre o meu rosto.

David a inspecionou minuciosamente.

— Qual é o problema com o seu rosto?

— Nada, só que me espremi tanto que não posso ir ao chá.

— Bem — disse David sem expressão —, temos de ir ao chá… é por causa de seu rosto que eles o estão oferecendo.

— Se houvesse outra coisa a fazer, eu não teria cometido o estrago.

— De qualquer modo, você vai, Alabama. Com que cara eu ficaria se as pessoas dissessem: "E como vai sua encantadora esposa, sr. Knight?". "Minha esposa, oh, ela está em casa espremendo o rosto." Como você acha que eu me sentiria?

— Eu poderia dizer que foi o gim, ou o clima, ou qualquer coisa.

Alabama fitou sua imagem com tristeza. Os Knight não tinham mudado muito de aparência: a garota ainda passava o dia todo com cara de quem acabou de acordar; o rosto do homem ainda era cheio de cadências e choques, igual à sensação de se andar nos brinquedos do parque de diversões do Million-Dollar Pier.

— Quero ir — disse David —, olhe este tempo! Não vou poder pintar.

A chuva rodopiava e torcia a luz de seu terceiro aniversário de casamento, criando finas correntes prismáticas. Chuva contralto, chuva soprano, chuva para ingleses e fazendeiros, chuva de borracha, chuva de metal, chuva de cristal. As filípicas distantes do trovão de primavera reboavam pelos campos em espessas volutas, como fumaça pesada.

— As pessoas vão estar lá — ela objetou.

— Sempre vai haver pessoas — concordou David.

— Você não quer se despedir de seus namorados? — ele implicou.

— David! Eu me sinto perto demais dos homens para ter sentimentos românticos a seu respeito. Eles nunca fizeram mais que flutuar pela minha vida em táxis cheios de fumaça fria e metafísica.

— Não vamos discutir isso — disse David peremptoriamente.

— Discutir o quê? — perguntou Alabama negligente.

— As concessões um tanto violentas de certas mulheres americanas em relação às convenções.

— Que horror! Por favor, não quero saber dessa discussão. Está querendo dizer que tem ciúmes de mim? — perguntou incrédula.

— Claro. Você não tem?

— Demais. Mas sempre achei que não deveríamos ter.

— Então estamos quites.

Olharam um para o outro cheios de compaixão. Era engraçado, compaixão debaixo de suas cabeças despenteadas.

O céu lamacento da tarde desentranhou uma lua branca para a hora do chá. Ela se introduzia à força numa fenda entre as nuvens como a roda de uma carreta de canhão num campo de batalha deserto e vincado, esguia, suave e nova depois da tempestade. O apartamento de arenito pardo estava repleto de gente; o cheiro de torradas de canela impregnava a entrada.

— O patrão deixou um recado para os convidados, senhor — declarou o criado quando tocaram a campainha. — Que ia dar uma escapada, mas que todos deviam se sentir em casa.

— Ele partiu! — comentou David. — As pessoas estão sempre correndo por toda parte com o intuito de fugir umas das outras, cuidando para combinar uns coquetéis no primeiro bar fora dos limites da conveniência.

— Por que ele partiu tão de repente? — perguntou Alabama desapontada.

O criado examinou-os com seriedade, Alabama e David eram clientes antigos.

— O patrão — o criado decidiu confiar neles — levou cento e trinta lenços tecidos à mão, a *Encyclopaedia Britannica*, duas dúzias de tubos de unguento francês Fox e se foi. Não acha a bagagem um pouco extraordinária, senhor?

— Ele poderia ter dito até logo — insistiu Alabama petulante. — Pois sabia que vamos partir e que não nos verá por séculos.

— Oh, mas ele deixou um recado, madame. Até logo, ele disse.

Todo mundo declarou que também gostaria de ir embora. Todos falaram que seriam perfeitamente felizes se não tivessem de viver da maneira como viviam. Filósofos e universitários expulsos, diretores de cinema e profetas do fim do mundo comentavam que as pessoas estavam inquietas porque a guerra tinha terminado.

A festa lhes informou que ninguém ficava na Riviera no verão, que a criança pegaria cólera se a levassem para o calor. Os amigos achavam que morreriam picados pelos mosquitos franceses e que não encontrariam nada para comer a não ser carne de cabrito. Disseram que não haveria esgoto no Mediterrâneo no verão e lembraram a impossibilidade de se ter gelo para o uísque; chegaram a sugerir uma arca com alimentos enlatados.

A lua deslizou vivaz ao longo das linhas brilhantes e matemáticas dos móveis ultramodernos. Alabama ficou sentada num canto pouco iluminado, certificando-se das coisas que compunham sua vida. Esquecera de dar o Castoria a um vizinho. E Tanka bem que podia ganhar a garrafa de gim pela metade. Se a ama estava deixando que Bonnie dormisse a esta hora no hotel, ela não iria dormir no navio — passageiros de primeira classe, partida à meia-noite, convés C, 35 e 37. Ela poderia telefonar à mãe para se despedir, mas só a assustaria com isso, assim de tão longe. Era muito ruim ter de abandonar a mãe.

Seus olhos erraram pela sala de estar bege cheia de pessoas. Alabama disse para si mesma que eles eram felizes; herdara essa característica da mãe. "Somos muito felizes", falou consigo mesma, assim como sua mãe teria falado, "mas parece que não faz muita diferença para nós se somos ou não. Acho que esperávamos algo mais dramático."

O luar da primavera lascava o pavimento como um furador de gelo; sua luminosidade tímida gelava os cantos dos edifícios com crescentes brilhantes.

Seria divertido no navio; haveria um baile e a orquestra tocaria aquela melodia que faz "hum... ah... hum", sabe, aquela que Vincent Youmans escreveu com o refrão explicando por que nos sentimos tristes.

O ar estava pegajoso e abafado no bar do navio. Alabama e David sentaram-se vestidos com seus trajes a rigor, insinuantes como dois galgos, sobre os bancos altos. O mordomo lia as notícias do navio.

— Ali vem Lady Sylvia Priestly-Parsnips. Convido-a para tomar alguma coisa?

Alabama olhou ao redor com ar de dúvida. Não havia mais ninguém no bar.

— Está bem... mas dizem que ela dorme com o marido.

— Não no meio do bar. Como vai, madame?

Lady Sylvia adejou pela sala como um protoplasma opaco movendo-se por si mesmo sobre um banco de areia.

— Estive procurando vocês dois por toda parte — disse ela. — Temos informações de que o navio está prestes a afundar, por isso o baile vai ser hoje à noite. Quero que venham ao meu jantar.

— Você não nos deve nenhuma festa, Lady Parsnips, e não somos dessas pessoas que pagam taxas de terceira classe e ocupam a suíte de lua de mel. O que significa isso, portanto?

— Sou muito altruísta — insistiu ela. — Tenho de conseguir *alguém* para a festa, embora me tenham dito que vocês dois são loucos um pelo outro. Aí está meu marido.

O marido se considerava um intelectual; seu verdadeiro talento era tocar piano.

— Estava querendo conhecer vocês. Sylvia... esta é minha esposa... me contou que vocês são um casal dos tempos antigos.

— Uma Mary Tifoide* de ideais já gastos — interveio Alabama, mas acho nosso dever lhes informar que não vamos pagar o vinho.

— Oh, não esperávamos tal coisa. Nenhum de meus amigos paga mais para nós... Desde a guerra que não posso confiar neles.

— Parece que vai haver uma tempestade — disse David.

Lady Sylvia pigarreou.

— O problema com emergências — disse ela — é que sempre visto minha roupa de baixo mais fina e então nada acontece.

— Para mim a maneira mais fácil de provocar o inesperado é decidir dormir com creme de limpeza. — Alabama cruzou as

---

* Mary Mallon (1869-1938), portadora assintomática do bacilo da febre tifoide, que infectou dezenas de pessoas sem jamais desenvolver a doença. (N. T.)

pernas em cima do tampo da mesa, formando um sinal triangular de conferência.

— Meu lugar ao sol da imprevisibilidade poderia ser marcado com cinco invólucros de sabonete Octagon — disse David enfaticamente.

— Aí vêm meus amigos — interrompeu Lady Sylvia. — Mandaram estes ingleses a Nova York para se livrarem da decadência, e o cavalheiro americano está procurando refinamentos na Inglaterra.

— Então juntamos nossos recursos, e pelo visto conseguiremos sobreviver à viagem. — Eles formavam um belo quarteto disposto a representar os finais românticos que se anteviam.

— E a sra. Gayle vai nos fazer companhia, não é, querida?

A sra. Gayle piscou os olhos redondos com convicção.

— Adoraria, mas festas enjoam meu marido, Lady Sylvia. Ele realmente não consegue suportá-las.

— Compreendo, minha querida, elas também me enjoam.

— Não mais que ao restante de nós.

— De forma mais ativa, porém — insistiu a Lady. — Dei festas na minha casa, em um quarto depois do outro, até que finalmente tive de sair por causa dos acessórios quebrados, pois já não havia mais lugar onde se pudesse ler.

— Por que não mandou consertá-los?

— Precisava do dinheiro para mais festas. É verdade que não sentia vontade de ler... Isso era problema de meu marido. Eu o mimo tanto.

— Boxear com os convidados danificou as luzes de Sylvia — acrescentou o Milord. — E ela teve uma reação muito desagradável, carregando-me desse jeito até os Estados Unidos e agora de volta para casa.

— Você gostou da incivilidade quando se acostumou com ela — disse a esposa de modo decisivo.

O jantar era uma dessas refeições de navio em que tudo tem gosto de esfregões salgados.

— Devemos assumir um ar de que vivemos de acordo com alguma coisa — instruiu Lady Sylvia —, para agradar aos garçons.

— Mas eu vivo! — exclamou a sra. Gayle. — Realmente tem de ser assim. Surgiram tantas suspeitas a nosso respeito que estou com medo de ter filhos, por receio de que nasçam com olhos em forma de amêndoa e unhas azuis.

— São os amigos — disse o marido de Lady Sylvia. — Eles nos arrastam para jantares aborrecidos, cortam relações conosco na Riviera, nos devoram em Biarritz e espalham boatos devastadores sobre nossos pré-molares superiores pela Europa inteira.

— Quando eu me casar, minha mulher terá de evitar críticas sociais renunciando a todas as funções naturais — disse o americano.

— Você não poderá ter dúvidas quanto a detestá-la, se quiser escapar de sua condenação — disse David.

— É a aprovação que se deve evitar — disse Alabama enfaticamente.

— Sim — comentou Lady Sylvia —, a tolerância chegou a tal ponto que não há mais privacidade nos relacionamentos.

— Com privacidade — disse o marido —, Sylvia quer dizer algo vergonhoso.

— Oh, é tudo o mesmo, meu querido.

— Sim, acho que é, de fato.

— Todos têm tanta certeza de estarem fora do alcance da lei nos dias de hoje.

— Há uma enorme multidão atrás da porta — suspirou lady Sylvia. — Não se encontra mais um lugar onde alguém possa mostrar seu mecanismo de defesa.

— Acho que o casamento é o único conceito que nunca conseguiremos realizar plenamente no nosso sistema — disse David.

— Mas há informações de que vocês dois fizeram uma obra-prima de seu casamento.

— Vamos doá-lo ao Louvre — corroborou Alabama. — Já foi aceito pelo governo francês.

— Pensei durante muito tempo que Lady Sylvia e eu fôssemos os únicos a permanecer juntos... Claro, é mais difícil quando não se está no campo das artes.

— A maioria das pessoas acha hoje em dia que casamento e vida não combinam — disse o cavalheiro americano.

— Mas nada combina com a vida — respondeu o inglês.

— Se vocês acham — interrompeu Lady Parsnips — que já estamos bem definidos aos olhos do público, talvez pudéssemos tomar um pouco de champanhe.

— Oh, sim, é melhor já estarmos bem adiantados com nossa dissolução quando a tempestade começar.

— Nunca vi uma tempestade no mar. Suponho que será um fiasco, depois de toda a expectativa criada.

— A ideia é não se afogar, pelo que sei.

— Mas, minha querida, meu marido diz que um navio é o lugar mais seguro de se estar quando há uma tempestade em pleno mar.

— Oh, muito melhor fora do mar.

— Sem dúvida.

Começou de repente. Uma mesa de bilhar esmagou um pilar do salão. O som de estilhaços dominou o navio como um presságio de morte. Uma organização quieta e desesperada se espalhava pelo barco. Comissários corriam pelos corredores, prendendo as arcas às pias. Pela meia-noite as cordas se romperam e acessórios se soltaram das paredes. A água inundava os ventiladores e encharcava a passagem, e correu o boato de que o navio perdera o contato pelo rádio.

Os comissários e as comissárias permaneciam em formação

ao pé da escada. Alabama ficou surpresa com os rostos tensos e os olhos vagos e constrangidos de pessoas cuja confiança profissional levaria alguém a acreditar que fizessem pouco das forças que destroem a disciplina superficial deixando à mostra um egocentrismo mais direto. Ela sempre pensara que os temperamentos se adaptassem à carga de rotinas impessoais, e não que o treinamento se sobrepusesse aos temperamentos.

"Todos podem partilhar as piores coisas", pensava enquanto corria até a sua cabine pelos corredores encharcados, "mas não há quase ninguém lá em cima. Acho que é por isso que meu pai sempre estava tão sozinho." Um movimento do navio a jogou de uma cabine à outra. Sentia as costas como se estivessem quebradas.

— Oh, céus, será que não pode parar de balançar um minuto, antes de afundar?

Bonnie espiou a mãe desconfiada.

— Não fique com medo — disse a criança.

Alabama estava meio morta de pavor.

— Não estou assustada, querida — disse. — Bonnie, se você sair do beliche, vai acabar morrendo; por isso fique aí e agarre-se aos lados da cama enquanto procuro papai.

Balançando e tremendo como o navio, ela se agarrava às amuradas. Ao passar pelos corredores, os rostos do pessoal de bordo a fitaram sem expressão, como se ela tivesse perdido a razão.

— Por que não fazem sinais para os barcos salva-vidas? — Alabama gritou histericamente diante do rosto calmo do encarregado do rádio.

— Volte à sua cabine — ele respondeu. — Nenhum barco poderia ser lançado num mar desses.

Encontrou David no bar com Lorde Priestly-Parsnips. As mesas formavam um monte, umas em cima das outras; cadeiras pesadas estavam aparafusadas ao chão e amarradas com cordas. Eles bebiam champanhe, derramando-a por todos os lados como baldes de água suja inclinados.

— É a pior tempestade que já vi desde que voltei de Argel. Então eu caminhava sobre as paredes de minha cabine, sem exagero — o milorde estava dizendo placidamente —, mas é verdade que o transporte durante a guerra era muito ruim. Durante muito tempo não tive dúvidas de que iríamos perdê-la.

Alabama arrastou-se pelo bar, arriscando-se de um poste a outro.

— David, você tem de descer para a cabine.

— Mas, minha querida — ele protestou... estava razoavelmente sóbrio, mais que o inglês, pelo menos —, o que *posso* fazer?

— Acho que seria melhor irmos todos lá para baixo...

— Besteira!

Lançando-se através da sala, ela ouviu a voz do inglês vindo atrás dela.

— Não é engraçado como o medo torna as pessoas apaixonadas? Durante a guerra...

Assustada, ela se sentiu muito de segunda classe. A cabine parecia tornar-se menor e menor, como se repetidos choques a estivessem esmagando nos lados. Depois de um tempo ela se acostumou com a sensação de asfixia e os distúrbios intestinais. Bonnie dormia quieta ao seu lado.

Só havia água do lado de fora da escotilha, nenhum pedaço de céu. O movimento do navio provocava coceira em seu corpo. Durante toda a noite ela pensou que estariam mortos quando amanhecesse.

De manhã Alabama estava doente e nervosa demais para aguentar a cabine por mais tempo. David conduziu-a até o bar amparando-a ao longo da amurada. Lorde Parsnips dormia num canto. Uma conversa em voz baixa provinha das costas de duas fundas cadeiras de couro. Ela pediu uma batata cozida e ficou à escuta, desejando que alguma coisa impedisse os dois homens de falar. "Sou muito antissocial", definiu-se. David disse que todas as mulheres eram. "Acho que sim", ela pensou resignada.

Uma das vozes ecoava com a convicção do aprendizado. Tinha o tom com que os doutores de inteligência medíocre expõem as teorias médicas de colegas mais brilhantes a seus pacientes. A outra falava com a seriedade queixosa de uma voz que só é dominante no subconsciente.

— É a primeira vez que penso nessas coisas... sobre as pessoas na África e em todo o mundo. Isso me faz pensar que os homens não sabem tanto quanto imaginam.

— O que você quer dizer?

— Bem, há centenas de anos esses sujeitos sabiam quase tanto quanto nós como salvar a vida. A natureza certamente cuida de si mesma. Não se pode matar nada que se destina a viver.

— Sim, não se pode exterminar nada que tenha vontade de viver. Não se pode matar!

A voz tornou-se alarmantemente acusadora. A outra voz mudou de assunto, na defensiva.

— Você foi a muitos espetáculos em Nova York?

— Três ou quatro, e todos coisas indecentes e triviais! Não se tira nada que seja de algum proveito. Não valem nada — a segunda voz se elevava acusadora.

— Eles têm de dar ao público o que o público quer.

— Estava falando com um jornalista outro dia, que me dizia exatamente a mesma coisa, e eu o mandei dar uma olhada no *Enquirer* de Cincinnati. Eles nunca falam de todos esses escândalos e casos, e é um dos maiores jornais do país.

— Não é o público... eles têm de aceitar o que aparece.

— Claro, eu só vou para ver o que está acontecendo.

— Eu também não vou com muita frequência... apenas três ou quatro vezes por mês.

Alabama se levantou cambaleando.

— Não dá pra aguentar! — disse ela. O bar cheirava a azeitonas e cinzas apagadas. — Diga ao homem que quero a batata lá fora.

Agarrando-se à amurada, ela chegou à varanda envidraçada da parte de trás. Um gigantesco estalo seguido de um movimento de sucção explodiu sobre o convés. Ela ouviu as cadeiras caírem no mar. As ondas fechavam-se como lápides de mármore sobre sua visão e abriam-se de novo, sem que a água aparecesse. O barco flutuava precariamente no céu.

— Tudo nos Estados Unidos é como suas tempestades — falou o inglês em tom arrastado —, ou você diria que estamos na Europa?

— Os ingleses nunca ficam assustados — ela observou.

— Não se preocupe com Bonnie, Alabama — disse David. — Afinal, ela é uma criança. Ainda não sente muito as coisas.

— Por isso seria mais terrível se alguma coisa acontecesse a ela!

— Não. Se, em teoria, eu tivesse de escolher entre salvar uma de vocês duas, ficaria com o material já provado.

— Pois eu não. Eu a salvaria primeiro. Ela pode ser uma pessoa maravilhosa.

— Talvez, mas nenhum de nós é, e sabemos que *não somos* assim tão terríveis.

— Falando sério, David, você acha que escaparemos?

— O comissário diz que são vagas da Flórida provocadas por um vento de 144 quilômetros por hora. Cento e doze já é furacão. O navio está adernando trinta e sete graus. Só vira se chegar a quarenta. Eles acham possível que o vento acalme. De qualquer modo, não há nada que possamos fazer.

— Não. O que você acha disso?

— Nada. Tenho vergonha de confessar, andei tomando conhaques demais. Me deixaram meio enjoado.

— Eu também não acho nada. As intempéries são esplêndidas... Não me importo realmente se afundarmos. Tornei-me muito selvagem.

— Sim, quando descobrimos que temos de renunciar a uma porção tão grande de nós próprios para funcionar, ficamos selvagens... para salvar o resto.

— De qualquer modo, não teria a menor importância se qualquer uma das pessoas deste barco, ou de qualquer outra reunião da qual eu tenha participado, desaparecesse.

— Você se refere a gênios?

— Não. Elos nesse fio intangível da evolução que chamamos primeiro de ciência, depois civilização... instrumentos de um propósito.

— Como denominadores para compreender o passado?

— Ainda mais para imaginar o futuro.

— Como seu pai?

— De certo modo. Ele cumpriu sua tarefa.

— Como tantos outros.

— Mas eles não sabem disso. Consciência é o objetivo, na minha opinião.

— Então o propósito da educação deveria ser ensinar a dramatizar a vida, para nos darmos conta, tanto quanto possível, dos recursos do homem?

— É o que penso.

— Bem, é bobagem!

Três dias depois o salão abriu de novo suas portas. Bonnie fez um escarcéu porque queria ver o filme do navio.

— Você acha que ela deveria? Imagino que esteja cheio de *sex-appeal* — disse Alabama.

— Mas claro — replicou Lady Sylvia. — Se tivesse uma filha, eu a mandaria a todas as sessões, para aprender alguma coisa útil para quando crescer. Afinal de contas, são os pais que pagam.

— Não sei o que pensar das coisas.

— Nem eu... mas *sex-appeal* é uma categoria à parte, minha querida.

— O que você prefere, Bonnie, *sex-appeal* ou uma caminhada ao sol no convés?

Bonnie era duas, uma sacerdotisa de sabedorias obscuras e a menina reverenciada pelos pais como se fosse duzentas. Como a família Knight esgotara o interesse da criança durante os longos meses de desmame, sua posição era agora a de um membro com direito a voto.

— Bonnie caminha *depois* — respondeu a criança prontamente.

O ar já não parecia americano. O céu tinha menos energia. A opulência da Europa se espraiara com a tempestade.

Claque... claque... claque... claque, seus pés batiam no convés ressoante. Ela e Bonnie pararam junto à amurada.

— Deve ser bonito um navio passando de noite — disse Alabama.

— Está vendo a Ursa? — apontou Bonnie.

— Vejo Tempo e Espaço unidos num momento estático pintado. Eu a vi numa pequena caixa de vidro em um planetário, do modo como estava há anos.

— Ela mudou?

— Não, as pessoas é que a viam de outro modo. Durante todo o tempo ela era algo diferente do que elas pensavam que fosse.

O ar estava salgado, um ar tão bonito, na amurada do navio.

"É a quantidade que o torna tão belo", pensou Alabama. "Imensidão é a mais bela de todas as coisas."

Uma estrela cadente, flecha ectoplásmica, correu pela teoria nebular como um beija-flor brincalhão. De Vênus a Marte e a Netuno, seguiu o rastro do fantasma da compreensão, iluminando horizontes distantes sobre os pálidos campos de batalha da realidade.

— Que bonito — disse Bonnie.

— Ficará guardada numa caixa para os netos de seus netos de seus netos.

— Netos de netos numa caixa — comentou Bonnie profundamente.

— Não, querida, as estrelas! Talvez usem a mesma caixa... as coisas exteriores parecem ser as únicas a sobreviver.

Claque... claque! Claque... claque! Lá se foram ao redor do convés. O ar da noite estava tão bom.

— Você tem de ir para a cama, meu bebê.

— Não haverá mais estrelas quando eu acordar.

— Haverá outras.

David e Alabama subiram juntos para a proa do barco. Fosforescentes, seus rostos brilhavam ao luar. Sentaram-se sobre um monte de corda, voltados para a silhueta enredada.

— Seu quadro de um barco estava errado, aquelas chaminés são damas dançando um minueto muito delicado — ela comentou.

— Talvez. A lua torna as coisas diferentes. Não gosto.

— Por que não?

— Estraga a escuridão.

— Oh, mas é tão profano! — Alabama levantou-se. Contraindo a nuca, ela se pôs na ponta dos pés.

— David, eu voarei para você, se você me amar!

— Voe, então.

— Não posso voar, mas, ainda assim, me ame.

— Pobre criança sem asas!

— É tão difícil me amar?

— Acha que você é fácil, minha propriedade quimérica?

— Queria tanto ser paga, de algum modo, pela minha alma.

— Cobre da lua... encontrará o endereço no Brooklyn e no Queens.

— David! Eu te amo mesmo quando você é atraente.

— O que não ocorre com muita frequência.

— Sim, frequentemente e de modo impessoal.

Alabama ficou em seus braços sentindo-o mais velho que ela. Ela não se movia. O motor do barco soava como uma cantiga de ninar em tom grave.

— Há muito tempo que não tínhamos uma conversa.

— Séculos. Vamos ter uma por noite.

— Compus um poema para você.

— Vamos ver.

Por que sou deste jeito, por que sou de outro?
Por que brigo tão constantemente comigo mesma?
Qual é o eu racional e lógico?
Qual dos dois é o que deve querer existir?

David riu.

— Tenho de responder a isso?

— Não.

— Chegamos à idade da cautela quando tudo, até nossas reações mais pessoais, deve passar pelo crivo de nossos intelectos.

— É muito causativo.

— Bernard Shaw diz que todas as pessoas com mais de quarenta anos são canalhas.

— E se não atingirmos esse estado desejável até lá?

— Desenvolvimento bloqueado.

— Estamos estragando nossa noite.

— Vamos entrar.

— Vamos ficar... Talvez a mágica volte.

— Vai voltar. Numa outra ocasião.

Ao descerem, passaram por Lady Sylvia beijando enlevadamente uma sombra atrás de um escaler.

— Era o marido? Deve ser verdade então... que eles se amam.

— Um marinheiro... Às vezes gostaria de ir a um baile de Marseille — disse Alabama vagamente.

— Para quê?

— Não sei... Acho que teria o mesmo gosto de comer alcatra.

— Eu ficaria furioso.

— Você estaria beijando Lady Sylvia atrás do escaler.

— Nunca.

A orquestra berrava o dueto das flores de *Madame Butterfly* no salão do navio.

David para Mignonette,
E alguém mais para a violette,

cantarolou Alabama.

— Você é artista? — perguntou o inglês.

— Não.

— Mas estava cantando.

— Porque estou feliz por descobrir que sou uma pessoa muito autossuficiente.

— Oh, de verdade? Que narcisista!

— Muito. Estou muito satisfeita com o modo como caminho, falo e faço quase todas as coisas. Quer que eu te mostre meus poderes?

— Por favor.

— Então me arrume uma bebida.

— Venha até o bar.

Alabama gingou imitando um caminhar que admirara certa vez.

— Mas eu o previno — disse ela —, só sou realmente eu mesma quando sou outra pessoa a quem atribuo todas essas qualidades maravilhosas que existem apenas na minha imaginação.

— Oh, não me importarei com isso — disse o inglês, sentindo vagamente que deveria alimentar expectativas. Qualquer coisa incompreensível tem significado sexual para muitas pessoas com menos de trinta e cinco anos.

— E o previno de que sou monógama, se não em teoria, de coração — disse Alabama, percebendo sua dificuldade.

— Por quê?

— Uma teoria de que a única emoção impossível de ser repetida é a da variedade.

— Isso é uma piada?

— Claro. Nenhuma das minhas teorias funciona.

— Você é interessante como um livro.

— Eu sou um livro. Pura ficção.

— Então quem a inventou?

— O caixa do First National Bank, para pagar por alguns erros de matemática. Sabe, eles o teriam despedido se não tivesse arrumado o dinheiro de *algum* modo — ela inventou.

— Pobre homem.

— Se não fosse por ele, eu teria de continuar a ser eu mesma para sempre. E então não teria todos esses poderes para agradar você.

— Você teria me agradado de qualquer maneira.

— O que o faz pensar assim?

— Você é no fundo uma excelente pessoa — disse ele sério.

99

Com medo de se ter comprometido, acrescentou logo em seguida:

— Acho que seu marido ficou de nos encontrar.

— Meu marido está lá em cima admirando as estrelas atrás do terceiro escaler, no lado esquerdo do navio.

— Está brincando! Você não tem como saber isso. Como poderia saber?

— Dons misteriosos.

— Você é uma tremenda impostora.

— Claro. E estou cansada de mim mesma. Vamos falar de você.

— Tenho a intenção de fazer fortuna nos Estados Unidos.

— É o que todo mundo quer.

— Recebi cartas.

— Pode incluí-las em seu livro quando o escrever.

— Não sou escritor.

— Todas as pessoas que gostam dos Estados Unidos escrevem livros. Você vai ficar neurótico depois que se recuperar da viagem; aí se verá às voltas com alguma coisa que seria bem melhor guardar só para si, mas que você vai tentar publicar.

— Gostaria de escrever sobre minhas viagens. Gostei de Nova York.

— Sim, Nova York é como uma ilustração da Bíblia, não é?

— Você lê a Bíblia?

— O livro de Gênesis. Gosto da parte que diz que Deus ficou muito satisfeito com tudo. Gosto de pensar que Deus é feliz.

— Não vejo como poderia ser.

— Nem eu, mas suponho que *alguém* tenha que se sentir de todas as maneiras possíveis em relação a tudo o que acontece. Como ninguém mais reclamou essa qualidade específica, nós a atribuímos a Deus... Pelo menos é o que o Gênesis faz.

A costa da Europa desafiava a imensidão atlântica. A lancha deslizou para dentro da cordialidade de Cherbourg entre os fortes e sonoros sinos e o ruído de tamancos sobre as pedras do calçamento.

Nova York ficara para trás. As forças que os produziram tinham ficado para trás. O fato de Alabama e David nunca mais virem a sentir com tanta exatidão a batida de qualquer outra pulsação, uma vez que só reconhecemos em novos ambientes aquilo com que já estamos familiarizados, não pesava nas suas expectativas.

— Eu poderia chorar! — disse David. — Queria que a banda tocasse sobre o convés. É a coisa mais emocionante... Todas as experiências do homem ali à sua escolha!

— Seleção é o privilégio que pagamos na vida com nosso sofrimento — disse Alabama.

— É tão magnífico! Tão glorioso! Vamos beber vinho no almoço!

— Oh, Continente! — ela apostrofou. — Mande-me um sonho!

— Você já tem um agora — disse David.

— Mas onde? Acabará sendo apenas o lugar onde fomos mais jovens.

— Todo e qualquer lugar não passa disso.

— Chato!

— Oradora de esquina! Eu poderia lançar uma bomba dentro do Bois de Boulogne!

Ao passarem por Lady Sylvia na alfândega, ela os chamou detrás de um monte de finas roupas íntimas, um saco de água quente azul, um complicado aparelho elétrico e vinte e quatro pares de sapatos americanos.

— Você não quer sair comigo hoje à noite? Eu te mostrarei a bela cidade de Paris para você pintar nos seus quadros.

— Não — disse David.

— Bonnie — aconselhou Alabama —, e se você se colocar diante dos caminhões, eles vão, com toda a certeza, esmagar os seus pés, o que não seria nem *chic* nem *élegante*... Pelo que sei, a França é cheia dessas finas distinções.

O trem os levou para o sul através do carnaval cor-de-rosa da Normandia, pelos ornamentos delicados de Paris e os altos terraços de Lyon, pelos campanários de Dijon e o romance branco de Avignon até o perfume do limão, o sussurro da folhagem negra, as nuvens de mariposas açoitando as sombras dos heliotrópios... até Provença, onde as pessoas não precisam enxergar a não ser que estejam procurando o rouxinol.

II

O grego solene do Mediterrâneo lambia os beiços sobre as orlas de nossa civilização febril. Torres caíam aos pedaços sobre as encostas cinzentas e espalhavam a poeira de suas ameias embaixo das oliveiras e dos cactos. Fossos antigos dormiam cobertos por madressilvas entrelaçadas; papoulas frágeis espalhavam vermelho pelas estradas; parreiras se apegavam às rochas pontudas como pedaços de tapete usado. O tom barítono de cansados sinos medievais proclamava desinteressadamente um feriado no passar do tempo. As lavandas floresciam silenciosas sobre as rochas. Era difícil ver na vibração do sol.

— Não é maravilhoso? — disse David. — É tão absolutamente azul, a menos que você comece a examinar de perto. Então é cinza e malva e, se visto mais de perto, é sombrio e quase preto. Claro, numa investigação cuidadosa, é uma ametista com jeito de opala. O que é, Alabama?

— Não consigo ver por causa da paisagem. Espere um minuto. — Alabama pressionou o nariz contra as fendas musgosas da parede do castelo. — É, na verdade, Chanel número 5 — disse convicta — e a sensação de tocá-lo é semelhante à de passar a mão pela sua nuca.

— Não é Chanel! — protestou David. — Acho que é mais *robe de style*. Fique ali, quero tirar um retrato seu.

— Bonnie também?

— Sim. Acho que vamos ter de lhe dar um lugar.

— Olhe para o papai, criança privilegiada.

A menina fitou a mãe com grandes olhos incrédulos.

— Alabama, não dá para incliná-la um pouco? As bochechas dela estão mais largas que a testa, e, se você conseguisse empurrá-la um pouco para a frente, ela não ficaria tão parecida com a entrada da Acrópole.

— Bu, Bonnie — tentou Alabama.

Ambas caíram sobre uma moita de heliotrópios.

— Meu Deus! Arranhei o rosto dela. Você não tem mercurocromo, não é?

Ela examinou os redemoinhos de fuligem que formavam as articulações da criança.

— Não parece ser nada sério, mas acho que temos de ir para casa desinfetar.

— Nenê casa — pronunciou Bonnie seriamente, forçando as palavras entre os dentes como uma cozinheira amassando um purê.

— Casa, casa, casa — entoou com paciência, balançando-se colina abaixo no braço de David.

— Lá está, minha querida, "O Grande Hotel de Petrônio e das Ilhas Douradas". Está vendo?

— David, acho que deveríamos ter ido para o Palácio e o Universo. Eles têm mais palmeiras no jardim.

— E perder um nome como o do nosso? Sua falta de senso histórico é a maior falha na sua inteligência, Alabama.

— Não vejo por que eu deveria ter uma mente cronológica para apreciar essas estradas cobertas de poeira branca. Você me lembra uma trupe de trovadores, carregando a criança desse jeito.

— Exatamente. Por favor, não puxe o cabelo de papai. Você já viu um calor assim?

— E as moscas! Não sei como as pessoas aguentam.

— Talvez fosse melhor irmos mais para o norte da costa.

— Estas pedras fazem uma pessoa se sentir perneta. Vou comprar umas sandálias.

Eles seguiram os calçamentos da República Francesa passando pelas cortinas de bambu de Hyères, por cordões de chinelos de feltro e tendas de roupas íntimas femininas, pelo fluxo das sarjetas com o extravagante desperdício do Sul, pelas caretas de exóticos bonecos inspirando morenas faces provençais a sonhar com a liberdade da Legião Estrangeira, por mendigos comidos por escorbuto, por ramos intumescidos de buganvílias, pela poeira e palmeiras, por uma fila de carruagens de aluguel, pelas amostras de pasta de dente do cabeleireiro da vila que exalavam cheiro de Chipre e pela caserna que unia a cidade num efeito semelhante ao de um retrato de família numa enorme sala de estar desarrumada.

— Chegamos.

David depositou Bonnie no ar fresco e úmido do saguão do hotel sobre uma pilha de *Illustrated London News* do ano anterior.

— Onde está Nanny?

Alabama enfiou a cabeça no luxo agressivo da sala enfeitada de rendas.

— O quarto de Mme. Tussaud está vazio. Suponho que esteja lá fora colhendo material para sua tabela britânica de comparações, para quando voltar a Paris poder dizer: "Sim, mas as nuvens em Hyères tinham um cinza um pouco mais carregado quando estive lá com os David Knight".

— Ela vai dar a Bonnie uma noção de tradição. Gosto dela.

— Eu também.

— Onde está a babá? — Bonnie girou os olhos alarmada.

— Querida! Ela volta. Está lá fora colhendo umas boas opiniões para você.

Bonnie olhava incrédula.

— Botões — disse apontando para o vestido. — Quero suco de laranja.

— Oh, está bem... mas você vai descobrir que as opiniões serão muito mais úteis quando crescer.

David tocou a campainha.

— Seria possível conseguir um copo de suco de laranja?

— Oh, monsieur, sinto muito. Não há laranjas no verão. É o calor. Tínhamos pensado em fechar o hotel já que não se pode ter laranjas por causa do clima. Espere um minuto, vou ver.

O proprietário parecia um médico de Rembrandt. Ele tocou a campainha. Um criado de quarto, que também parecia um médico de Rembrandt, atendeu.

— Há laranjas? — perguntou o proprietário.

— Nem uma sequer — respondeu o homem com ênfase sombria.

— Está vendo, monsieur? — anunciou o proprietário num tom de alívio. — Não há uma laranja sequer.

Esfregou as mãos satisfeito. A presença de laranjas no hotel lhe teria causado certamente muitos aborrecimentos.

— Suco de laranja, suco de laranja — gritava a criança.

— Onde se meteu essa mulher? — berrou David.

— Mademoiselle? — perguntou o proprietário. — Está no jardim, embaixo de uma oliveira que tem mais de cem anos. Que árvore esplêndida! Vou te mostrar.

Ele os seguiu para fora.

— Um menino tão bonito — disse. — Vai falar francês. Já falei inglês muito bem tempos atrás.

A feminilidade de Bonnie era seu traço mais marcante.

— Não tenho dúvida — disse David.

A babá montara um *boudoir* com as cadeiras de ferro flexíveis. Costuras espalhadas ao redor, um livro, vários óculos, brinquedos de Bonnie. Uma lâmpada de álcool ardia sobre a mesa. O jardim estava completamente povoado. No conjunto, poderia passar por uma creche inglesa.

— Dei uma olhada no cardápio, madame, e era carne de cabrito outra vez, por isso passei no açougue. Estou fazendo um pouco de ensopado de carne para Bonnie. Este é o mais sujo dos lugares, se me perdoa, madame. Acho que não conseguiremos suportá-lo.

— Nós achamos que *é* muito quente — disse Alabama em tom de desculpa. — O sr. Knight vai procurar uma vila mais ao norte da costa, se não encontrarmos uma casa hoje de tarde.

— Tenho certeza de que poderíamos achar coisa melhor. Passei algum tempo em Cannes com os Horterer-Collins, e não nos faltou conforto. É claro que, no verão, eles vão para Deauville.

Alabama sentiu de alguma forma que talvez devessem ir para Deauville, uma espécie de obrigação com a babá.

— Talvez tente Cannes — disse David impressionado.

A sala de jantar vazia zumbia com o turbulento brilho do meio-dia nos trópicos. Um casal inglês decrépito tremia sobre o queijo borrachudo e a fruta mole. A velha inclinou-se e, à distância, passou um dedo pelas faces vermelhas de Bonnie.

— Tão parecida com a minha netinha — disse protetoramente.

A babá se encrespou.

— Madame, por favor, não acaricie a criança.

— Não acariciei a criança. Eu apenas a toquei.

— Este calor estragou seu estômago — concluiu a babá peremptoriamente.

— Não quero comer. Não quero o meu jantar — Bonnie quebrou o longo silêncio depois do conflito inglês.

— Também não quero o meu. Cheira a amido. Vamos procurar o corretor imobiliário agora, David.

Alabama e David cambalearam pelo sol abrasador até a praça principal. Um feitiço de letargia dominava o pátio. Os cocheiros dormiam embaixo de qualquer abrigo que encontrassem, as lojas estavam fechadas, nenhuma sombra quebrava o brilho vingativo e tenaz. Eles descobriram uma carruagem parada e conseguiram acordar o cocheiro pulando no degrau.

— Duas horas — disse o homem irritado. — Estou fechado até as duas horas!

— Bem, vá a este endereço de qualquer modo — insistiu David. — Nós esperaremos.

O cocheiro deu de ombros com relutância.

— Para esperar são dez francos a hora — argumentou descontente.

— Está bem. Somos milionários americanos.

— Vamos sentar em cima da manta — disse Alabama. — A carruagem parece cheia de pulgas.

Eles dobraram a manta marrom do exército sob as pernas ensopadas.

— *Tiens!* Lá está o monsieur! — O cocheiro apontou indolentemente para um bonito meridional com um esparadrapo sobre o olho que, absorto, retirava a maçaneta da porta de sua loja no outro lado da rua.

— Queremos ver uma vila, a "Lotus Azul", que, pelo que sei, está para alugar — começou David educadamente.

— Impossível. Por nada deste mundo seria possível. Ainda não almocei.

— É claro, monsieur, que, se me permitisse, pagaria por seu tempo livre.

— Aí é diferente — o agente abriu um grande sorriso. — Monsieur compreende que desde a guerra as coisas estão diferentes e é preciso comer.

— Certamente.

A carruagem vacilante rolou passando por campos de um azul de alcachofra que pareciam manchas na intensidade da hora, através de longos trechos de vegetação que brilhavam no calor como plantas submarinas. Com um pinheiro de copa alta aqui e ali na passagem plana, a estrada seguia sinuosa, quente e ofuscante em direção ao mar. A água, quebrada pelo sol, se estendia como um chão de lascas luminosas numa oficina de luz.

— Lá está ela! — O homem gritou orgulhosamente.

A "Lótus Azul" crestava-se ao sol num terreno de barro vermelho, sem árvores. Abriram a porta e penetraram na frescura da entrada fechada com venezianas.

— Aqui é o quarto do senhor da casa.

Na imensa cama viam-se um pijama estampado e uma camisola de pregas verde-amarelada.

— A descontração da vida nesta região me espanta — disse Alabama. — Eles aparentemente passaram a noite e seguiram.

— Gostaria de poder viver assim, sem premeditação.

— Vamos ver os encanamentos.

— Mas, madame, os encanamentos estão perfeitos. Quer dar uma olhada?

Uma pesada porta esculpida se abriu, deixando à mostra uma banheira de Copenhague com crisântemos azuis que subiam pelas beiradas num selvagem delírio chinês. As paredes eram cobertas de azulejos com coloridas cenas de pesca da Normandia. Alabama experimentou testar a haste de latão destinada a operar essas fantasias pictóricas.

— Não funciona — disse.

O homem levantou as sobrancelhas com uma expressão de Buda.

— Ora! Deve ser porque não tem chovido! Às vezes, quando não chove, falta água.

— O que fazemos se não chover durante todo o verão? — perguntou David fascinado.

— Mas ora, monsieur, é claro que vai chover — o agente sorriu animado.

— E enquanto não chover?

— Monsieur é estranho.

— Bem, temos de conseguir algo mais civilizado.

— Deveríamos ir a Cannes — disse Alabama.

— Vou pegar o primeiro trem quando voltarmos.

David telefonou de St. Raphaël.

— Encontrei o lugar ideal — disse —, sessenta dólares por mês, jardim, encanamentos, fogão, uma maravilhosa composição na cúpula, telhado de metal de um campo de aviação, pelo que me disseram... Vou buscá-la amanhã. Podemos nos mudar imediatamente.

O dia os envolveu numa armadura de sol. Alugaram uma limusine antiquada com reminiscências de ocasiões de pompa. Nastúrcios de papel desbotando no cubismo de um triângulo de vidro cortado obscureciam a vista ao longo da costa.

— Dirigir, dirigir, por que não posso dirigir? — gritava Bonnie.

— Porque os tacos de golfe têm de ir ali, e, David, você pode colocar o seu cavalete aqui.

— Hum... hum... hum... — zumbiu a criança, contente com o movimento. — Bom, bom, bom.

O verão se introduzia nos seus corações e cantava ao longo da estrada emaranhada. Revendo o passado, Alabama não encontrou cataclismos reais, embora o ritmo de sua vida anterior criasse a ilusão de que ela vivia entregue a seus impulsos. Sentindo-se tão maravilhosa, ela se perguntava por que tinham saído de casa.

Três horas de um dia de julho, e a babá pensando gentilmente sobre a Inglaterra no topo de colinas, em carros alugados e nas mais inusitadas circunstâncias, estradas brancas e pinheiros... a vida cantarolando baixinho uma canção de ninar. De qualquer modo, era divertido estar viva.

"Les Rossignols" ficava afastada do mar. O perfume de flores de tabaco impregnava o cetim azul esmaecido da sala Luís XV; um cuco de madeira protestava contra o aspecto sombrio da sala de jantar de carvalho; agulhas de pinheiro atapetavam os ladrilhos azuis e brancos da sacada; petúnias acariciavam a balaustrada. O caminho de cascalho dava voltas ao redor de uma palmeira gigantesca com gerânios brotando nas suas fendas e perdia-se na perspectiva de um arvoredo vermelho rosado. As paredes cor de creme da vila com suas janelas pintadas se estendiam e se espreguiçavam na chuva dourada do sol da tarde.

— Há uma casa de verão — disse David com ares de proprietário — construída com bambu. É como se Gauguin tivesse se dedicado à paisagem de jardins.

— É divino. Você acha que existam realmente rouxinóis?

— Sem dúvida... Todas as noites, para brindar o jantar.

— *Comme ça, monsieur, comme ça* — cantava Bonnie exultante.

— Olhe! Ela já sabe falar francês.

— É um lugar maravilhoso, maravilhoso, esta França. Não é, babá?

— Moro aqui há vinte anos, sr. Knight, e nunca consegui

entender essas pessoas. É claro, não tive muitas oportunidades de aprender francês, estando sempre com as melhores famílias.

— Certamente — disse David enfático. O que quer que a babá dissesse soava como uma elaborada receita para fazer chocolate.

— Acho que as criadas na cozinha são um presente do corretor da casa — disse Alabama.

— São... três magníficas irmãs. Talvez as três Parcas, quem sabe?

O balbuciar de Bonnie tornou-se um grito exultante através da densa folhagem.

— Nade! Nade agora! — ela gritava.

— Ela jogou a boneca no laguinho dos peixes — observou a babá nervosa. — Bonnie má! Tratar a pequena Cachos de Ouro dessa maneira.

— O seu nome é *Comme Ça* — reclamou Bonnie. — Você a viu nadar?

Mal se via a boneca no fundo da luzidia água verde.

— Oh, nós vamos ser tão felizes longe das coisas que quase nos dominaram, só não conseguindo completamente porque fomos espertos demais.

David agarrou a esposa pela cintura e a passou pelas largas janelas, depositando-a sobre os pisos de ladrilhos de sua nova casa. Alabama examinou o teto pintado. Cupidos em tons pastel brincavam entre as ipomeias e as rosas em grinaldas, inchados de bócio ou alguma doença maligna.

— Você acha que vai ser tão bom como parece? — perguntou cética.

— Estamos agora no paraíso... nunca mais chegaremos tão perto... aí está a prova pictórica do fato — disse seguindo os olhos dela.

— Sabe, nunca penso num rouxinol sem pensar no *Deca-*

meron. Dixie costumava escondê-lo na gaveta de cima. É engraçado como as associações envolvem nossas vidas.

— Não é mesmo? As pessoas não podem realmente pular de uma coisa para outra, acho que não... sempre levam junto alguma coisa.

— Espero que não seja nossa inquietação dessa vez.

— Vamos ter de comprar um carro para ir à praia.

— Claro. Mas amanhã vamos de táxi.

O amanhã já estava brilhante e quente. O som de um jardineiro provençal na sua resistência passiva ao trabalho os acordou. O ancinho arrastava-se preguiçosamente sobre o cascalho; a criada serviu o café da manhã no terraço.

— Chame um táxi, por favor, filha desta florida república.

David estava exultante. Era desnecessário ser tão dinâmico antes do café da manhã, comentou Alabama consigo mesma com sarcasmo matinal.

— E assim, Alabama, nunca se soube na nossa época de um gênio tão forte e seguro como o que agora se apresenta diante de nós nas últimas telas de um certo David Knight! Ele começa a trabalhar depois de um mergulho todos os dias e só para quando outro mergulho às quatro horas refresca sua presunção.

— E eu me regalo com este ar voluptuoso, engordo comendo bananas e Chablis enquanto David Knight desenvolve sua inteligência.

— Claro. O lugar de uma mulher é junto com o vinho — aprovou David com ênfase. — Ainda existe arte a ser feita no mundo.

— Mas você não vai trabalhar o tempo todo, não é?

— Espero que sim.

— É um mundo de homens — suspirou Alabama, medindo-se num raio de sol. — Este ar tem um efeito lascivo...

A engrenagem da existência dos Knight, administrada por três mulheres na cozinha, movia-se sem protestar pelo mundo perfumado, enquanto o verão avançava vagarosamente em sua pomposa exposição. Flores se abriam úmidas e doces sob o salão. As estrelas de noite ficavam presas na rede do topo dos pinheiros. As árvores do jardim diziam "Whip... poor will",* as quentes sombras, "Uú... u". Das janelas de "Les Rossignols" a arena romana de Fréjis ficava banhada pela luz da Lua que, bojuda, pairava perto da Terra como um odre repleto de vinho.

David trabalhava nos seus afrescos, Alabama passava muito tempo sozinha.

— O que vamos *fazer* conosco, David? — perguntava.

David dizia que Alabama tinha que deixar de ser criança, que não podia mais ficar esperando que os outros providenciassem coisas para ela fazer.

Um tílburi todo estragado os levava à praia todos os dias. A criada se referia à coisa como *la voiture* e anunciava sua chegada com toda a cerimônia durante o brioche com mel. Sempre havia uma discussão familiar sobre quantas horas deveriam esperar para poder nadar em segurança depois de uma refeição.

O sol brincava preguiçosamente atrás da silhueta bizantina da cidade. Cabines de banho e um pavilhão de dança descoravam na brisa branca. A praia se estendia por quilômetros ao longo do azul. A babá costumava estabelecer um protetorado britânico sobre uma generosa porção de areia.

— É a bauxita que torna as colinas tão vermelhas — disse a babá. — E, madame, Bonnie precisa de outro traje de banho.

— Podemos arrumá-lo nas Galeries des Objectives Perdues — sugeriu Alabama.

— Ou na Occasion des Perspectives Oubliés — disse David.

---

* *Whippoorwill*: pássaro semelhante ao curiango. (N. T.)

— Claro. Ou de um boto que passar, ou da barba daquele homem.

Alabama indicou uma figura magra e queimada de sol metida numa calça de brim, com costelas brilhantes como um Cristo de marfim e olhos de fauno, acenando como em uma fantasia obscena.

— Bom dia — disse a figura com ímpeto. — Já os vi várias vezes aqui.

Sua voz era profunda, metálica e engrossada com a confiança de um cavalheiro.

— Sou o proprietário de meu pequeno local. Temos comida e há danças à noite. Fico contente em lhes dar as boas-vindas a St. Raphaël. Não há muitas pessoas no verão, como veem, mas nos divertimos bastante. Meu estabelecimento ficaria honrado se aceitassem um coquetel americano depois do banho.

David estava surpreso. Não esperava um comitê de recepção. Era como se tivessem sido admitidos em um clube.

— Com prazer — disse ele apressadamente. — É só entrar?

— Sim, é só entrar. Então, eu sou M. Jean para meus amigos! Mas vocês devem conhecer as pessoas, pessoas tão encantadoras — sorriu contemplativamente e desapareceu em estilhaços no brilho da manhã.

— Não há ninguém — disse Alabama, fitando ao redor.

— Talvez guarde as pessoas em garrafas lá dentro. Ele certamente parece um gênio capaz disso. Logo vamos saber.

A voz da babá, feroz na sua desaprovação de gim e gênios, chamava Bonnie lá da areia.

— Eu disse não! Eu disse não! Eu disse não! — A criança correu para a beira da água.

— Vou buscá-la, ama.

Os David Knight se precipitaram dentro da tintura azul atrás da criança.

— Você tem de sair transformado, sei lá como, em marinheiro — sugeriu Alabama.

— Mas estou representando Agamêmnon — protestou David.

— Sou um peixinho pequenino — contribuiu Bonnie. — Um peixe encantador, é o que sou!

— Está bem. Você pode brincar se quiser. Oh, céus! Não é maravilhoso sentir que nada pode nos perturbar e que a vida corre como deveria?

— Perfeita, radiante, deslumbrantemente maravilhosa! Mas eu quero ser Agamêmnon.

— Por favor, seja um peixe que nem eu — pediu Bonnie.

— Peixes são mais bonitos.

— Muito bem. Vou ser um peixe Agamêmnon. Só posso nadar com as minhas pernas, entende?

— Mas como é que você pode ser duas coisas ao mesmo tempo?

— Porque, minha filha, sou tão absurdamente inteligente que acho que poderia ser um mundo inteiro para mim mesma, se não preferisse viver no de papai.

— A água salgada pôs sua inteligência em conserva, Alabama.

— Ah! Então vou ter de ser um peixe Agamêmnon em conserva, e isso é muito mais difícil. Tem de ser feito sem usar as pernas — Alabama falou com prazer maligno.

— Acho que vai ser muito mais fácil depois de um coquetel. Vamos entrar.

A sala era fresca e escura depois do brilho da praia. Um cheiro agradavelmente masculino de água do mar já seca escapava furtivo das cortinas. As ondas crescentes do calor lá de fora davam ao bar uma sensação de movimento, como se a quietude do interior fosse um lugar de descanso temporário para brisas muito ativas.

— Pentes, sim, não temos pentes hoje — cantou Alabama, olhando-se no espelho mofado atrás do bar. Ela se sentia tão fresca, lisa e salgada! Decidiu que a risca do cabelo ficaria melhor no outro lado da cabeça. No desvanecer indistinto do espelho antigo percebeu o esboço de umas costas largas enfiadas no rígido uniforme branco da aviação francesa. A imagem gesticulava galanterias latinas, apontando primeiro para ela, depois para David, mas o espelho embaçava a pantomima. A cabeça de um ouro de moeda de Natal acenava com urgência, largas mãos de bronze agarravam o ar na vã esperança de encontrar na sua riqueza tropical palavras inglesas apropriadas que expressassem um significado tão latino. Os ombros convexos eram esguios, fortes, rígidos, e estavam um pouco curvados com o esforço que o homem fazia para se comunicar. Ele tirou um pequeno pente vermelho do bolso e acenou de modo agradável para Alabama. Quando seus olhos encontraram os do oficial, Alabama experimentou a emoção de um ladrão a quem o dono da casa de repente apresenta a combinação de um cofre difícil. Ela se sentiu como se tivesse sido pega em flagrante num ato escandaloso.

— *Permettez?* — disse o homem.

Ela ficou olhando.

— *Permettez* — ele insistiu. — Isso significa, em inglês, *permettez*, entende?

O oficial resvalou para um francês incompreensível de muitas palavras.

— Não compreendo — disse Alabama.

— *Oui*, compreende — ele repetiu com ar superior. — *Permettez?*

Ele se inclinou e lhe beijou a mão. Um sorriso de seriedade trágica iluminou a face dourada, um sorriso de desculpas... Seu rosto tinha o encanto de um adolescente forçado a representar inesperadamente em público uma situação ensaiada em segredo durante muito tempo. Os gestos dos dois eram exagerados como se estivessem desempenhando um papel para duas outras pessoas à distância, espectros vagos de si mesmos.

— Não sou um "germe" — disse ele surpreendentemente.

— *Oui*, posso ver... Quero dizer, é evidente — respondeu ela.

— *Regardez!* — O homem passou o pente pelo cabelo para demonstrar suas funções.

— Adoraria usá-lo — Alabama olhou em dúvida para David.

— Este, madame — falou aos altos brados M. Jean —, é o tenente Jacques Chevre-Feuille da aviação francesa. Ele é totalmente inofensivo, e estes são seus amigos, o tenente Paulette e madame, o tenente Bellandeau, o tenente Montagne, que é um corso, como verá... e aqueles ali são René e Bobbie, de St. Raphaël, muito bons rapazes.

As lâmpadas vermelhas gradeadas, os tapetes argelinos impedindo a entrada da luz do dia, o cheiro de maresia e incenso davam à Plâge de Jean a impressão de um lugar secreto — uma sala de ópio ou uma caverna de piratas. Cimitarras se alinhavam nas paredes; bandejas de latão brilhantes colocadas sobre tambores africanos resplandeciam nos cantos escuros; sobre mesinhas incrustadas com madrepérola, o crepúsculo artificial amontoava-se como camadas de poesia.

Jacques movia seu corpo magro com a espontaneidade tempestuosa de um líder. Atrás de seu brilho resplandecente seguia a corte: o gordo e oleoso Bellandeau, que dividia um apartamento com Jacques e amadurecera nas brigas de Montenegro; o corso, um romântico sombrio, absorto em seu desespero, que, na esperança de se matar, voava tão baixo ao longo da praia que os banhistas poderiam tocar nas asas do avião; o alto e imaculado Paulette, sob os olhares constantes de uma esposa saída de um quadro de Marie Laurencin. René e Bobbie chamavam a atenção em suas roupas brancas de praia e falavam à meia-voz de Arthur Rimbaud. Bobbie arrancava as sobrancelhas e tinha pés chatos e silenciosos de mordomo. Mais velho, estivera na guerra e seus olhos eram tão cinzentos e desolados como os espaços revoltos perto de Verdun — durante aquele verão, René pintou o seu brilho de chuva em todas as luzes do mar vário. René era o filho artista de um advogado provençal. Seus olhos eram castanhos e consumidos pelo fogo frio de um garoto de Tintoretto. A mulher de um fabricante de chocolate alsaciano passava furtivamente a mão sobre a vitrola barata e tagarelava em voz alta com a filha Raphaël, escura de sol até o âmago de sua não esquecida origem sulina e continental. Os cabelos crespos claros de dois meio-americanos nos seus vinte anos, divididos entre a curiosidade latina e a cautela anglo-saxônica, flutuavam pela obscuridade como um detalhe de querubim em um canto escuro de um friso da Renascença.

A sensibilidade pictórica de David aumentou com os fortes estímulos das estranhas justaposições da manhã do Mediterrâneo.

— Então vou comprar umas bebidas, mas terá de ser Porto, porque não tenho dinheiro, sabe? — Apesar das grandiloquentes tentativas de Jacques para falar inglês, ele acabava revelando seus desejos com qualquer possibilidade dramática que encontrasse para gestos efusivos.

— Você acha que ele é de fato um deus? — murmurou Alabama para David. — Ele se parece com você… só que é cheio de sol, enquanto você é uma pessoa lunar.

O tenente ficou ao lado dela tateando as coisas que ela tocara, tentando estabelecer conexões emocionais entre as suas duas pessoas como um eletricista instalando um fusível complicado. Ele gesticulava bastante para David e fingia uma enorme indiferença em relação à presença de Alabama, para esconder a intensidade de seu interesse.

118

— Vou até a sua casa no meu avião — disse generosamente — e estarei aqui todas as tardes para nadar.

— Então você deve beber conosco hoje à tarde — respondeu David com ar divertido —, porque agora temos de voltar para almoçar e não há mais tempo para uma bebida.

O táxi vacilante despejou-os por esplêndidos funis de sombra provençal e os sacudiu sobre os terrenos crestados entre os parreirais. Era como se o sol tivesse absorvido o colorido da região para fermentar suas misturas do entardecer, fervendo e borbulhando os tons ofuscantes nos céus, enquanto a terra branca e debilitada ficava à espera da mistura generosa que seria espalhada para refrescar os cantos entre as vinhas e pedras no final da tarde.

— Olhe, os braços da criança, madame. Vamos precisar de um guarda-sol, com toda a certeza.

— Oh, babá, deixe que ela se queime! Adoro essas pessoas morenas, tão belas. Parecem tão livres de segredos.

— Mas não pode ser demais, madame. Dizem que estraga a pele para mais tarde, sabe? Devemos sempre pensar no futuro, madame.

— Bem, eu pessoalmente vou me queimar até ficar um verdadeiro mulato — disse David. — Alabama, você acha que seria afeminado raspar as pernas? Elas se bronzeariam mais rápido.

— Posso ter um barco? — os olhos de Bonnie percorriam o horizonte.

— O *Aquitania*, se você quiser, quando eu terminar meu próximo quadro.

— É muito fora de moda — interveio Alabama. — Eu quero um belo e agradável vapor italiano com galões da baía de Nápoles no porão.

— Mudança de tipo — disse David. — Você se tornou sulista de novo… mas se eu a pegar namorando aquele jovem Dionísio, eu torço o pescoço dele, estou avisando.

— Não há perigo. Nem consigo falar inteligivelmente com ele.

Uma mosca solitária esvoaçou como louca contra a luz sobre a vacilante mesa de almoço; era uma mesa de bilhar conversível. Os buracos no tampo de feltro formavam saliências embaixo da toalha. O Graves Monopole Sec estava verde, morno, insossamente colorido pelos copos de vinho azuis. Para o almoço havia pombos cozidos com azeitonas. Cheiravam a um quintal no calor.

— Talvez fosse mais agradável comer no jardim — sugeriu David.

— Seríamos devorados pelos insetos — disse a babá.

— Parece realmente tolo não ter conforto nesta encantadora região — concordou Alabama. — As coisas eram tão agradáveis logo que chegamos.

— Bem, elas estão ficando cada dia piores e mais caras. Você já descobriu quanto custa um quilo?

— São duas libras, acho.

— Então — esbravejou David — não podemos ter comido catorze quilos de manteiga em uma semana.

— Talvez seja *meia libra* — disse Alabama se desculpando.

— Espero que você não vá estragar as coisas por causa de um quilo...

— Você tem de ser muito cuidadosa, madame, ao lidar com os franceses.

— Não compreendo — reclamou David — por que você não pode administrar esta casa satisfatoriamente, quando vive se queixando de que não tem o que fazer.

— O que você quer que eu faça? Todas as vezes que tento falar com a cozinheira ela dispara pela escada do porão e acrescenta mais cem francos à conta.

— Bem... se a comida for pombo amanhã de novo, não venho almoçar — ameaçou David. — Algo tem de ser feito.

— Madame — disse a babá —, já viu as bicicletas novas que os empregados compraram depois que chegamos aqui?

— Srta. Meadow — interrompeu David abruptamente —, quer fazer o favor de ajudar a sra. Knight com a contabilidade?

Alabama não queria que David envolvesse a babá na discussão. Preferia pensar no tom moreno que suas pernas iam adquirir e no gosto do vinho se estivesse frio.

— São os socialistas, sr. Knight. Estão arruinando o país. Vamos ter uma outra guerra, se eles não tomarem cuidado. O sr. Horterer-Collins costumava dizer...

A voz clara da babá prosseguia sem parar. Era impossível perder uma palavra da clara enunciação.

— Isso é besteira sentimental — retorquiu David irritado.
— Os socialistas têm o poder porque o país já está numa confusão. Causa e efeito.

— Perdão, senhor, os socialistas causaram a guerra, na verdade, e agora... — As sílabas claras expuseram as ilimitadas opiniões políticas da babá.

Na frescura do quarto de dormir onde deviam estar descansando, Alabama protestou.

— Não podemos ter cenas assim todos os dias — disse ela.
— Você acha que ela vai falar desse jeito durante todas as refeições?

— Podemos mandá-la comer no andar de cima, à noite. Acho que ela se sente solitária. Só faz ficar sentada sozinha na praia todas as manhãs.

— Mas é terrível, David!

— Sei... mas *você* não tem razão para se queixar. Imagine se tivesse que pensar em composição durante o desenrolar da cena. Ela vai encontrar alguém com quem desabafar. Então ficará melhor. Não devemos deixar que detalhes exteriores arruínem nosso verão.

Alabama andava à toa de um quarto para outro da casa; em geral, só o ruído distante de um aparelho doméstico funcionando interrompia a solidão. Mas aquele último barulho foi o pior de todos... um susto! A vila devia estar caindo aos pedaços.

Ela correu à sacada, a cabeça de David apareceu na janela.

O bater e rufar de um avião soavam acima da vila. Estava tão baixo que podiam ver o ouro do cabelo de Jacques brilhando através da rede marrom ao redor de sua cabeça. O aparelho mergulhou malevolamente como uma ave de rapina e depois elevou-se numa curva tensa, bem alto no azul. Realizando, inclinado, uma rápida curva para trás, as asas brilhando ao sol, caiu numa espiral sem fôlego, quase tocando o telhado. Quando o avião se endireitou, viram Jacques abanar com uma das mãos e atirar um pequeno pacote no jardim.

— Esse maldito tolo vai se matar! Está me dando um ataque de coração — protestou David.

— Ele deve ser incrivelmente corajoso — disse Alabama sonhadora.

— *Vaidoso*, é o que você quer dizer — ele reclamou.

— *Voi-lá! Madame, voi-lá! Voi-lá! Voi-lá!*

A criada excitada entregou a Alabama a caixa de correio marrom. Nem passava pelas certezas francesas de sua mente que talvez fosse para o elemento masculino da família que uma máquina se arriscaria a voar tão baixo para deixar cair uma mensagem.

Alabama abriu a caixa. Numa folha de papel tirada de um caderno quadrado estava escrito em diagonal com lápis azul: *"Toutes mes amitiés du haut de mon avion.* Jacques Chevre--Feuille".

— O que você acha que isto significa? — perguntou Alabama.

— Só cumprimentos — disse David. — Por que você não arruma um dicionário de francês?

Aquela tarde Alabama passou pela livraria a caminho da praia. Dentre filas de volumes de papel amarelado escolheu um dicionário e *O baile do conde d'Orgel** em francês para aprender a língua.

Começando às quatro, conforme arranjos prévios, a brisa abria um caminho azul pelas sombras molhadas de mar no clube de Jean. Uma versão de uma banda de jazz, com três integrantes, protestava contra a investida da maré alta com a melancolia da música popular americana. Uma execução triunfante de "Yes, We Have No Bananas" levou vários pares a dançar. Fazendo trejeitos de brincadeira, Bellendeau dançou com o lúgubre corso; Paulette e madame se lançaram selvagemente pelas complexidades do que eles acreditavam ser um foxtrote americano.

— Seus pés parecem estar realizando acrobacias sobre uma corda — comentou David.

— Parece divertido. Vou aprender a dançar assim.

— Você terá de parar com os cigarros e o café.

— Acho que sim. Quer me ensinar esta dança, M. Jacques?

— Sou um mau dançarino. Só dancei com homens em Marseille. Dançar bem não é coisa de homens de verdade.

Alabama não compreendia seu francês. Mas não fazia diferença. Os entreabertos olhos dourados do homem a atraíam de um lado para o outro, fazendo-a esquecer-se de tudo no meio da grande falta de bananas na República.

— Você gosta da França?

— Eu amo a França.

— Você não pode amar a França — disse ele pretensioso. — Para amar a França, você tem de amar um francês.

O inglês de Jacques era mais adequado quando falava sobre amor que sobre qualquer outra coisa. Ele pronunciava a palavra

---

* Romance de Raymond Radiguet (1903-23).

"amorr" com toda a ênfase, como se tivesse medo de que lhe fosse escapar.

— Comprei um dicionário — falou. — Vou aprender inglês.

Alabama riu.

— Estou aprendendo francês — disse — para poder amar a França mais articuladamente.

— Você deve conhecer Arles. Minha mãe era uma arlesiana — confidenciou. — As mulheres arlesianas são muito belas.

O triste romantismo de sua voz reduzia o mundo a uma inefável inconsequência. Juntos deslizavam sobre as ondas do mar e contemplavam além do horizonte azul.

— Não tenho dúvida — ela murmurou... embora não soubesse mais a respeito do quê.

— E sua mãe? — ele perguntou.

— Minha mãe já está velha. É muito gentil. Ela me mimou e me deu tudo o que eu queria. Chorar por coisa que não posso ter tornou-se uma característica bem minha.

— Fale-me de seus tempos de criança — disse ele com delicadeza.

A música parou. Ele puxou o corpo dela contra o seu e ela sentiu as lâminas dos ossos dele talhando os seus. Ele era de bronze e cheirava a areia e sol; ela o sentiu nu embaixo do linho engomado. Não pensava em David. Esperava que ele não tivesse visto; ela pouco se importava. Sentia vontade de estar beijando Jacques Chevre-Feuille no topo do Arco do Triunfo. Beijar o estrangeiro de linho branco era como abraçar um perdido rito religioso.

Algumas noites depois do jantar, David e Alabama foram a St. Raphaël. Compraram um pequeno Renault. Só a fachada da cidade ficava iluminada, como um cenário superficial para encobrir uma mudança de cenário. A lua escavava frágeis cavernas sob os olmos maciços distantes da água. A banda da vila tocava "Faust" e valsas de carrosséis num pavilhão redondo perto do mar. Uma feira de rua itinerante armava suas tendas, e os jovens americanos e os jovens oficiais oscilavam nos céus do sul com os balanços do cabo dos *chevaux de bois*.

— Um lugar para se pegar coqueluche, esta praça, madame — alertou a babá.

Ela e Bonnie esperavam no carro para evitar os germes ou faziam pequenos passeios pelo terreno varrido diante da estação. Bonnie ficava tão intratável e uivava com tanta força pela vida noturna da praça que finalmente tiveram que deixar a ama e a criança em casa à noite.

Todas as noites encontravam Jacques e seus amigos no Café de la Flotte. Os jovens eram barulhentos e bebiam muitas cervejas e Portos, e até champanhe quando David pagava, e chamavam os garçons aos altos brados de *amiraux*. René subia com seu velho Citroën os degraus do Hotel Continental. Os aviadores eram monarquistas. Uns eram pintores e outros tentavam escrever quando não estavam voando em seus aviões e todos eram amadores na vida militar. Por voar à noite recebiam pagamento extra. As luzes vermelhas e verdes de Jacques e Paulette voavam com bastante frequência sobre a costa numa festa aérea. Jacques odiava David por pagar pela sua bebida e Paulette precisava do dinheiro... ele e madame tinham um filho em Argel aos cuidados do pai dele.

A Riviera é um lugar sedutor. O brilho do azul batido e daqueles palácios brancos cintilando no calor acentua as coisas. Assim era antes que os Altos Potentados do Train Bleu, Primeiros Vândalos dos Quintais de Biarritz e Ditadores-Chefes dos decoradores de interiores empregassem os horizontes para seus empreendimentos artísticos. Uma pequena horda de pessoas gastava seu tempo sendo feliz e gastava sua felicidade passando o tempo ao lado de palmeiras crestadas e vinhas que se agarravam fragilmente aos barrancos de barro.

Alabama lia Henry James nas longas tardes. Lia Robert Hugh Benson e Edith Wharton e Dickens enquanto David trabalhava. As tardes da Riviera são longas, quietas e têm plena consciência da noite muito antes do entardecer. Barcos repletos de corpos brilhantes e o ruído ritmado das lanchas a motor rebocam o verão sobre as águas.

"O que faço comigo mesma?", ela pensava inquieta. Tentou fazer um vestido. Foi um fracasso.

Incoerentemente procurou afirmar-se diante da babá.

— Acho que há amido demais na comida de Bonnie — disse com tom autoritário.

— *Eu* não acho, madame — respondeu a babá sucintamente. — Em vinte anos nenhuma das minhas crianças comeu amido demais.

A babá levou o problema do amido a David.

— Alabama, poderia pelo menos não interferir? — disse ele. — Paz é essencial para meu trabalho atual.

Em criança, quando os dias passavam preguiçosamente no mesmo modo indolente, ela não culpara a vida pela lenta sequência de dias sem acontecimentos, mas responsabilizara o juiz por determiná-la desse modo, restringindo as emoções que ela considerava direito seu. Começou a censurar David pela monotonia.

— Por que você não dá uma festa? — ele sugeriu.

— Quem vamos convidar?

— Não sei... a dama das propriedades imobiliárias e o alsaciano.

— Eles são horríveis.

— São razoáveis se considerados como figuras de Matisse.

As mulheres eram burguesas demais para aceitar. O resto do grupo se reuniu no jardim dos Knight e bebeu Cinzano. Madame Paulette arrancou a melodia de "Pas sur la Bouche" do piano de tecla de som metálico. Os franceses falavam muito e de modo incompreensível com David e Alabama sobre as obras de Fernand Léger e René Crevel. Curvavam-se enquanto falavam e estavam forçados e formais por terem consciência da estranheza de sua presença ali — todos exceto Jacques. Este dramatizava sua infeliz atração pela mulher de David.

— Você não tem medo quando faz acrobacias? — perguntou Alabama.

— Sempre tenho medo quando entro no meu avião. É por isso que gosto dele — respondeu ele desafiadoramente.

Se as irmãs na cozinha deixavam a desejar nos dias comuns, explodiam como fogos de artifício de julho em ocasiões especiais. Lagostas venenosas se contorciam em armadilhas de aipo, saladas frescas como um cartão de Páscoa brotavam em campos de maionese. A mesa estava toda entrelaçada com trepadeiras; havia até gelo, como Alabama confirmou, no chão de cimento do porão.

Madame Paulette e Alabama eram as únicas mulheres. Paulette se mantinha afastado, observando a mulher. Parecia sentir que jantar com americanos era tão arriscado como ir ao baile das Quatre-Arts.

— Ah, *oui* — sorria madame —, *mais oui, certainement oui, et puis o...u...i...* — parecia o refrão de uma canção de Mistinguett.*

— Mas em Montenegro... você conhece Montenegro, certo? — disse o corso. — *Todos* os homens usam colete.

Alguém enfiou os dedos nas costelas de Bellandeau.

Jacques mantinha os olhos desconsoladamente fixos em Alabama.

— Na Marinha francesa — disse com pompa —, o coman-

---

* Jeanne Bourgeois (1875-1956), conhecida como Mistinguett, popular cantora e atriz francesa.

dante fica contente, orgulhoso por afundar com o navio... Eu sou um oficial da Marinha francesa!

A festa animou-se com a tagarelice de expressões francesas que não faziam sentido para Alabama; sua mente vagueava de modo inconsequente.

— Por favor, aceite uma prova do manto do doge — dizia ela, mergulhando o talher na gelatina de groselha — ou uma colherada de Rembrandt.

Sentaram-se na sacada ao sabor da brisa, falaram dos Estados Unidos, da Indochina e da França e ficaram escutando os gritos e lamentos das aves noturnas vindos da escuridão. A lua triste estava embaciada com os muitos resíduos de verão no ar salgado e as sombras, negras e comunicativas. Um gato trepou na sacada. Fazia muito calor.

René e Bobbie foram buscar amoníaco para repelir os mosquitos; Bellandeau foi dormir; Paulette foi para casa com a mulher, cioso de suas boas maneiras francesas. O gelo se derreteu sobre o chão da despensa; cozinharam ovos nas panelas de ferro enegrecido da cozinha. Alabama, David e Jacques se foram na aurora de cobre até Agay, deslocando-se contra a superfície da fresca manhã dourada, penetrando nos desenhos do sol de creme sobre os pinheiros e nos perfumes brancos das flores da noite que se fechavam.

— Aquelas são as cavernas do homem de Neandertal — disse David apontando para as cavidades cor de púrpura nas colinas.

— Não — disse Jacques —, foi em Grenoble que eles encontraram vestígios.

Jacques dirigia o Renault. Guiava como se o carro fosse um avião, com muita velocidade, ruídos e tensões de protesto, espalhando ecos do amanhecer como bandos de pássaros migratórios.

— Se este carro fosse meu, entraria com ele oceano adentro — disse ele. Desceram pelo esvaecimento indistinto da Provença até a praia, seguindo a estrada que se estendia lânguida, ondulando junto às colinas como lençóis amarrotados.

Ia custar quinhentos francos, pelo menos, consertar o carro, pensou David, enquanto deixava Jacques e Alabama no pavilhão porque os dois queriam nadar.

David foi para casa com a intenção de trabalhar enquanto a luz não mudasse. Ele insistia que só conseguia pintar exteriores à luz do meio-dia do sul da França. Depois caminhou até a praia a fim de dar um rápido mergulho com Alabama antes do almoço. Encontrou-a ao lado de Jacques, sentados na areia como um casal de... bem, um casal de alguma coisa, disse para si mesmo desgostoso. Os dois estavam molhados e lisos como dois gatos que tinham acabado de se lamber. David estava com calor por causa da caminhada. O sol batendo na transpiração de seu pescoço ardia como um colarinho irritante.

— Você vai entrar comigo de novo? — Sentia que tinha de dizer alguma coisa.

— Oh, David... está tão frio hoje de manhã. Vai começar a ventar. — Alabama empregou um tom ofensivo, como se estivesse tolerando a interrupção indesejada de uma criança.

David nadou constrangidamente sozinho, voltando-se para ver as duas figuras brilhando lado a lado ao sol.

"São as duas pessoas mais atrevidas que já conheci", disse para si mesmo encolerizado.

A água já estava fria por causa do vento. Os raios oblíquos do sol cortavam o Mediterrâneo em muitas sinuosidades de prata e o despejavam sobre a praia deserta. Quando David os deixou para se vestir, viu Jacques inclinar-se e sussurrar alguma coisa a Alabama através das primeiras lufadas de um mistral. Não conseguia ouvir o que estavam dizendo.

— Você vai vir? — cochichou Jacques.

— Sim... não sei. Sim — disse ela.

Quando David saiu da cabine, a areia no ar picou seus olhos. Lágrimas se derramavam sobre a face de Alabama, tensa a ponto de o bronzeado escuro adquirir um brilho amarelo sobre as maçãs do rosto. Ela tentou pôr a culpa no vento.

— Você está doente, Alabama, louca. Se continuar a ver esse homem, vou abandoná-la aqui e voltar para os Estados Unidos sozinho.

— Você não pode fazer isso.

— Vai ver se não posso! — disse ele ameaçador.

Ela ficou deitada na areia entregue ao vento cruel, sentindo-se desprezível.

— Vou embora... ele que leve você para casa no seu avião.

David afastou-se a passos largos. Ela ouviu o Renault partir. A água brilhava como um refletor de metal sobre as frias nuvens brancas.

Jacques chegou perto; trazia um Porto.

— Fui conseguir um táxi para você — disse ele. — Se quiser, não venho mais aqui.

— Se eu não for a seu apartamento depois de amanhã quando ele vai a Nice, você não deve vir mais.

— Sim... — Ele esperou para servi-la. — O que vai dizer a seu marido?

— Vou ter de lhe contar.

— Não seria prudente — disse Jacques alarmado. — Não devemos largar nossos pontos de apoio...

A tarde estava áspera e azul. O vento espalhava montes de poeira pela casa. Mal se podia escutar a própria voz lá fora.

— Não vamos à praia depois do almoço, babá. Está frio demais para nadar.

— Mas, madame, Bonnie fica tão inquieta com este vento. Acho que deveríamos ir, madame, se não se importar. Não precisamos entrar no mar... o que faz bastante diferença, sabe? O sr. Knight prontificou-se a nos levar.

Não havia absolutamente ninguém na praia. O ar cristalino ressecava os lábios. Alabama ficou deitada tomando sol, mas o vento levou o sol embora antes que seu corpo esquentasse. Era hostil.

René e Bobbie saíram perambulando do bar.

— Alô — disse David secamente.

Sentaram-se como se soubessem de algum segredo que talvez interessasse à família Knight.

— Viram a bandeira? — perguntou René.

Alabama virou-se na direção do campo de aviação.

A bandeira flutuava rigidamente a meio-pau sobre os telhados metálicos cubistas, brilhando à luz clara.

— Alguém morreu — continuou René. — Um soldado diz que foi Jacques... voando com este mistral.

O mundo de Alabama tornou-se muito silencioso, como se tivesse parado, como se fosse iminente uma terrível colisão de corpos celestes.

Levantou-se incerta.

— Tenho de ir — disse baixinho. Sentia frio e enjoo no estômago. David seguiu-a até o carro. Ele engrenou o Renault com raiva. O carro se recusava a andar mais depressa.

— Podemos entrar? — perguntou à sentinela.

— Não, monsieur.

— Houve um acidente... Pode nos dizer quem foi a vítima?

— É contra o regulamento.

No brilho de uma branca extensão arenosa na frente das paredes, uma avenida de espirradeiras se curvava atrás do homem sob a ação do mistral.

— Temos interesse em saber se foi o tenente Chevre-Feuille.

O homem examinou o rosto infeliz de Alabama.

— Isso, monsieur... eu vou ver — disse por fim.

Esperaram interminavelmente nas lufadas malignas do vento.

A sentinela retornou. Corajoso e com ares de proprietário, Jacques veio por trás dele até o carro; era em parte sol, em parte aviação francesa, em parte o azul e a orla branca da praia, em parte a Provença e o povo moreno vivendo pela disciplina rígida da necessidade, em parte a pressão da própria vida.

— *Bonjour* — falou. Pegou a mão dela com firmeza como se estivesse tratando de uma ferida.

Alabama chorava em silêncio.

— Tínhamos de saber — disse David tenso enquanto dava partida no carro —, mas as lágrimas de minha mulher são por minha causa.

De repente David perdeu a cabeça.

— Maldição! — gritou. — Quer resolver isso no soco?

Jacques respondeu com os olhos fixos no rosto de Alabama.

— Não posso brigar — disse com gentileza. — Sou muito mais forte que ele.

Suas mãos estavam agarradas ao lado do Renault como mitenes de ferro.

Alabama tentou olhar para ele. As lágrimas em seus olhos manchavam a imagem. A face bronzeada e o linho branco que, solto sobre o corpo, emitia o brilho dourado de sua pele, se misturavam num borrão dourado.

— Você também não poderia — gritou selvagemente. — Você também não poderia bater nele!

Chorando, atirou-se no ombro de David.

O Renault se lançou com fúria pelo vento. David parou o carro com estrondo diante da cerca de estacas de Jean. Alabama tentou agarrar o freio de mão.

— Idiota! — David empurrou-a encolerizado. — Tire as mãos do freio!

— Estou arrependida por não ter deixado que ele quebrasse a sua cara — ela gritou enfurecida.

— Poderia matá-lo se quisesse — disse David com desdém.

— Era algo grave, madame?

— Só alguém que morreu, nada mais. Não sei como suportam as suas vidas!

David foi direto ao quarto de "Les Rossignols" que arrumara como seu ateliê. As suaves vozes latinas de duas crianças que colhiam figos na árvore da extremidade do jardim subiam no ar como um zumbido fraco que a intensificação e enfraquecimento do vento crepuscular embalavam, tornando ora mais forte, ora mais suave.

Depois de um longo tempo Alabama o ouviu gritar para fora da janela.

— Saiam já dessa árvore! Maldita raça de vespas!

Mal se falaram durante o jantar.

— Esses ventos são úteis, entretanto — dizia a babá. — Eles levam os mosquitos para o interior e a atmosfera fica muito mais clara quando diminuem, não acha, madame? Mas, oh, como perturbavam o sr. Horterer-Collins! Ele se tornava um leão furioso assim que o mistral começava. A senhora não é muito sensível ao vento, não é, madame?

Inflexível em sua calada determinação de resolver o problema, David insistiu em ir até a cidade depois do jantar.

René e Bobbie estavam sozinhos no café bebendo verbena. As cadeiras estavam empilhadas em cima das mesas fora do alcance do mistral. David pediu champanhe.

— Não é bom beber champanhe quando há vento — aconselhou René... mas bebeu mesmo assim.

— Você viu Chevre-Feuille?

— Saiu, ele me disse que vai para a Indochina.

Pelo tom de David, Alabama ficou com medo de que fosse brigar com Jacques se o encontrasse.

— Quando vai partir?

— Dentro de uma semana... dez dias. Quando conseguir sua transferência.

O passeio exuberante sob as árvores tão ricas e cheias de vida e verão parecia desprovido de todo prazer. Jacques tinha passado sobre aquela porção de suas vidas como um aspirador de pó. Nada mais havia senão um café barato e as folhas na sarjeta, um cachorro andando a esmo e um negro chamado "Sans-Bas" com um corte de sabre num lado do rosto que tentava lhes vender um jornal. Era o que restava de julho e agosto.

David não dizia o que queria com Jacques.

— Talvez esteja lá dentro — sugeriu René.

David cruzou a rua.

— Ouça, René — disse Alabama rapidamente. — Você *tem* de procurar Jacques para lhe dizer que não posso ir... só isso. Fará esse favor para mim?

A compaixão iluminou o rosto sonhador e apaixonado de René, que pegou a mão dela e a beijou.

— Sinto muito por você. Jacques é um bom rapaz.

— Você também é um bom rapaz, René.

Jacques não estava na praia na manhã seguinte.

— Bem, madame — M. Jean os cumprimentou —, tiveram um verão agradável?

— Foi encantador — respondeu a babá —, mas acho que madame e monsieur em breve estarão fartos daqui.

— Bem, a estação termina logo mais — comentou M. Jean filosoficamente.

Havia pombos para o almoço e o queijo de borracha. A criada se alvoroçava ao redor com o livro de contas; a babá falava demais.

— Tenho de dizer que foi muito agradável aqui este verão — ela comentou.

— Pois eu odeio este lugar. Se conseguirmos empacotar tudo até amanhã, partiremos com destino a Paris — disse David furiosamente.

— Mas há uma lei na França pela qual se deve dar aos empregados um aviso prévio de dez dias, sr. Knight. É uma lei categórica — reclamou a babá.

— Eu lhes darei dinheiro. Por dois francos é possível comprar até o presidente neste país de malditos abelhudos!

A babá riu, perturbada com a violência de David.

— Eles certamente gostam de dinheiro.

— Arrumarei as coisas hoje à noite. Agora vou caminhar — disse Alabama.

— Você não vai à cidade sem mim, não é, Alabama?

A resistência de ambos se defrontou e se uniu com o suspense tenso de duas pessoas procurando apoio mútuo no giro de uma dança rápida.

— Não. Prometo, David. Vou levar a babá comigo.

Ela andou pelas florestas de pinheiros e sobre as estradas elevadas atrás da vila. As outras vilas estavam alugadas para o verão. Os olmos cobriam as passagens com folhas. Os deuses de jade na frente do cemitério pagão pareciam deuses de interiores, fora de lugar no terraço de bauxita. As estradas eram lisas e novas lá em cima para facilitar as caminhadas dos ingleses no inverno. Seguiram uma trilha arenosa entre os parreirais. Era apenas uma senda de carroça. O sol se esvaía numa hemorragia vermelha e púrpura — escuro sangue arterial tingindo as folhas das uvas. As nuvens eram pretas, torcidas em sentido horizontal e a terra se estendia bíblica à luz profética.

— Nenhum francês beija a mulher na boca — disse a babá confidencialmente. — Têm muito respeito por elas.

Foram tão longe que Alabama colocou Bonnie escarranchada nas suas costas para descansar as pernas curtas.

— Vamos, cavalinho. Mamãe, por que você não corre? — choramingava a criança.

— Psiu... psiu... psiu. Sou um velho cavalo cansado com aftosa, querida.

135

Um camponês passando pelos campos quentes fez um gesto lascivo e acenou para as mulheres. A babá ficou assustada.

— Imagine, madame, e estamos com uma criança pequena. Vou contar ao sr. Knight. O mundo não é mais seguro desde a guerra.

Ao cair do sol, ouvia-se a batida dos tambores no acampamento senegalês, ritos que eles executavam pelos mortos no seu cemitério guardado por monstros.

Um pastor solitário, moreno e bonito, conduzia um espesso rebanho de ovelhas ao longo das trilhas cobertas de restolho que levavam à vila. Elas circularam ao redor de Alabama, da ama e da criança, redemoinhando a poeira com as patas em tropel.

— *J'ai peur* — ela gritou para o homem.

— *Oui* — ele disse gentilmente —, *vous avez peur! Gi... o.*
— Enxotou com sons as ovelhas estrada abaixo.

Só conseguiram sair de St. Raphaël no fim de semana. Alabama ficava na vila e caminhava com Bonnie e a babá.

Madame Paulette telefonou. Alabama não gostaria de vir visitá-la de tarde? David disse que ela poderia ir para se despedir.

Madame Paulette lhe deu uma fotografia de Jacques e uma longa carta.

— Sinto muito por vocês — disse madame. — Não imaginávamos que fosse tão sério... pensávamos que se tratava apenas de um caso.

Alabama não conseguiu ler a carta. Era em francês. Rasgou-a em pedacinhos e atirou-os na água negra do porto debaixo dos mastros de muitos barcos de pesca de Shanghai e Madri, Colômbia e Portugal. Embora despedaçasse seu coração, rasgou também a fotografia. Era a coisa mais bela que já possuíra na vida, aquela fotografia. Mas para que guardá-la? Jacques Chevre-Feuille fora para a China. Não havia modo de se agarrar ao verão, nenhuma expressão francesa capaz de preservar suas crescentes harmonias quebradas, nenhuma esperança a ser recuperada de uma fotografia francesa barata. Fosse o que fosse que ela quisesse com Jacques, ele levara para desperdiçar com os chineses. Era tomar o que se desejava da vida, se fosse possível conseguir, e passar sem o resto.

A areia na praia estava tão branca como em junho e o Mediterrâneo, azul como sempre, a partir das janelas do trem que extraiu os Knight da terra dos limoeiros e do sol. Estavam a caminho de Paris. Não tinham muita fé na viagem, nem acreditavam que uma mudança de cenário fosse uma panaceia para males espirituais; estavam simplesmente felizes por partir. E Bonnie estava alegre. As crianças sempre ficam alegres com algo novo, pois não se dão conta de que qualquer coisa contém tudo se é completa em si mesma. Verão, amor e beleza são mais ou menos iguais em Cannes ou Connecticut. David era mais velho que Alabama; desde seu primeiro sucesso que não se sentia de fato alegre.

III

Ninguém sabia de quem era a festa. Fazia semanas que estava acontecendo. Quando se tinha a sensação de que não seria mais possível aguentar outra noite, ia-se para casa, dormia-se e, quando se voltava, um novo grupo de pessoas se havia dedicado a mantê-la viva. Devia ter começado com os primeiros navios cheios de inquietação que despejaram sua carga na França em 1927. Alabama e David começaram a participar em maio, depois de um terrível inverno num apartamento de Paris que cheirava a chancelaria de igreja, porque era impossível ventilá-lo. Esse apartamento, onde se tinham trancado a fim de escapar da chuva de inverno, era um lugar perfeito para incubar os germes de amargura que trouxeram da Riviera. Do lado de fora de suas janelas, os tetos cinzentos da frente passavam rente aos tetos cinzentos traseiros como floretes que se roçavam levemente. O céu cinzento baixava entre as chaminés num gótico etéreo invertido, dividindo o horizonte em agulhas e pontas que ficavam suspensas sobre sua inquietação como os tubos de uma enorme incubadora. A água-forte das sacadas dos Champs-Elysées e a chuva nos pavimentos ao redor do Arco do Triunfo eram tudo o que podiam ver de sua sala vermelha e dourada. David tinha um ateliê na Rive Gauche, naquela porção da cidade além do Pont de l'Alma, onde os edifícios rococós e as longas avenidas de árvores dão para aberturas descoloridas sem perspectiva.

Ali ele se perdeu no retrospecto de um outono despido de seus meses, calor, frio e feriados, e produziu suas cantigas de recapitulação que atraíam enormes multidões de vanguarda ao Salon des Independents. Os afrescos estavam terminados: era um novo David, mais pessoal, em exposição. Ouvia-se seu nome em saguões de bancos e no Ritz Bar, o que era sinal de que estava sendo pronunciado em outros lugares. A concisão de aço de sua obra se fazia sentir até nas linhas da decoração de interiores. *Des Arts Décoratifs* trazia uma sala de jantar inspirada num de seus interiores pintado por causa de uma anêmona cinza; os Ballets Russes aceitaram um cenário — fantasmagoria da luz sobre a praia de St. Raphaël — para representar o começo do mundo num balé chamado *Evolução*.

A voga crescente de David Knight trouxe Dixie Axton voando simbolicamente pelos seus horizontes, rabiscando sobre as paredes de sua prosperidade uma mensagem da Babilônia que eles não se deram o trabalho de ler, estando na época absortos no perfume dos lilases do crepúsculo ao longo do Boulevard St. Germain e no véu que descia sobre a Place de la Concorde no caro misticismo da Hora Azul.

O telefone tocava e tocava e fazia seus sonhos roçarem em pálidos Valhalas, Ermenonville, e em celestiais passagens crepusculares em hotéis luxuosos. Enquanto dormiam em sua cama lírica, sonhando com a vontade do mundo de ser legitimado, a campainha soava sobre sua consciência como o rolar de arcos distantes; David agarrou o receptor.

— Alô. Sim, são ambos os Knight.

A voz de Dickie escorregou pelo fio do telefone passando de uma confiança arrogante a lisonjas em voz baixa.

— Espero que venham ao meu jantar.

A voz descia pelos dentes como um acrobata do topo de uma tenda de circo. Os limites das atividades de Dickie só reconheciam as fronteiras da independência moral, social e romântica, por isso pode-se bem imaginar que a sua liberdade de ação não era pequena. Dickie tinha à sua disposição um catálogo da humanidade, uma agência de atores emocional. Sua existência não era surpreendente nessa época de Mussolinis e sermões da montanha proferidos por qualquer alpinista que passasse. Pela soma de trezentos dólares, ela retirava sedimentos históricos de séculos das unhas de nobres italianos e os servia como caviar a debutantes de Kansas; por algumas centenas mais abria as portas de Bloomsbury e Parnasso, os portões de Chantilly ou as páginas de Debrett para a prosperidade pós-guerra dos Estados Unidos. Seu comércio intangível oferecia as fronteiras sinuosas da Europa no meio de delírio de aipo — espanhóis, cubanos, sul-americanos, até um negro ocasional, flutuando através da maionese social como pedaços de trufas. Os Knight tinham chegado a um ponto tão alto na hierarquia dos "famosos" que se haviam tornado material para Dickie.

— Não precisa ser tão esnobe — protestou Alabama vendo a falta de entusiasmo de David. — Todas as pessoas são decentes... ou foram no passado.

— Vamos então — disse David no receptor.

Alabama torceu o corpo experimentalmente. O sol nobre da tardinha espalhava-se de modo altivo sobre a cama onde ela e David se recompunham no meio do desalinho.

— É muito lisonjeiro — disse ela, impelindo-se para o banheiro — que as pessoas nos procurem, mas procurá-las é, acho, mais previdente.

David ficou deitado escutando o fluir violento da água e o tremor dos vidros nas estantes.

— Outra bebida! — ele gritou. — Sei que posso passar muito bem sem meus princípios básicos, mas não consigo renunciar a minhas fraquezas... uma das quais é esta avidez por bebidas.

— O que você disse sobre o príncipe de Gales estar doente? — gritou Alabama.

— Não sei por que não escuta quando estou falando com você — respondeu David irritado.

— Odeio as pessoas que começam a conversar no momento em que se pega a escova de dentes — revidou ela.

— Falei que os lençóis desta cama estão realmente chamuscando meus pés.

— Mas eles não põem potassa na bebida alcoólica daqui — disse Alabama incrédula. — Deve ser uma neurose... você tem algum novo sintoma? — perguntou, ciumenta.

— Não durmo em casa há tanto tempo que estaria tendo alucinações se pudesse distingui-las da realidade.

— Pobre David... o que faremos?

— Não sei. Falando sério, Alabama — David acendeu um cigarro com ar contemplativo —, minha obra está ficando sem graça. Preciso de um novo estímulo emocional.

Alabama olhou para ele com frieza.

— Entendo. — Ela se deu conta de que sacrificara para sempre o seu direito de ficar magoada na glória de um verão provençal. — Você poderia acompanhar o progresso do sr. Berry Wall pelas colunas do *Paris Herald* — sugeriu.

— Ou me engasgar num *chiaroscuro*.

— Se *está* falando sério, David, acredito que sempre ficou bem claro entre nós que não interferiríamos na vida um do outro.

— Às vezes — comentou David sem propósito — seu rosto parece uma alma perdida na névoa de um pântano escocês.

— É claro que não se levou em conta o ciúme nos nossos cálculos — ela prosseguiu.

— Ouça, Alabama — interrompeu David. — Estou me sentindo terrível. Você acha que faremos sucesso?

— Eu quero exibir meu vestido novo — disse ela decidida.

— E eu tenho um velho terno que gostaria de gastar. Você sabe que não deveríamos ir. Deveríamos pensar em nossas obrigações com a humanidade.

Obrigações eram para Alabama um plano e uma armadilha que a civilização criara para prender e mutilar a sua felicidade e tornar mancos os pés do tempo.

— Você está moralizando?

— Não. Quero ver como são as festas de Dickie. A última de suas *soirées* não rendeu lucros para caridade, embora centenas fossem mandados embora dos portões. A duquesa de Dacne custou a Dickie três meses de sugestões bem oportunas nos Estados Unidos.

— Elas são como todas as outras. Apenas se fica sentado, esperando pelo inevitável que nunca acontece.

A extravagância do pós-guerra que enviara David e Alabama e mais uns sessenta mil americanos a perambular pela superfície da Europa numa caçada de lebres sem cachorros atingia seu ápice. A espada de Dâmocles, forjada com a elevada esperança de se conseguir alguma coisa por nada e a expectativa desmoralizante de nada se receber em troca de alguma coisa, estava quase suspensa pelo 3 de maio.

Havia americanos de noite e americanos de dia, e todos tínhamos americanos no banco para comprar as coisas. Os saguões de mármore estavam cheios deles.

Lespiaut não conseguia fazer uma quantidade suficiente de flores para o mercado. Faziam-se nastúrcios de couro e borracha, gardênias de cera e florzinhas rosa com linhas e fios. Fabricavam-se plantas perenes, resistentes para crescer no solo pobre de ombreiras, e buquês com hastes longas que perfuravam as sombras terrosas sob o cinto. Modistas montavam chapéus com velas de barco de brinquedo nas Tuileries; costureiros audaciosos vendiam o verão em coleções. As damas iam às fundições para moldar o cabelo e se recauchutar com as fantasias de cromo escuro de Helena Rubinstein e Dorothy Gray. Liam às pressas os adjetivos descritivos dos cardápios para os garçons e diziam umas às outras "Você não gostaria" e "Você realmente não desejaria", depois mandavam os homens passear para se perder na calma relativa das ruas de Paris que zumbiam como a afinação de uma orquestra invisível. Americanos que tinham chegado em outros anos compravam casas elegantes e formais em Neuilly e Passy, locupletavam-se nas fendas da Rue du Bac como o menino holandês salvando os diques. Americanos irresponsáveis se dependuravam numa roda-gigante quebrada, em excentricidades dispendiosas, como criados aos sábados, e faziam tantos reajustes que uma constante engrenagem girava ao seu redor como o tinido de uma caixa registradora de Potin. Peleiros esotéricos assaltavam uma clientela secreta na Rue des Petits-Champs; as pessoas gastavam fortunas com táxis em busca do remoto.

— Sinto não poder ficar, só passei para dar um alô — diziam umas às outras e recusavam a *table d'hote*. Pediam doces de Verona sentadas em gramados que lembravam cortinas de renda de Versailles, e galinha e avelãs em Fontainebleau, onde a floresta usava perucas empoadas. Copas de guarda-chuvas choviam sobre terraços suburbanos com o suave entusiasmo sonoro de uma valsa de Chopin. As pessoas sentavam-se à distância sob os lúgubres olmos que pingavam, olmos semelhantes a mapas da Europa, olmos puídos nas extremidades como pedaços de lã *chartreuse*, olmos pesados e em cachos como uvas verdes. Encomendavam o clima com um apetite continental e ouviam o centauro queixar-se do preço dos cascos. Havia flores burguesas no cardápio, altas flores arquiteturais nas castanhas e botões de rosa cristalizados para combinar com o Porto. Os americanos davam indicações de si mesmos, *mas* sempre paravam no início, como se fossem uma exposição eterna, uma chave na frente do compasso de uma música a ser tocado no modo menor da imaginação. Achavam que todos os colegiais franceses eram órfãos por causa das roupas pretas que usavam, e os que não sabiam o significado da palavra "insensible" pensavam que os franceses os tinham na conta de loucos. Todos bebiam. Americanos com fitas vermelhas nas botoeiras liam jornais chamados *Éclaireur* e bebiam nas calçadas, americanos com informações secretas para as corridas bebiam na descida de um lance de escada, americanos com um milhão de dólares e um compromisso constante com as massagistas do hotel bebiam em suítes no Meurice e no Crillon. Outros americanos bebiam em Montmartre, *"pour le soif"* e *"contre la chaleur"* e *"pour la digestion"* e *"pour se guérir"*. Alegravam-se por ser, na opinião dos franceses, loucos.

Mais de cinquenta mil francos em flores murchavam em busca do sucesso nos altares de Notre-Dame-des-Victoires durante o ano.

— Talvez aconteça alguma coisa — disse David.

Alabama não queria que nada mais acontecesse, mas era a sua vez de concordar — eles tinham elaborado um acordo tácito de cuidar das emoções um do outro, quase matemático como a combinação engenhosa de um cofre, e que funcionava pela pressuposição mútua de que iria funcionar.

— Quero dizer — ele prosseguiu —, se aparecesse alguém para nos lembrar de como sentíamos as coisas na época em que sentíamos desse modo que ele nos recorda, isso talvez nos revigorasse.

— Sei o que quer dizer. A vida começou a ficar tão tortuosa como as contorções sentimentais de uma dança rítmica.

— Exatamente. Quero protestar um pouco, porque estou ocupado demais para poder trabalhar bem.

"Mama disse 'Sim' e Papa disse 'Sim'" para os donos de gramofones da França. "Ariel" passou de título de livro a três fios sobre o topo de uma casa. Que diferença fazia? Já se transformara de deus em mito e entrara em Shakespeare — ninguém parecia se importar. As pessoas ainda reconheciam a palavra: Ariel! David e Alabama mal notaram a mudança.

Num táxi de Marne eles percorreram todas as esquinas de Paris altas o bastante para chamarem sua atenção e desembarcaram à porta do Hotel George v. Uma atmosfera de convívio ameaçado estava suspensa sobre o bar. Imitações delirantes de Picabia, junto com as linhas e bolhas negras de uma tentativa comercial de se chegar à loucura, espremiam o recinto em forma de navio, até ele comunicar a sensação de se estar sendo espartilhado num lugar pequeno. O garçom do bar examinou o grupo com ar superior. A srta. Axton era uma cliente antiga, sempre trazendo novos clientes; a srta. Axton, esta ele conhecia. Ela estivera bebendo no seu bar na noite em que atirara no amante na Gare de l'Est. Alabama e David eram os únicos que não conhecia.

— E Mlle. Axton já se recuperou completamente de um contratempo tão estúpido?

A srta. Axton afirmou com voz incisiva e magnética que sim e que ela queria uma dose de gim bem rápido. O cabelo da srta. Axton crescia na sua cabeça como os traços distraídos que uma pessoa desenha com o lápis enquanto fala ao telefone. Suas longas pernas se lançavam com força para a frente como se ela pressionasse cuidadosamente os dedos do pé sobre o acelerador do universo. As pessoas falavam que ela tinha dormido com um negro. O garçom do bar não acreditava na história. Não via como a srta. Axton teria encontrado tempo disponível entre tantos cavalheiros brancos — pugilistas também, às vezes.

Porém, a srta. Douglas era um caso diferente. Era inglesa. Não se sabia com quem ela dormira. Até se mantinha longe dos jornais. É certo que tinha dinheiro, o que torna a ida para a cama bastante mais discreta.

— Vamos tomar o de sempre, mademoiselle? — ele sorriu de modo insinuante.

A srta. Douglas abriu os olhos translúcidos; ela era a essência tão perfeita do *black chic* que não passava de um aroma escuro. Pálida e transparente, só ancorava na terra pelos dogmas de seu autocontrole sonhador.

— Não, meu amigo, dessa vez é *scotch* e soda. Estou ficando com muita barriga por causa das cerejas.

— Sei de um método — disse a srta. Axton. — Você coloca seis enciclopédias em cima da barriga e recita a tabuada. Depois de algumas semanas, a barriga fica tão chata que sai pelas costas, e você começa nova vida com a parte de trás na frente.

— É claro — acrescentou a srta. Douglas, beliscando uma dobrinha de carne que saía para fora do cinto como pãezinhos frescos de uma panela —, o único método seguro é... — inclinando-se para a frente, disse algo explosivo no ouvido da srta. Axton. As duas mulheres caíram na gargalhada.

— Desculpem-me — completou Dickie rindo —, e na Inglaterra eles tomam com uma dose de uísque.

— Nunca faço exercícios — declarou o sr. Hastings com

embaraço desanimado. — Desde que tive minhas úlceras, só como espinafre, de modo que não preciso passar por esse sacrifício para ter uma boa aparência.

— Um prato sombrio e sectário — concluiu Dickie com voz de enterro.

— Eu como espinafre com ovos, também com quadradinhos de pão torrado, e às vezes com...

— Cuidado, querido — interrompeu Dickie —, você não deve se excitar. — Explicando com delicadeza, ela desenvolveu o tema. — Preciso ter cuidados maternais com o sr. Hastings; ele acabou de sair de um sanatório e, quando fica nervoso, não consegue se vestir nem se barbear sem tocar a sua eletrola. Os vizinhos mandam trancá-lo sempre que acontece, por isso tenho de mantê-lo calmo.

— Deve ser muito inconveniente — murmurou David.

— Terrivelmente... Imagine percorrer o caminho até a Suíça com todos esses discos e pedir espinafre em trinta e sete línguas diferentes.

— Tenho certeza de que o sr. Knight nos poderia ensinar um modo de ficar jovem — sugeriu a srta. Douglas. — Ele parece ter uns cinco anos.

— Ele é uma autoridade — disse Dickie —, uma verdadeira autoridade.

— Em quê? — perguntou Hastings ceticamente.

— Todos são autoridade em mulher este ano — disse Dickie.

— Gosta dos russos, sr. Knight?

— Oh, muito. Nós os amamos — disse Alabama.

Tinha a sensação de que nada falara por horas e que se esperava alguma coisa dela.

— Não gostamos — disse David. — Não entendemos nada de música.

— Jimmie — Dickie se apossou da conversação vorazmente — ia ser um compositor famoso, mas precisava tomar uma bebida a cada dezesseis compassos do contraponto para manter o ímpeto da coisa, e sua bexiga não aguentou.

— Eu não me sacrificaria pelo sucesso como certas pessoas fazem — protestou Hastings queixoso, insinuando que David se vendera, de algum modo, para alguma coisa.

— Claro. Todo mundo conhece você... como o homem sem bexiga.

Alabama sentia-se excluída por sua falta de perfeição. Comparando-se com a elegância da srta. Axton, ela detestava a solidez reticente, a selvagem competência equilibrada de seu corpo — os braços a lembravam um ramo da estrada de ferro siberiana. Comparado com a precisão da srta. Douglas, o seu vestido Patou parecia muito grande ao longo das costuras. A srta. Douglas tornava-a consciente de um resíduo de creme frio no decote. Enfiando os dedos na bandeja de castanhas salgadas, ela se dirigiu ao garçom do bar com voz melancólica:

— Sempre pensei que as pessoas de sua profissão morressem de tanto beber.

— *Non*, madame. *É verdade que cheguei a gostar de um bom coquetel de laranja*, mas isso foi antes de eu me tornar famoso.

O grupo se espraiou pela noite de Paris como dados jogados de um cilindro. O clarão rosa das lâmpadas de rua tingia de bronze líquido os dosséis recortados das árvores: aquelas luzes eram uma das razões por que os corações dos americanos davam saltos espasmódicos ao ouvir falar da França; eram idênticas aos clarões do circo de nossa juventude.

O táxi adernou descendo o bulevar ao longo do Sena. Adernando e dando guinadas, passaram pelo vulto frágil de Notre-Dame, pelas pontes embalando o rio, pela pungência dos parques crestados, pelas torres normandas do Departamento de Estado, pela pungência dos parques crestados, pelas pontes embalando o rio, pelo vulto frágil de Notre-Dame, deslizando de um lado para outro como um cinejornal repetido.

A Île St. Louis é cercada por muitos pátios antiquados. As entradas são pavimentadas com os diamantes brancos e pretos dos Reis Sinistros, e grades retalham as janelas. Indianos e georgianos servem nos apartamentos solenes que abrem para o rio.

Era tarde quando chegaram à casa de Dickie.

— Como pintor — disse Dickie enquanto abria a porta —, gostaria que seu marido conhecesse Gabrielle Gibbs. Um dia é preciso conhecê-la, se você faz parte do grande mundo.

— Gabrielle Gibbs — repetiu Alabama —, é claro, já ouvi falar dela.

— Gabrielle é meio burra — continuou Dickie, calmamente —, mas é muito atraente quando você não está com vontade de conversar.

— Ela tem um corpo muito bonito — afirmou Hastings —, como mármore branco.

O apartamento estava vazio. Um prato de ovos mexidos endurecia sobre a mesa do centro, uma capa de noite coral decorava uma cadeira.

— *Qu'est-ce tu fais ici?* — disse a srta. Gibbs fracamente do chão do banheiro, quando Alabama e Dickie penetraram no santuário.

— Não sei falar francês — respondeu Alabama.

O longo cabelo loiro da moça escorria em segmentos cinzelados sobre o rosto, uma mecha platinada flutuava no vaso do banheiro. O rosto era inocente como se acabasse de ser entregue pelo taxidermista.

— *Quelle dommage* — disse, lacônica. Vinte braceletes de diamante tiniram contra a tampa do vaso.

— Oh, meu Deus — disse Dickie filosoficamente —, Gabrielle não fala inglês quando fica bêbada. O álcool a torna arrogante.

Alabama avaliou a garota, ela parecia ter comprado a si mesma em partes.

— *Christ* — a embriagada comentou para si mesma devagar — *était né en quatre cent Anno Domini. C'était vraiment très dommage.* — Ela se recompôs com a precisão descuidada de um maquinista mudando o cenário, fitando ceticamente o rosto de Alabama com olhos tão impenetráveis como o pano de fundo de uma pintura alegórica.

— Tenho de ficar sóbria — o rosto estimulou uma momentânea e surpreendida animação.

— É claro — ordenou Dickie. — Há um homem lá fora como você nunca encontrou em sua vida, especialmente atraído até aqui pela perspectiva de conhecê-la.

"Tudo pode ser arrumado no banheiro", pensou Alabama. "É o equivalente feminino ao clube da cidade de depois da guerra." Decidiu que faria esse comentário quando estivessem à mesa.

— Se saírem, tomarei um banho — propôs a srta. Gibbs majestosamente.

Dickie tocou Alabama para a sala como uma empregada tirando a poeira do chão.

— Somos da opinião — Hastings estava dizendo num tom conclusivo — que não adianta elaborar as relações humanas.

Virou-se acusadoramente para Alabama.

— E, diga-me, quem é este nós hipotético?

Alabama não tinha explicações a oferecer. Estava pensando se não seria o momento apropriado para utilizar o comentário sobre o banheiro, quando a srta. Gibbs apareceu na entrada da porta.

— Anjos — gritou a moça espiando pela sala.

Era tão delicada e perfeita como uma figura de porcelana. Ficava sentadinha e suplicava, brincava de se fazer de morta, caricaturando a própria exibição atentamente, como se cada gesto seu fosse uma configuração de alguma dança cômica que inventava ao passar e que tencionava aperfeiçoar mais tarde. Não havia dúvida de que era uma dançarina — as roupas nunca se tornam parte de seus corpos insinuantes. Uma pessoa poderia deixar a srta. Gibbs nua puxando um cordão central.

— Srta. Gibbs! — disse David rapidamente. — Lembra-se do homem que te escreveu todas aquelas notas confusas em 1920?

Os olhos inquietos ruminaram sobre a cena desprovidos de senso crítico.

— Então — disse ela — é você o homem que devo conhecer. Mas ouvi falar que é apaixonado por sua mulher.

David riu.

— Calúnias. Você desaprova?

A srta. Gibbs se retraiu atrás das névoas de Elizabeth Arden e do murmúrio de uma entrecortada risada internacional.

— Parece um tanto canibalesco hoje em dia. — O tom mudou para uma seriedade exagerada. A sua personalidade era viva como uma pilha de gaze de seda agitando-se com a brisa.

— Eu danço às onze, e temos de jantar, se é que vocês têm essa intenção. Paris! — ela suspirou. — Passei o tempo todo dentro de um táxi desde as quatro e meia da semana passada.

Da longa mesa de cavaletes uma centena de facas e garfos de prata assinalava a existência de centenas de milhões de dólares como um breve semáforo cubista. O caráter grotesco de cabelos desgrenhados então em moda e as bocas vermelhas das mulheres abrindo e devorando a luz das velas como bonecas de ventríloquo davam ao jantar um ar de banquete de um monarca medieval louco. Vozes americanas se entrechocavam num frenesi, com invectivas ocasionais em língua estrangeira.

David se debruçava sobre Gabrielle.

— Sabe — Alabama ouviu a garota dizer —, acho que a sopa precisa de um pouco mais de água-de-colônia.

Ela ia ter de escutar as observações da srta. Gibbs durante todo o jantar, o que tolhia consideravelmente as que pretendia dizer.

— Bem — começou corajosamente —, o banheiro é para as mulheres...

— É um ultraje... uma conspiração para nos enganar — disse a voz da srta. Gibbs. — Queria que usassem mais afrodisíacos.

— Gabrielle — gritou Dickie —, você não faz ideia de como essas coisas ficaram caras depois da guerra.

A mesa conseguiu um equilíbrio ondulante que criou a ilusão de estarem olhando para o mundo através da janela de um trem em alta velocidade. Imensas bandejas de comida ornamentada passavam sob os céticos olhos distraídos dos convidados.

— Essa comida parece ter sido descoberta por Dickie numa escavação geológica — disse Hastings ranzinza.

Alabama decidiu confiar na justeza do mau humor de Hastings; ele estava sempre um pouco mal-humorado. Quase pensara em alguma coisa para dizer, quando a voz de David chegou flutuando como madeira sem destino na maré.

— Um homem me contou — dizia ele a Gabrielle — que você tem veias azuis muito belas em todo o corpo.

— Eu estava pensando, sr. Hastings — disse Alabama com teimosia —, que gostaria de ser trancada num cinto de castidade espiritual.

Criado na Inglaterra, Hastings estava absorto na comida.

— Sorvete azul! — bufou com desprezo. — Deve ser sangue congelado da Nova Inglaterra, extraído do mundo pela pressão da civilização moderna sobre conceitos herdados e tradições adquiridas.

Alabama voltou à sua premissa original de que Hastings era irremediavelmente intrigante.

— Gostaria de que as pessoas não se flagelassem com a comida ao jantarem comigo — disse Dickie com desprezo.

— Não tenho senso histórico! Sou um ateu! — gritou Hastings. — Não sei do que você está falando!

— Quando papai esteve na África — interrompeu a srta. Douglas —, eles entravam no elefante e comiam as entranhas com as mãos... pelo menos é o que os pigmeus faziam. Papai tirou fotografias.

— E — disse a voz excitada de David — ele falou que seus seios são como sobremesa mármore, uma espécie de manjar-branco, suponho.

— Seria uma experiência e tanto — bocejou a srta. Axton com preguiça — procurar estímulos na igreja e ascetismo no sexo.

O grupo se desagregou com o final do jantar. As pessoas, absortas em si mesmas na grande sala de estar, se moviam ao redor como funcionários de máscara numa sala de operações. Uma feminilidade visceral tingia o brilho umbroso.

Através das janelas, luzes noturnas reluziam pequenas e precisas como entalhes de estrelas numa garrafa de safira. Sons tranquilos da rua faziam-se ouvir sobre o sossego do grupo. David passava de um canto para outro, entrelaçando a sala num padrão de renda, fazendo sua substância cair drapeada sobre os ombros de Gabrielle.

Alabama não conseguia tirar os olhos deles. Gabrielle era o centro de alguma coisa; havia ao redor dela aquela suspensão de direção que só poderia existir num centro. Ela levantou os olhos e piscou para David como um gato persa branco e complacente.

— Imagino que você só usa algo surpreendente e de meni-

no embaixo da roupa — a voz de David continuava monotona-
mente —, BVDs* ou coisa parecida.

O ressentimento chispou em Alabama. Ele lhe roubara a
ideia. Ela usara BVDs de seda durante todo o último verão.

— Seu marido é bonito demais para ser tão famoso — disse
a srta. Axton. — É uma vantagem injusta.

Alabama sentiu-se enjoada — um mal-estar controlável,
mas forte demais para poder responder —, champanhe é uma
bebida vil.

David abria e fechava sua personalidade sobre a srta. Gibbs
como os tentáculos de uma planta marítima carnívora. Dickie e
a srta. Douglas, encostadas contra o consolo da lareira, sugeriam
a estranha solidão ártica das colunas de totens. Hastings tocava
piano muito alto. O barulho isolava uns dos outros.

A campainha tocou e tocou.

— Devem ser os táxis que vêm nos buscar para nos levar ao
balé — suspirou Dickie com alívio.

— Stravínski vai reger — informou Hastings. — É um pla-
giador — acrescentou lugubremente.

— Dickie — disse a srta. Gibbs de modo peremptório —,
poderia deixar a chave comigo? O sr. Knight vai me levar a
Acacias... isto é, se você não se importar — ela sorriu para Alabama.

— Importar-me? Por que deveria? — respondeu Alabama
com desagrado. Ela não se importaria, se Gabrielle fosse pouco
atraente.

— Não sei. Estou apaixonada por seu marido. Acho que
vou tentar conquistá-lo, se não se opuser... é claro que tentaria
mesmo assim... ele é um anjo.

---

* BVD é uma popular marca de roupas íntimas masculinas, conhecidas como
BVDs. (N. T.)

Ela riu. Foi um riso simpático que cobria qualquer fracasso inesperado com suas desculpas adiantadas.

Hastings ajudou Alabama com o casaco. Ela estava zangada por causa de Gabrielle. Gabrielle a fazia sentir-se desajeitada. O grupo se enfiou nos seus agasalhos.

As lâmpadas balançavam e oscilavam suavemente como as fitas de um mastro de maio ao longo do rio. A primavera ria tranquila para si mesma nas esquinas.

— Mas que noite encantadora! — disse Hastings brincando.

— Falar sobre clima é para crianças.

— Alguém mencionou a lua.

— Luas? — disse Alabama com desprezo. — Há duas por cinco dólares nas lojas americanas, cheia ou crescente.

— Mas esta é especialmente bela, madame. Tem um modo elegante de olhar para as coisas!

Nos seus acessos de descontentamento mais profundos, Alabama achava, ao rever o passado, que o ritmo dominante daquele período soava tão quebrado e estridente como tentar cantarolar um trecho de *La Chatte*. Mais tarde, o único elemento que conseguia identificar emocionalmente era a sensação de todos serem personagens secundários e o seu desânimo diante das reiteradas afirmações de David de que muitas mulheres eram flores — flores e sobremesas, amor e emoções, paixão e chama! Desde St. Raphaël ela não tinha um suporte incontestado de onde fazer girar seu universo equívoco. Mudava suas abstrações como um engenheiro mecânico talvez fizesse ao supervisionar as necessidades crescentes de uma construção.

O grupo chegou tarde ao Châtelet. Dickie empurrou-os pelas escadas de mármore convergentes como se liderasse uma procissão para Moloch.

O cenário estava repleto de anéis de Saturno. Pernas magras e imaculadas, uma consciência dos ossos, a suspensão vibrante de corpos esguios precipitados nos solavancos de repetidos choques rítmicos e a histeria dos violinos, tudo evoluía até uma tortuosa abstração do sexo. A excitação de Alabama cresceu com o apelo da comoção de um corpo humano sujeito à sua vontade física ao ponto de evangelizar-se. Suas mãos ficaram úmidas e agitadas com os trêmulos da música. O coração batia como as asas esvoaçantes de um pássaro zangado.

O teatro se acomodava num lento noturno da cultura do luxo. O último esforço da orquestra pareceu levantá-la da terra num júbilo reprimido — como o riso de David quando estava feliz.

Ao pé da escada, muitas moças se viravam para lançar olhares a homens importantes de cabelos de raposa prateada apoiadas na balaustrada de mármore, e homens influentes olhavam de um lado para o outro fazendo tilintar coisas nos seus bolsos — vidas particulares e chaves.

— Lá está a princesa — disse Dickie. — Vamos levá-la junto? Ela já foi muito famosa.

Uma mulher de cabeça raspada e com grandes orelhas de gárgula desfilava uma calva mexicana pelo saguão.

— Madame fazia parte do balé até o marido gastar seus joelhos a ponto de ela não poder mais dançar — continuou Dickie apresentando a dama.

— Já faz muitos anos que meus joelhos se calcificaram — disse a mulher com voz queixosa.

— Como você conseguiu? — perguntou Alabama sem fôlego. — Como entrou no balé? Como conseguiu ser importante?

A mulher examinou-a com olhos aveludados de engraxate, implorando que o mundo não a esquecesse, que ela própria poderia existir no esquecimento.

— Mas eu nasci no balé. — Alabama aceitou o comentário como se fosse uma explicação de vida.

Houve muitas discordâncias quanto ao lugar aonde iam. Como uma homenagem à princesa, o grupo acabou escolhendo uma boate russa. Ali a voz de uma aristocracia decadente prendia seus lamentos às notas flexíveis de violões ciganos; o tinir abafado de garrafas contra os baldes de champanhe desafinava o tom daquele calabouço do prazer como ruídos de correntes espectrais. Nucas frias e gargantas afiadas como presas de víboras cortavam a luz ectoplásmica; cabelos em redemoinho rodopiavam pelos baixios da noite.

— Por favor, madame — insistiu Alabama atentamente —, me daria uma carta para alguma pessoa que ensine balé? Faria qualquer coisa no mundo para aprender a dançar.

A cabeça raspada perscrutou Alabama de um jeito enigmático.

— Para quê? — disse ela. — É uma vida dura. Sofre-se. Seu marido poderia com certeza arranjar...

— Mas por que alguém ia querer fazer *isso*? — interrompeu Hastings. — Vou te dar o endereço de um professor de Black-Bottom... ele é de cor, obviamente, mas ninguém se importa mais com isso.

— Eu me importo — disse a srta. Douglas. — Na última vez em que saí com negros, tive de pedir dinheiro emprestado ao maître para pagar a conta. Desde então minhas fronteiras de cor param nos chineses.

— Você acha, madame, que sou velha demais? — persistiu Alabama.

— Sim — disse a princesa, lacônica.

— Eles vivem à base de cocaína, de qualquer modo — disse a srta. Douglas.

— E rezam aos demônios russos — acrescentou Hastings.

— Mas acredito que alguns deles levam vidas reais — disse Dickie.

— Sexo é um substituto tão pobre — suspirou a srta. Douglas.

— Para quê?

— Para sexo, idiota.

— Acho — disse Dickie surpreendentemente — que seria o ideal para Alabama. Sempre ouvi falar que ela é um pouco peculiar, não quero dizer louca, mas um pouco difícil. Uma arte motivaria. Acho que você deveria tentar, sabe? — disse de modo positivo. — Seria quase tão exótico como ser casada com um pintor.

— O que você quer dizer com "exótico"?

— Andar por aí se preocupando com as coisas... claro que mal conheço você, mas acho que a dança seria um trunfo, já que vai se preocupar de *qualquer modo*. Se a festa ficar aborrecida, poderia dar uns rodopios — Dickie ilustrou as palavras fazendo um buraco na toalha da mesa com o garfo. — Assim! — terminou com entusiasmo. — Já a imagino dançando!

Alabama viu a si mesma inclinando-se suavemente com a extremidade do arco de um violino, fiando na sua bobina de prata as expectativas incertas do futuro com as desilusões certas do passado. Imaginou-se uma nuvem amorfa no espelho de um camarim que seria emoldurado com cartões e papéis, telegramas e fotografias. Seguiu a si mesma ao longo de um corredor de pedra cheio de tomadas elétricas e sinais de não fumar, passando por um bebedouro, uma pilha de lírios e um homem sentado numa cadeira inclinada, até uma porta cinzenta com uma estrela pintada com estêncil.

Dickie era uma produtora nata.

— Tenho certeza de que você será capaz... tem sem dúvida o corpo apropriado!

Alabama examinou secretamente seu corpo. Era rígido como um farol.

— Talvez sirva — resmungou, as palavras elevando-se no

seu júbilo como um nadador emergindo de um mergulho profundo.

— Talvez? — repetiu Dickie com convicção. — Você poderia vendê-lo à Cartier por uma blusa de malha de ouro!

— Quem poderia me dar uma carta de apresentação às pessoas necessárias?

— Eu darei, minha querida... Tenho todos os acessos impossíveis de Paris. Mas é meu dever avisá-la de que as ruas douradas do céu são duras para os pés. É melhor levar junto um par de solas de crepe, quando planejar a viagem.

— Sim — concordou Alabama sem hesitar. — Marrons, suponho, por causa das sarjetas... Sempre ouvi dizer que a poeira das estrelas aparece no branco.

— É um arranjo imbecil — disse Hastings abruptamente. — O marido diz que ela nem consegue cantarolar uma melodia!

Algo devia ter acontecido para tornar o homem tão mal-humorado — ou talvez fosse porque nada acontecera. Estavam todos mal-humorados, quase tanto quanto ela própria. Deviam ser os nervos e o fato de nada terem para fazer a não ser escrever para casa pedindo dinheiro. Não havia nem mesmo um banho turco decente em Paris.

— O que você tem feito de *si mesmo*? — perguntou ela.

— Tenho usado minhas medalhas de guerra como alvos para treinamento de tiro — respondeu ele, incisivo.

Hastings era liso e moreno como doce de melaço esticado. Era um depravado intangível, desencorajando as pessoas e vivendo como um pirata moral. Muitas gerações de belas mães o tinham dotado com uma petulância inesgotável. Não era nem de longe uma companhia tão boa como David.

— Compreendo — disse Alabama. — A arena está fechada hoje, porque o matador teve de ficar em casa para escrever suas memórias. As três mil pessoas que tratem de ir ao cinema.

Hastings ficou incomodado com a mordacidade de seu tom.

— Não me culpe por Gabrielle ter tomado David emprestado — disse ele. Vendo a seriedade de seu rosto, continuou prestimosamente: — Acho que não vai querer que eu faça amor com você, não?

— Oh, não, está tudo bem... Gosto de martírios.

A pequena sala sufocava-se de fumaça. Um potente tambor assediava a aurora sonolenta; pessoas que saíam de outros cabarés chegavam para a ceia matinal.

Alabama ficou sentada bem quieta cantarolando "Cavalos, Cavalos, Cavalos" com uma voz semelhante ao apito de barcos se fazendo ao mar no meio de um nevoeiro.

— Esta festa é minha — ela insistiu quando a conta apareceu. — Há anos que a estou dando.

— Por que não convidou seu marido? — perguntou Hastings com malícia.

— Maldição — disse Alabama com veemência. — Eu convidei... mas foi há tanto tempo que ele se esqueceu de vir.

— Você precisa de alguém para cuidar de você — disse ele seriamente. — Você é mulher de homem e precisa ser dominada. Não, estou falando sério — ele insistiu, quando Alabama começou a rir.

Embora ele alimentasse suas raízes com as falsas expectativas de damas que por suas proezas tinham direito a lembranças de contos de fada, Alabama concluiu que, mesmo assim, ele não era um príncipe.

— Eu ia justamente começar a fazer isso — ela riu. — Marquei um compromisso com a princesa e Dickie porque desejo fazer arranjos para o futuro. Enquanto isso, é dificílimo dar rumo a uma vida que não tem direção.

— Você tem uma filha, não é? — ele afirmou.

— Sim — disse ela —, há a criança... A vida continua.

— Esta festa está acontecendo há séculos. Estão guardando as assinaturas das contas mais antigas para o museu da guerra.

— O que precisamos é sangue novo no grupo.

— O que todos nós precisamos — disse Alabama impacientemente — é de uma boa...

A aurora se balançava sobre a Place Vendôme com a lenta graça prateada de um dirigível amarrado. Alabama e Hastings deram no apartamento cinzento dos Knight de manhã, como uma chuva de confetes da noite passada ao ser sacudida das dobras de uma capa.

— Achei que David estaria em casa — disse ela olhando no quarto de dormir.

— Eu não — zombou Hastings. — Pois eu, vosso Deus, sou um deus judeu, deus batista, deus católico...

Deu-se conta de repente de que havia muito tempo desejava chorar. No ar abafado e cansado da sala, ela desmoronou. Soluçando e tremendo, não levantou a cabeça quando David tropeçou afinal para dentro do quarto quente e seco. Ficou deitada esparramada como uma toalha úmida torcida sobre o peitoril da janela, como a carcaça transparente desprendida de um inseto brilhante.

— Imagino que você está furiosa — disse ele.

Alabama não falou.

— Passei a noite fora — explicou David, animado —, numa festa.

Ela gostaria de poder ajudar David a parecer mais verdadeiro. Gostaria de poder fazer alguma coisa para evitar que tudo fosse tão indigno. A vida parecia tão inutilmente extravagante.

— Oh, David — ela soluçou. — Sou orgulhosa demais para me importar... o orgulho me impede de sentir metade das coisas que deveria sentir.

— Importar-se com o quê? Você não se divertiu? — resmungou David, apaziguador.

— Talvez Alabama esteja furiosa porque não me declarei a ela — disse Hastings, desembaraçando-se apressadamente. — Bem, vou andando se não se importarem. Deve ser muito tarde.

O sol da manhã brilhava cintilante pelas janelas.

Por muito tempo ela ficou deitada soluçando. David a puxou contra seu ombro. Embaixo de seus braços o cheiro era quente e limpo como a fumaça de um fogo calmo na cabana de montanha de um camponês.

— Não adianta explicar — ele disse.

— Nem um pouco.

Ela tentou vê-lo através do lusco-fusco do amanhecer.

— Querido! — falou. — Gostaria de viver no seu bolso.

— Querida — respondeu David sonolento —, haveria um buraco que você esqueceu de cerzir e você escorregaria por ali e o barbeiro da vila a traria de volta para casa. Pelo menos tem sido esta a minha experiência de andar com garotas nos bolsos.

Alabama achou que era melhor colocar um travesseiro embaixo da cabeça de David para que ele não roncasse. Pensou que ele parecia um menino pequeno que a ama acabara de lavar e escovar uns quinze minutos antes. Os homens, pensou, nunca parecem tornar-se as coisas que realizam, como as mulheres, mas pertencer às interpretações filosóficas que fazem de suas ações.

"Não me importo", ela repetiu convicta para si mesma: uma incisão tão exata no tecido da vida como só o cirurgião mais hábil poderia ter esperanças de produzir sobre um apêndice inflamado. Registrando as suas impressões como uma pessoa fazendo um testamento, ela legou cada sensação passageira à momentânea acumulação de seu ser, o presente, que se enchia e esvaziava com os transbordamentos.

Já é tarde demais na manhã para pecadilhos; o sol se banha com os cadáveres da noite nas águas cheias de tifo do Sena; as carroças do mercado há muito voltaram ruidosamente para Fontainebleau e St. Cloud; as primeiras operações terminaram nos hospitais, os habitantes da Île de la Cité já tomaram sua tigela de café com leite, e os motoristas noturnos, "um copo". As cozinheiras de Paris trouxeram o lixo para baixo e subiram com o carvão, e muitas pessoas com tuberculose esperam nas entranhas úmidas da terra pelo metrô. Crianças brincam nos gramados ao redor da Torre Eiffel, e os brancos véus flutuantes de babás inglesas junto com os véus azuis das amas francesas batem espalhando a nova de que tudo vai bem ao longo dos Champs-Elysées. Mulheres elegantes passam pó nos narizes olhando-se no reflexo de copos de Porto sob as árvores do Pavillon Dauphine, que agora começa a abrir as portas para o rangido de botas de montaria de couro russo. A criada dos Knight tem ordens para acordar seus patrões a tempo para o almoço no Bois de Boulogne.

Quando Alabama tentou se levantar, sentiu-se nervosa, sentiu-se monstruosa, sentiu-se azeda.

— Não aguento mais — ela gritou para o sonolento David. — Não quero dormir com os homens, nem imitar as mulheres, e não aguento mais!

— Cuidado, Alabama, estou com dor de cabeça — protestou David.

— Não vou tomar cuidado! Não vou ao almoço! Vou dormir até a hora de ir para o ateliê.

Seus olhos resplandeciam com a luz precária de uma determinação fanática. Havia triângulos brancos sob seu maxilar e anéis azuis ao redor do pescoço. Sua pele cheirava a pó seco e sujo da noite anterior.

— Bem, você não pode dormir sentada — disse ele.

— Posso fazer o que quiser — disse ela. — Qualquer coisa! Posso dormir acordada se quiser!

O gosto de David pela simplicidade era algo muito complexo que uma pessoa simples nunca compreenderia. Mantinha-o fora de muitas discussões.

— Está bem — disse ele. — Eu a ajudarei.

As pessoas macabras que viveram a guerra têm uma história que adoram contar sobre os soldados da Legião Estrangeira que deram um baile nos descampados ao redor de Verdun e dançaram com os cadáveres. O ofício contínuo de Alabama de preparar o filtro envenenado para uma mesa de banquete semiconsciente, sua insistência na magia e glamour da vida, quando já a sentia pulsando como o latejar de uma perna amputada, tinha algo dessa natureza sinistra.

As mulheres parecem às vezes partilhar um secreto e inalterável dogma de perseguição que empresta até às mais sofisticadas o enternecimento inarticulado do camponês. Comparada com a de Alabama, a sabedoria material de David era tão profunda que brilhava forte e harmoniosa pela confusão daqueles tempos.

— Pobre garota — disse ele —, compreendo. Deve ser terrível ficar esperando eternamente.

— Ah, cale-se! — ela respondeu, ingrata. Ficou deitada em silêncio por um bom tempo. — David — disse com rispidez.

— Sim.

— Vou ser uma dançarina famosa. Tão certo como há veias azuis sobre o mármore branco da srta. Gibbs.

— Sim, querida — concordou David, evasivamente.

3.

I

As elevadas parábolas de Schumann caíam pelo estreito pátio de tijolos e respingavam contra as paredes vermelhas num crescendo dissonante. Alabama atravessou a passagem encardida atrás do palco do Olympia. Na obscuridade cinzenta, o nome de Raquel Meller surgia apagado sobre uma porta marcada com uma estrela de ouro descascada; a parafernália de uma trupe de acrobatas obstruía a escada. Ela subiu sete lances que os passos inseguros de muitas gerações de dançarinos tinham tornado lisos e irregulares e abriu a porta do estúdio. O azul de hortênsia das paredes e o chão escovado pendiam da claraboia como a cesta de um balão suspenso no ar. Esforço e aspirações, emoções, disciplina e uma esmagadora seriedade inundavam o imenso galpão. Uma moça musculosa estava de pé no centro dessa atmosfera, fazendo girar os limites do espaço que circundava a rigidez de sua coxa esticada. Mais de uma vez ela rodopiou, até que, deixando a emoção da excitante espiral declinar para a organização fraca e precisa de um acalanto, impôs a si mesma uma pausa orgástica. Caminhou desajeitadamente até Alabama.

— Tenho uma aula com madame às três — Alabama falou com a garota em francês. — Foi marcada por uma amiga.

— Ela deve estar chegando — disse a bailarina com ar de zombaria. — Talvez você queira se aprontar.

Alabama não conseguiu descobrir se a garota ridicularizava o mundo em geral, Alabama em particular ou a si mesma.

— Você dança há muito tempo? — perguntou a bailarina.

— Não. É a minha primeira lição.

— Bem, todas começamos um dia — disse a garota com tolerância.

Rodopiou ofuscantemente três ou quatro vezes para terminar com a conversa.

— Por aqui — falou, deixando transparecer sua falta de interesse por uma principiante. Introduziu Alabama no vestíbulo.

Ao longo das paredes do camarim viam-se dependuradas as longas pernas e os pés rígidos de malhas pretas e cor de carne, moldadas com suor à imagem visual dos ritmos decisivos de Prokófiev e Sauguet, de Poulenc e Falla. O vermelho brilhante e explosivo de uma saia de balé se projetava sob as beiradas de uma toalha de rosto. Num canto, atrás de uma cortina cinza esmaecida, estavam dependuradas a blusa branca e a saia preagueada de madame. O quarto cheirava a muito trabalho.

Uma moça polonesa com cabelos que pareciam um pano de prato feito de fios de cobre e um rosto vermelho de gnomo estava inclinada sobre uma arca de palha separando folhas rasgadas de música e arrumando uma pilha de túnicas descartadas. Sapatos de ponta avulsos balançavam presos na lâmpada. Virando as páginas de um álbum rasgado de Beethoven, a polonesa desenterrou uma fotografia esmaecida.

165

— Acho que é da mãe de madame — disse à dançarina.

A dançarina examinou o retrato com ares de proprietária, ela era a bailarina principal.

— Acho, *ma chère* Stella, que é madame quando jovem. Vou ficar com a foto! — Riu desregrada e autoritariamente. Ela era o centro do estúdio.

— Não, Arienne Jeanneret. Quem vai ficar com o retrato sou eu.

— Posso ver a fotografia? — pediu Alabama.

— É, sem dúvida, madame.

Arienne entregou o retrato a Alabama com um dar de ombros de repúdio. Seus movimentos não tinham continuidade; ela ficava completamente imóvel entre as espasmódicas vibrações elétricas que impulsionavam seu corpo de um cataclismo a outro.

Os olhos do retrato eram redondos, tristes e russos. Uma consciência sonhadora de sua branca beleza dramática dava ao rosto peso e propósito como se as feições fossem unidas por uma vontade espiritual. A fronte estava presa por uma larga faixa de metal como a de um auriga romano. As mãos pousavam de um modo experimental sobre os ombros.

— Ela não é bela? — perguntou Stella.

— Ela não deixa de ter traços americanos — respondeu Alabama.

A mulher lembrava obscuramente Joan; a mesma transparência de sua irmã brilhava através do rosto no retrato como a luz ofuscante de um inverno russo. Talvez fosse uma intensidade de calor análoga à que consumia Joan, emprestando-lhe aquele fino brilho exterior.

A moça virou-se rapidamente, escutando os passos cansados de alguém atravessando hesitante o estúdio.

— Onde você encontrou esta foto antiga? — A voz de madame, atenuada com sensibilidade, teria dado a impressão de que se desculpava. Madame sorriu. Ela não deixava de ter humor, mas nenhuma manifestação de emoções se intrometia no branco misticismo controlado de seu rosto.

— No Beethoven.

— Antigamente — disse madame sem muitas palavras — eu apagava as luzes no meu apartamento e tocava Beethoven. Minha sala de estar em Petrogrado era amarela e sempre cheia de flores. Dizia então para mim mesma: "Sou feliz demais. Isso não pode durar" — moveu a mão resignadamente e levantou os olhos desafiadores para Alabama.

— Então, minha amiga me falou que você quer dançar? Por quê? Você já tem amigos e dinheiro.

Os olhos pretos se moveram num exame franco e infantil sobre o corpo de Alabama, solto e anguloso como os triângulos de prata de uma orquestra; passaram pelos ombros largos e pela imperceptível concavidade das longas pernas, unidas e controladas pela força elástica do sólido pescoço. O corpo de Alabama era como a haste de uma pena de ave.

— Fui assistir ao balé russo — Alabama tentou explicar-se — e me pareceu... Oh, não sei! Como se contivesse todas as coisas que sempre tentei encontrar em tudo o mais.

— O que você viu?

— *La Chatte*, madame, tenho que dançar esse balé algum dia! — replicou Alabama impulsivamente.

Uma fraca centelha de interesse intrigado fez os olhos pretos recuarem. Depois a personalidade se retirou do rosto. Olhar dentro de seus olhos era como caminhar por um longo túnel de pedra com uma luz cinzenta brilhando na outra extremidade, chapinhando cegamente através de uma terra úmida e gotejante sobre um chão curvo e molhado.

— Você é velha demais. É um belo balé. Por que me procurou tão tarde?

— Antes eu não sabia. Estava ocupada demais em viver.

— E agora já viveu tudo o que queria?

— O bastante para estar farta — riu Alabama.

A mulher moveu-se devagar pela sala entre os acessórios de dança.

— Vamos ver — disse ela. — Troque de roupa.

Alabama vestiu-se apressadamente. Stella mostrou-lhe como atar os sapatos de ponta atrás dos tornozelos de modo a esconder o nó da fita.

— Sobre *La Chatte*... — disse a russa.

— Sim?

— Você não pode dançar esse balé. Não deve cultivar grandes expectativas.

O aviso acima da cabeça da mulher dizia "Não toque no espelho" em francês, inglês, italiano e russo. Madame ficou parada de costas para o imenso espelho, olhando fixo para os distantes cantos da sala. Não havia música quando começaram.

— Você terá o piano quando tiver aprendido a controlar seus músculos — explicou. — A única maneira, agora que já é tarde, é pensar constantemente em colocar seus pés na posição correta. Deve sempre ficar de pé com eles deste jeito. — Madame afastou os sapatos de cetim, alinhando-os na horizontal. — E deve esticar-se *assim* cinquenta vezes à noite.

Ela puxou e torceu as longas pernas ao longo da barra. O rosto de Alabama ficou vermelho com o esforço. A mulher estava praticamente rasgando os músculos de suas coxas. Sentia vontade de gritar de dor. Olhando para os olhos esfumaçados de madame e o talho vermelho de sua boca, Alabama pensou ver maldade no rosto. Achou que madame era uma mulher cruel. Pensou que madame era odiosa e má.

— Não deve descansar — disse madame. — Continue.

Alabama continuou a puxar os membros doloridos. A russa deixou-a sozinha a executar o exercício diabólico. Quando reapareceu, aspergiu-se despreocupadamente diante do espelho com um vaporizador.

— *Fatiguée?* — perguntou por sobre o ombro com indiferença.

— Sim — disse Alabama.

— Mas você não deve parar.

Depois de um tempo a russa aproximou-se da barra.

— Quando eu era menina na Rússia — disse impassivelmente —, fazia quatrocentos desses exercícios todas as noites.

A raiva subiu em Alabama como gasolina jorrando num tanque visível. Esperava que a mulher insolente soubesse o quanto ela a odiava.

— Farei quatrocentos.

— Por sorte os americanos são atléticos. Têm mais talento natural que os russos — observou madame. — Mas são estragados com facilidades, dinheiro e profusão de maridos. Chega por hoje. Quer um pouco de água-de-colônia?

Alabama esfregou-se com o líquido nebuloso do vaporizador de madame. Vestiu-se no meio dos olhos confusos e espantados e dos corpos nus de uma classe que chegava para a lição. As garotas falavam alegremente em russo. Madame convidou-a a esperar para assistir à aula.

Sentado numa cadeira de ferro quebrada, um homem traçava esboços; duas pesadas personagens barbudas do teatro apontavam primeiro para uma, depois para outra das garotas; um menino de malha preta com a cabeça envolta num lenço e um rosto de pirata mítico pulverizava o ar com batidas dos tornozelos.

Misteriosamente, o grupo de balé se reuniu. Em silêncio expôs seu clamor mudo com a insolência sedutora de *jetés* para trás, despreocupados *pas de chats*, o abandono de muitas piruetas, lançou sua fúria com os saltos e as distensões do *stchay* russo e balançou-se para descansar no ritmo de embaladoras *chassés*. Ninguém falava. A sala estava quieta como o centro de um ciclone.

— Você gosta? — perguntou madame implacavelmente.

Alabama sentiu o rosto ruborizar-se com um jato quente de embaraço. Estava muito cansada da lição. O corpo doía e tremia. Este primeiro vislumbre da dança como arte abria um mundo. "Sacrilégio!", sentia vontade de gritar à postura de abandono do passado, enquanto pensava com vergonha no *Balé das horas* que dançara dez anos antes. Lembrou-se inesperadamente da exaltação de se atirar para o lado pelas ruas quando era criança, batendo os calcanhares no ar. Era quase como aquele velho sentimento esquecido de que não poderia ficar sobre a Terra nem mais um minuto.

— *Adoro*. O que é?

A mulher afastou-se.

— É um balé meu sobre um amador que queria participar de um circo — falou. Alabama perguntou-se como podia ter pensado que aqueles nebulosos olhos de âmbar fossem suaves; pareciam rir diabolicamente dela. Madame continuou: — Você vai trabalhar de novo amanhã às três horas.

Alabama esfregava as pernas com óleo de Elizabeth Arden noite após noite. Havia manchas azuis na parte de dentro acima do joelho onde os músculos se tinham rompido. A garganta ficava tão seca que ela primeiro pensou que estivesse com febre. Tirou a temperatura e ficou desapontada ao descobrir que estava normal. Em traje de banho, tentava esticar-se sobre o encosto alto de um sofá Luís XIV. Os músculos ainda estavam rígidos; e ela agarrava as flores douradas por causa da dor. Prendia os pés entre as barras da cama de ferro, e durante semanas dormiu com os dedos dos pés grudados para fora.

No fim de um mês, Alabama conseguia ficar ereta em posição de balé, o peso controlado sobre as plantas dos pés, mantendo a curva da espinha bem firme como as rédeas de um cavalo de corrida e deixando os ombros caírem até darem a impressão de que se achatavam contra seus quadris. O tempo passava em saltos espasmódicos como um relógio de escola. David estava contente com a concentração de Alabama no estúdio. Fazia com que se sentissem menos inclinados a gastar o tempo livre em festas. O lazer de Alabama tornara-se um estalante caso de músculos doídos, e o melhor era ficar em casa. David podia trabalhar mais livremente com ela ocupada, exigindo menos de seu tempo.

À noite ela se sentava à janela cansada demais para mover-se, consumida pelo desejo de ter sucesso na dança. Parecia a Alabama que, ao atingir seu objetivo, ela afastaria os demônios que a tinham dominado — que, ao se pôr à prova, conseguiria aquela paz que imaginava só existir com a autoconfiança—, que seria capaz, por intermédio da dança, de controlar suas emoções, de chamar o amor, a piedade ou a felicidade quando quisesse, tendo providenciado um canal por onde pudessem fluir. Ela se forçava a trabalhar impiedosamente, e o verão se arrastava.

O calor de julho batia na claraboia do estúdio e madame pulverizava o ar com desinfetante. A goma das saias de organdi de Alabama grudava nas suas mãos, e o suor caía nos olhos impedindo-lhe a visão. Uma poeira sufocante se elevava do solo, o brilho intenso lançava uma névoa preta diante de seu olhar. Era humilhante que madame tivesse de tocar os tornozelos de sua aluna quando eles estavam tão quentes. O corpo humano era insistente. Alabama odiava intensamente a incapacidade de disciplinar o seu. Aprender a manejá-lo era um jogo desesperado consigo mesma. Dizia para si "Meu corpo e eu" e entregava-se a uma surra terrível: era o que acontecia. Algumas das dançarinas trabalhavam com uma toalha de banho presa ao redor do pescoço. Fazia tanto calor sob o teto ardente que precisavam de algo para absorver o suor. Às vezes, quando a lição de Alabama caía nas horas em que o sol batia direto no vidro de cima, o espelho oscilava em ondas vermelhas de calor. Alabama estava cansada de mover os pés nos infindáveis *battements* sem música. Perguntava-se por que ainda vinha às aulas. David a convidara para nadar em Corne-Biche de tarde. Sentia uma zanga obscura contra madame por não ter ido refrescar-se com o marido. Embora não acreditasse que as descuidadas horas felizes de seus primeiros anos de casada pudessem ser repetidas — ou apreciadas se acontecessem de novo, esvaziadas como tinham sido das experiências que continham —, ainda assim, os pontos mais altos de real prazer que Alabama visualizava ao pensar na felicidade encontravam-se nas memórias que elas guardavam.

— Quer prestar atenção? — disse madame. — Isto é para você. — Madame moveu-se pelo chão indicando o plano de um adágio simples.

— Não sei fazer — disse Alabama. Começou de forma descuidada, seguindo a trilha da russa. De repente parou. — Oh, mas é bonito! — disse com arrebatamento.

A professora de balé não se virou.

— Há muitas coisas bonitas na dança — disse laconicamente —, mas você não pode fazê-las... ainda.

Depois da aula Alabama dobrou as roupas ensopadas e colocou-as na valise. Arienne arrancou a malha e deixou-a cair em poças de suor sobre o chão. Alabama segurou as extremidades enquanto ela espremia e torcia. Era necessário muito suor para aprender a dançar.

— Vou me ausentar por um mês — disse madame certo sábado. — Você pode continuar com Mlle. Jeanneret. Espero que na minha volta você já possa ter a música.

— Então não vou ter aula segunda-feira? — ela dedicara uma porção tão grande de seu tempo ao estúdio que era como ser precipitada no vazio imaginar a vida sem ele.

— Com mademoiselle.

Alabama sentiu grandes lágrimas quentes rolarem inexplicavelmente pela face, enquanto observava a figura cansada da professora desaparecer na névoa de poeira. Ela devia ficar contente com a folga; ela pensava que iria ficar contente.

— Você não deve chorar — disse a garota com delicadeza.

— Madame tem de ir a Royat por causa do coração — sorriu gentilmente para Alabama. — Vamos logo fazer com que Stella toque para as suas aulas — disse com ar de conspiração.

Durante o calor de agosto elas trabalharam. As folhas secavam e se deterioravam na baixada de St. Sulpice; os Champs-Elysées ferviam com nuvens de gasolina. Não havia ninguém em Paris, era o que todo mundo dizia. As fontes nas Tuileries jorravam um chuvisco quente e vaporoso; *midinettes* abandonavam as mangas. Alabama ia duas vezes por dia ao estúdio. Bonnie estava na Bretanha visitando amigos da babá. David bebia com multidões no bar do Ritz celebrando juntos o vazio da cidade.

— Por que você nunca sai comigo? — dizia ele.

— Porque não posso trabalhar no dia seguinte, se saio.

— Você tem a ilusão de um dia se tornar boa nesse troço?

— Acho que não, mas o único jeito é tentar.

— Não temos mais vida em casa.

— Você nunca está em casa de qualquer maneira... Tenho que ter alguma coisa para fazer.

— Mais um lamento de mulher... Preciso trabalhar.

— Farei o que você quiser.

— Você vem comigo hoje à tarde?

Foram a Le Bourget e alugaram um avião. David bebeu tanto conhaque antes de partirem que, ao passarem sobre a Porte St. Denis, já estava tentando convencer o piloto a levá-los a Marseille. Quando voltaram a Paris, insistiu que Alabama fosse com ele ao Café Lilas.

— Lá encontraremos alguém e jantaremos.

— David, realmente não posso. Fico muito enjoada quando bebo. Vou ter que tomar morfina se beber, como na última vez.

— Aonde você vai?

— Vou ao estúdio.

— Mas comigo não pode ficar! De que adianta ter uma esposa? Se uma mulher só faz companhia na cama, há muitas disponíveis para isso...

— De que adianta ter um marido ou qualquer outra coisa? Mas de repente você descobre que tem essas coisas mesmo assim, e não há o que fazer.

O táxi voou pela Rue Cambon. Ela subiu as escadas infeliz. Arienne estava esperando.

— Que cara triste! — disse ela.

— A vida é um negócio triste, não é, minha pobre Alabama? — disse Stella.

Quando terminaram as rotinas preliminares na barra, Alabama e Arienne se dirigiram para o centro da sala.

— *Bien, Stella.*

Os tristes coquetismos de uma mazurca de Chopin soaram insípidos no ar seco. Alabama observava Arienne, que buscava os processos mentais de madame. Ela parecia muito atarracada e sórdida. Era a *première danseuse* da Ópera de Paris, quase no auge. Alabama começou a soluçar baixinho.

— A vida não é tão difícil como as profissões — suspirou.

— Bem — Arienne gritou exasperada —, isto não é uma *pension de jeunes filles*! Quer fazer a seu modo já que não gosta do jeito como faço?

Ela ficou parada com as mãos nos quadris, poderosa e sem

inspiração, insinuando que o fato de Alabama conhecer o passo lhe impunha a obrigação de executá-lo. Alguém tinha de dominar a coisa; estava ali no ar. Arienne a provocara, que ela a realizasse.

— É para você, bem sabe, que trabalhamos — disse Arienne asperamente.

— Meu pé dói — disse Alabama com petulância. — A unha caiu.

— Então você tem de fazer crescer outra mais dura. Quer começar? *Dva*, Stella!

Milhas e milhas de *pas de bourrée*, os dedos do pé esgravatando o chão como o bico de muitas galinhas ciscando, e depois de mil milhas ainda era preciso avançar sem sacudir os seios. Arienne cheirava a lã molhada. Mais de uma vez ela tentou. Os tornozelos viravam, sua compreensão se movia mais rápido que os pés e a fazia perder o equilíbrio. Ela inventou um truque: devia exercer pressão com o espírito contra os movimentos para a frente do corpo, pois isso produzia a tenebrosa dignidade e economia de esforço conhecida como estilo.

— Mas você é uma *bête*, uma *impossible*! — gritou Arienne. — Você quer compreender o passo antes de poder executá-lo.

Alabama finalmente ensinou a si mesma a sensação de mover a parte superior do corpo como se fosse um busto sobre rodas. Seu *pas de bourrée* evoluía como um pássaro voando. Quando o executava, mal podia abster-se de prender a respiração.

Quando David lhe perguntava sobre a dança, ela adotava um ar superior. Sentia que ele não compreenderia se tentasse explicar sobre o *pas de bourrée*. Certa vez ela de fato tentou. Sua exposição foi cheia de "sabe o que quero dizer" e "não dá para entender", e David se aborreceu e chamou-a de mística.

— Não existe nada que não possa ser expresso — disse zangado.

— Você está impenetrável. Para mim, é bem claro.

David se perguntava se Alabama algum dia compreendera qualquer uma de suas pinturas. Não era a arte a expressão do inexprimível? E o inexprimível não é sempre o mesmo, embora variável — como o X na física? Pode representar qualquer coisa, mas ao mesmo tempo continua sendo X.

Madame voltou durante a estiagem de setembro.

— Você progrediu muito — disse ela —, mas deve abandonar suas vulgaridades americanas. Você por certo dorme demais. Quatro horas é o suficiente.

— Você melhorou com o tratamento?

— Colocaram-me numa cabine — ela riu. — Só conseguia ficar com alguém segurando a minha mão. Descanso não é *commode* para pessoas cansadas. Não é bom para artistas.

— Isto aqui também foi uma cabine este verão — disse Alabama com raiva.

— E você ainda quer dançar *La Chatte*, pobrezinha?

Alabama riu.

— Você me dirá quando eu estiver dançando razoavelmente, para eu comprar um saiote de bailarina para mim? — pediu ela.

Madame deu de ombros.

— Por que não agora? — falou.

— Gostaria de ser uma boa dançarina primeiro.

— Você tem que trabalhar.

— Trabalho quatro horas por dia.

— É demais.

— Então como poderei ser uma dançarina?

— Não sei como alguém pode ser qualquer coisa — disse a russa.

— Vou acender velas para são José.

— Talvez ajude. Um santo russo seria melhor.

Nos últimos dias de tempo quente, David e Alabama se mudaram para a Rive Gauche. Seu apartamento, revestido de brocado amarelo que se rompia, dava para a cúpula de St. Sulpice. Velhas chocavam nas sombras ao redor dos cantos da catedral; os sinos tocavam incessantemente chamando para funerais. Os pombos que se alimentavam na praça arrepiavam as penas sobre a barra da janela. Alabama ficava sentada quando sopravam as brisas noturnas, com o rosto levantado para o céu espesso, meditando. A exaustão lhe retardava as pulsações até o ritmo de sua infância. Pensava no seu tempo de criança, quando estivera perto do pai. Com sua distância altiva ele se apresentara como uma infalível fonte de sabedoria, uma base de segurança. Ela podia confiar no pai. Meio que odiava a inquietação de David, odiando encontrar nele a sua própria. As experiências recíprocas os tinham adaptado mutuamente a um infeliz compromisso. Este era o problema: não imaginaram que teriam de fazer tantos ajustes quando as compreensões alargassem seus horizontes. Por isso aceitavam com relutância os que eram necessários com relutância, antes como concessão que como mudança. Imaginaram-se perfeitos e abriam os corações à vaidade, mas não às modificações.

O ar tornou-se úmido com o labirinto do outono. Jantavam aqui e ali entre mulheres cobertas de joias que cintilavam como brilhantes peixes de escamas num aquário. Saíam para passeios e voltas de táxi. Um crescente sentimento de alarme em relação a seu casamento retesava em Alabama uma firme determinação de continuar com seu trabalho. Esticando seu próprio esqueleto sobre um tear de atitudes e *arabesques*, ela tentava tecer um manto mágico com a força do pai e a beleza juvenil de seu primeiro amor com David, o feliz esquecimento da adolescência e sua aconchegante infância protegida. Vivia sempre muito sozinha.

David era uma pessoa sociável; ele saía bastante. A vida dos dois se movia com um ritmo hipnótico e nada parecia importar, desde que não se chegasse a assassinato. Ela presumia que não matariam ninguém — isso chamaria as autoridades; todo o resto era mistificação, como Jacques e Gabrielle tinham sido. Ela não se importava — ela sinceramente não se incomodava nem um pouco com a solidão. Anos mais tarde, surpreendia-se ao lembrar que uma pessoa pudesse ficar tão cansada como se sentia então.

Bonnie tinha uma governanta francesa que envenenava as refeições com *"N'est-ce pas, monsieur?"* e *"Du moins, j'aurais pensée"*. Ela mastigava de boca aberta, e os pedaços de sardinha ao redor das obturações de seus dentes causavam náuseas a Alabama, que comia olhando pela janela para o despido pátio outonal. Teria procurado outra governanta, mas com as coisas tão tensas algo certamente iria acontecer, e ela achou melhor esperar.

Bonnie crescia rápido e cheia de historinhas sobre Josette, Claudine e as meninas da escola. Tinha assinatura de uma publicação para crianças, deixou de apreciar o teatro de marionetes e começou a esquecer o inglês. Manifestava certa reserva nas suas relações com os pais. Ficava com um ar muito superior junto da sua antiga babá inglesa, que a levava a passear nos dias da *sortie* de mademoiselle: dias emocionantes em que o apartamento cheirava a L'Origan, da Coty, e Bonnie ficava com erupções no rosto por causa dos bolinhos do café Rumpelmayer's. Alabama nunca conseguiu fazer com que a babá admitisse que Bonnie os comera. A babá insistia que as manchas estavam no sangue e que era melhor que surgissem, insinuando uma espécie de exorcismo de espíritos malignos hereditários.

David comprou um cachorro para Alabama. Chamaram-no "Adage". A criada se dirigia a ele como "monsieur" e chorava quando batiam no bicho, de modo que ninguém conseguiu educá-lo. Mantinham-no no quarto de hóspedes, com as imagens fotográficas da família do proprietário do apartamento espiando pelos vapores de sua *saleté*.

Alabama sentia muita pena de David. Ele e ela lhe pareciam pessoas num inverno de adversidade examinando antigas vestimentas, restos de uma época de riqueza. Eles se repetiam um para o outro; ela insistia com antigas expressões de que ele devia estar cansado; ele suportava o pequeno espetáculo da esposa com uma visível apreciação mecânica. Ela sentia pena de si mesma. Sempre tivera tanto orgulho de ser uma boa diretora de cena.

Novembro filtrou a luz da manhã produzindo uma poeira dourada que ficava suspensa sobre Paris estabilizando o tempo até as manhãs se estenderem pelo dia todo. Ela trabalhava na obscuridade cinzenta do estúdio, sentindo-se muito profissional no desconforto do lugar não aquecido. As garotas vestiam-se perto de uma estufa a óleo que Alabama comprara para madame; o camarim cheirava à cola dos sapatos de ponta que esquentavam sobre a chama fina, a água-de-colônia velha e a pobreza. Quando madame se atrasava, as dançarinas se esquentavam fazendo cem *relevés* ao som dos versos cantados de Verlaine. As janelas nunca podiam ser abertas por causa das russas, e Nancy e May, que tinham trabalhado com Pávlova, diziam que o cheiro as repugnava. May morava na Associação Cristã Feminina e queria que Alabama fosse visitá-la para tomar chá. Certo dia, quando desciam juntas as escadas, disse a Alabama que não podia mais dançar, que estava totalmente nauseada.

— As orelhas de madame são tão sujas, minha querida — disse ela —, me deixam enjoada.

Madame tinha feito May dançar atrás das outras. Alabama riu da falsidade da garota.

Havia Marguerite, que vinha de branco, e Fania, com sujas roupas íntimas de borracha, e Anise e Ana, que viviam com milionários e vestiam-se com túnicas de veludo, e Céza de cinza e vermelho — diziam que era judia —, e alguém mais de organdi azul e garotas magras com drapeados cor de damasco que lembravam dobras da pele, e três Tânias iguais a todas as outras Tânias russas, e garotas vestidas com a perfeição do branco que pareciam meninos nadando, e garotas de preto que pareciam mulheres, uma garota supersticiosa de lilás, e uma, vestida pela mãe, que usava vermelho vivo para ofuscá-las a todas naquele vibrante giroscópio, e a esguia feminilidade patética de Marte que dançava na Ópera Cômica e, agressiva, saía correndo depois das aulas com o marido.

Arienne Jeanneret dominava o vestíbulo. Vestia-se com o rosto virado para a parede, fazia muitos preparativos antes de se friccionar e certa vez comprou cinquenta pares de sapatilhas de ponta, que deu a Stella depois de usar durante uma semana. Ela mantinha as garotas em silêncio quando madame estava dando aula. A vulgaridade de seus quadris desagradava Alabama, mas eram boas amigas. Era com Arienne que ela se sentava no café embaixo do Olympia depois das aulas e bebia a dose diária de Cap Corse com soda. Arienne a levava aos bastidores da Ópera, onde era respeitada, e depois vinha almoçar com Alabama. David odiava a garota porque ela tentava lhe dar lições morais sobre suas opiniões e bebedeiras, mas ela não era burguesa: era moleque, cheia de piadas ruidosas a respeito de bombeiros e soldados e de canções de Montmartre sobre padres, camponeses e cornudos. Era quase um elfo, mas suas meias estavam sempre enrugadas e fazia sermões quando falava.

Ela levou Alabama para ver o último desempenho de Pávlova. Dois homens que pareciam caricaturas de Beerbohm pediram para acompanhá-las até em casa. Arienne recusou.

— Quem são eles? — perguntou Alabama.

— Não sei... contribuintes da Ópera.

— Então por que falou com eles, se não os conhece?

— Ninguém conhece os patrocinadores das três primeiras

filas da Ópera Nacional. Os assentos são reservados para homens — disse Arienne. Ela própria vivia com o irmão perto do Bois. Às vezes chorava no camarim.

— Zambelli ainda dançando *Coppélia*! — dizia. — Você não sabe como a vida é difícil, você com seu marido e sua filha.

Quando ela chorava, a tinta preta saía de seus cílios e secava em montinhos como em uma aquarela molhada. Havia um espiritual espaço aberto entre seus olhos cinzentos que parecia tão puro como um descampado de margaridas.

— Oh, *Arienne*! — dizia madame com entusiasmo. — Esta é uma dançarina! Quando chora, não é por nada.

O rosto de Alabama tornava-se sem cor com a fadiga, e os olhos afundavam na sua cabeça como fumaças de fogueiras de outono.

Arienne ajudou-a a dominar os *entrechats*.

— Você não deve descansar quando desce depois do salto — disse ela. — Deve partir de novo imediatamente, para que o ímpeto do primeiro pulo a carregue pelos outros como o picar de uma bola.

— *Da* — dizia madame —, *da! da!*... Mas não é o bastante.

Nunca era o bastante para agradar madame.

Alabama e David dormiam até tarde aos domingos, comendo no Foyot's ou em algum lugar perto de casa.

— Prometemos à sua mãe que voltaríamos para casa no Natal — disse ele depois de muitas refeições.

— Sim, mas não vejo como ir. É tão caro e você não acabou seus quadros de Paris.

— Ainda bem que você não está muito desapontada, porque decidi esperar até abril.

— Há também a escola de Bonnie. Seria uma pena sair logo agora.

— Vamos na Páscoa, então.

— Sim.

Alabama não queria sair de Paris, onde eles eram tão infelizes. Sua família se tornava muito remota com a distensão de sua alma em *stchays* e piruetas.

Stella trouxe um bolo de Natal para o estúdio e, para madame, duas galinhas que recebera de seu tio na Normandia. O tio lhe escreveu que não poderia mais mandar dinheiro: o franco baixara para quarenta. Stella ganhava a vida copiando partituras, o que estragava seus olhos e a deixava morrendo de fome. Vivia numa mansarda e sofria de sinusite por causa das correntes de ar, mas não queria deixar de perder os seus dias no estúdio.

— O que uma polonesa pode fazer em Paris? — dizia a Alabama. — O que qualquer pessoa pode fazer em Paris? Quando se consideram os fatos básicos, as nacionalidades não contam muito.

Madame conseguiu para Stella um trabalho de virar as páginas das partituras nos concertos, e Alabama lhe pagava, dez francos por par, para cerzir a extremidade de seus sapatos de ponta a fim de que não escorregassem.

Madame beijou todas elas nas duas faces no Natal, e elas comeram o bolo de Stella. Não teria Natal muito mais festejado no seu apartamento, pensou Alabama sem emoção — isso porque não se interessara pelo Natal de sua casa.

Arienne mandou de presente para Bonnie uns utensílios caros de cozinha. Alabama ficou comovida ao pensar que a amiga provavelmente precisava do dinheiro que gastara. Ninguém tinha dinheiro.

— Vou ter de parar com as minhas aulas — disse Arienne —, os porcos na Ópera só nos pagam mil francos por mês. Não posso viver com isso.

Alabama convidou madame para jantar e assistir a um balé. Madame estava muito branca e frágil num vestido de noite verde-claro. Seus olhos se fixaram no palco. Uma aluna sua dançava *O lago dos cisnes*. Alabama se perguntava o que se passava atrás daqueles olhos amarelos de Confúcio, enquanto observava o branco desfile filtrado do balé.

— É tudo pequeno demais hoje em dia — disse a mulher.
— Quando eu dançava, as coisas tinham outra escala.

Alabama olhou incrédula.

— Vinte e quatro *fouettés*, foi o que ela fez — falou. — Que mais pode alguém fazer?

Causara-lhe dor física ver o etéreo corpo de aço da bailarina estalando e fustigando-se nas loucas voltas daqueles giros.

— Não sei o que podem fazer. Só sei que eu fazia algo diferente — disse a artista —, que era melhor.

Ela não foi aos bastidores depois do espetáculo para cumprimentar a garota. Ela, Alabama e David foram a um cabaré russo. Na mesa ao lado, Hernandara tentava encher uma pirâmide de taças de champanhe despejando o líquido na taça do topo. David uniu-se a ele; os dois homens cantavam e fingiam lutar boxe sobre a pista de dança. Alabama sentia vergonha e medo de que madame se ofendesse.

Mas madame tinha sido uma princesa na Rússia com todos os outros russos.

— Eles são como animaizinhos brincando — disse ela. — Deixe-os. É bonito.

— Trabalho é a única coisa bonita... — disse Alabama — ... pelo menos esqueci o resto.

— É bom divertir-se quando se tem meios para tal — falou madame recordando o passado. — Na Espanha, depois de um balé, eu bebia vinho tinto. Na Rússia, era sempre champanhe.

Através das luzes azuis do lugar e das lâmpadas vermelhas com grades de ferro, a pele branca de madame resplandecia como o sol ártico num palácio de gelo. Ela bebia pouco, mas pediu caviar e fumou muitos cigarros. Seu vestido era barato, o que entristeceu Alabama — ela fora uma bailarina tão famosa na sua época. Depois da guerra quis parar de trabalhar, mas não tinha dinheiro e mantinha o filho na Sorbonne. Seu marido alimentava-se de sonhos do Corps des Pages e matava a sede com reminiscências a ponto de não restar dele senão um amargo fantasma aristocrático. Os russos! Amamentados com uma generosidade galante e desmamados com o pão da revolução, eles assombram Paris! Tudo assombra Paris. Paris é assombrada.

A babá veio ver a árvore de Natal de Bonnie, assim como alguns amigos de David. Alabama pensou desapaixonadamente no Natal dos Estados Unidos. Eles não vendiam casinhas congeladas para dependurar nas árvores de Natal no Alabama. Em Paris, as floristas estavam cheias de lilases de Natal, e chovia. Alabama levou flores para o estúdio.

Madame ficou maravilhada.

— Quando era menina, vivia colhendo flores — disse ela. — Adorava as flores do campo e fazia buquês e *boutonnières* para os hóspedes que vinham à casa de meu pai.

Esses pequenos detalhes do passado de uma dançarina tão famosa pareciam fascinantes e comoventes para Alabama.

Na primavera, ela já estava alegre e selvagemente orgulhosa da força de seus quadris negroides, convexos como barcos num entalhe de madeira. O controle total de seu corpo a liberava de toda fétida consciência física.

As garotas levavam a roupa suja para lavar em casa. O calor incubava de novo na Rue des Capucines, e havia outro grupo de acrobatas no Olympia. O sol fino formava pálidas placas comemorativas sobre o chão do estúdio, e Alabama foi promovida a Beethoven. Ela e Arienne brincavam ao longo das ruas ventosas e faziam bagunça no estúdio. Alabama se drogava com trabalho. Sua vida exterior era como tentar lembrar-se pela manhã de um sonho da noite anterior.

II

— Cinquenta e um, cinquenta e dois, cinquenta e três... mas ouça, monsieur, deve deixar comigo o recado. Sou aqui uma assessora de madame... cinquenta e quatro, cinquenta e cinco.

Hastings examinou friamente o corpo ofegante. Stella assumiu uma atitude tecnicamente sedutora. Muitas vezes vira madame comportar-se assim. Olhou fixo no rosto dele como se estivesse de posse de um segredo vital e esperasse algum esforço de sua parte para lhe revelar o mistério. Seus *petits battements* foram bem-feitos. Ela já estava totalmente *rechauffé* àquela hora do começo da tarde.

— Era a sra. David Knight que eu gostaria de ver — disse Hastings.

— A nossa Alabama! Ela não deve demorar a chegar. É muito querida, a Alabama — arrulhou Stella.

— Não havia ninguém no apartamento, por isso me disseram para vir aqui.

Os olhos de Hastings perambulavam ao redor incredulamente, como se devesse haver algum engano.

— Oh, claro! — disse Stella. — Ela está sempre aqui. É só esperar. Se monsieur me der licença...

Cinquenta e sete, cinquenta e oito, cinquenta e nove. No trezentos e oitenta, Hastings levantou-se para sair. Stella suava e ofegava como um boto, fingindo que odiava as dificuldades dos exercícios na barra que impusera a si mesma. Fez de conta que era uma bela escrava de galé que Hastings talvez quisesse comprar.

— Diga a ela que estive aqui, sim? — pediu ele.

— Claro, e que foi embora. Lamento que o que faço não seja mais interessante para monsieur. Há uma aula às cinco, se monsieur quiser...

185

— Sim, diga-lhe que fui embora — ele olhou ao redor com desagrado. — De qualquer modo, acho que ela não estaria livre para ir a uma festa.

Stella estava havia tanto tempo no estúdio que absorvera um ar de total confiança no seu trabalho, como todas as alunas de madame. Se espectadores não ficavam fascinados, devia ser por alguma falta de apreciação estética da parte deles.

Madame deixava que Stella fizesse os exercícios sem pagar. Outras dançarinas sem dinheiro faziam o mesmo. Quando tinham dinheiro, pagavam — era o sistema russo.

O ruído de uma valise batendo nas escadas anunciou a chegada de uma aluna.

— Um amigo seu esteve aqui — disse ela com ar importante. Era inconcebível para a solitária Stella que uma visita pudesse não ter importância. Alabama também estava esquecendo as antigas modulações casuais da vida. Contra a violenta torção e baque do *tour jeté*, só um incidente muito sombrio e dissonante sobressairia.

— O que ele queria?

— Como posso saber?

Um vago terror irracional tomou conta de Alabama. Ela devia manter o estúdio distante de sua vida, pois senão uma coisa se tornaria tão insatisfatória quanto a outra, perdidas num curso impenetrável e sem rumo.

— Stella — disse ela —, se ele vier de novo, se qualquer pessoa me procurar aqui, você deve dizer que nada sabe de mim, que não estou aqui.

— Mas por quê? É para a apreciação de seus amigos que você vai dançar.

— Não, não! — protestou Alabama. — Não posso fazer duas coisas ao mesmo tempo. Não desceria a Avenue de l'Opéra pulando sobre o guarda de trânsito num *pas de chat*, nem quero que meus amigos joguem bridge num canto enquanto danço.

Stella ficava contente por participar de qualquer reação pessoal de vida, pois a sua era um vazio cercado por sótãos e repreensões de proprietárias.

— Muito bem! Por que a vida deveria se intrometer conosco, artistas? — concordou pomposamente.

— Na última vez em que esteve aqui, meu marido fumou um cigarro no estúdio — continuou Alabama numa tentativa de justificar os protestos clandestinos.

— Oh! — Stella estava escandalizada. — Compreendo. Se estivesse aqui, teria lhe dito que esses cheiros são terríveis para quem está trabalhando.

Stella vestia-se com saias de balé usadas, de outras dançarinas, e camisas de seda rosa das Galeries Lafayette. Prendia a camisa abaixo da pala da saia com grandes alfinetes de segurança para formar uma pequena sobressaia. Passava o dia no estúdio, cortando as hastes das flores que as alunas traziam para madame a fim de mantê-las frescas, polindo o grande espelho, consertando as partituras com fita adesiva e tocando para aulas quando a pianista não vinha. Ela se considerava uma conselheira de madame. Madame a considerava um incômodo.

Stella era muito conscienciosa quanto ao pagamento de suas aulas. Se qualquer outra pessoa tentava fazer a menor coisa por madame, isso precipitava uma cena de amuo e choro. Seus olhos poloneses sonhadores se desvaneciam, com o brilho da privação e da intensidade, no verde amarelado de uma espuma sobre um lago parado. As garotas lhe compravam croissants e café com leite ao meio-dia e chamavam-na de "*ma chère*". Alabama e Arienne lhe arrumavam dinheiro sob um ou outro pretexto. Madame lhe dava roupas velhas e bolos. Em troca, ela falava a cada uma em particular que madame lhe dissera que estavam progredindo mais que as outras, e fazia malabarismos com as horas de trabalho no livrinho de madame a ponto de seu dia de oito horas conter, às vezes, nove ou dez períodos de uma hora. Stella vivia numa atmosfera de intriga geral.

Madame era severa com a garota.

— Você sabe que nunca vai poder dançar, por que não arruma algum trabalho para fazer? — repreendia. — Você vai ficar velha, eu vou ficar velha... então, o que será de você?

— Tenho um concerto na próxima semana. Vou ganhar vinte francos para virar as páginas. Oh, madame, deixe-me ficar!

Nem bem Stella recebera os vinte francos, veio falar com Alabama.

— Se você me der o resto — pediu de modo persuasivo —, poderemos comprar um armário de remédios para o estúdio. Semana passada alguém torceu o tornozelo... Deveríamos ter recursos para desinfetar nossas bolhas. — Stella falou sem cessar no armário até Alabama sair com ela, certa manhã, para comprá-lo. Elas esperaram que a loja abrisse à luz dourada do sol que cristalizava a fachada dourada de Au Printemps. O objeto custava cem francos e devia ser uma surpresa para madame.

— Você pode lhe dar o presente, Stella — disse Alabama —, mas eu vou pagar. Você não tem dinheiro para uma extravagância dessas.

— Não — lamentou Stella —, não tenho um marido para pagar as minhas contas! *Hélas!*

— Eu abri mão de outras coisas — replicou Alabama irritada. Não podia sentir ressentimento contra a disforme e melancólica polonesa.

Madame não gostou.

— É ridículo — disse. — Não há espaço no camarim para um móvel tão grande. — Quando viu os olhos frenéticos de Stella, cheios de decepção, acrescentou: — Mas será muito conveniente. Deixe-o aí. Só que você não deve gastar seu dinheiro comigo.

Ela delegou a Alabama a tarefa de cuidar para que Stella não lhe comprasse mais presentes.

Madame brigava por causa das passas de uva e dos bombons de licor que Stella deixava sobre a sua mesa e do pão russo que ela trazia em pequenos pacotes. Pão com queijo cozido dentro e pão com bolinhas de açúcar, pão de cominho e viscosos pães pretos, pães quentes do forno cheirando a inocência, e pães epicuristas mofados de padarias iídiches. Qualquer coisa que Stella tivesse dinheiro para comprar, ela comprava para madame.

Em vez de controlar Stella, Alabama absorveu a extravagância desnorteada da garota. Não podia usar sapatos novos; seus pés estavam pisados demais. Parecia um crime ter tantos vestidos para impregná-los de água-de-colônia e deixá-los dependurados o dia todo contra as paredes do estúdio. Achava que conseguia trabalhar melhor quando se sentia pobre. Abandonara tantas oportunidades de exercer escolha pessoal que gastava as notas de cem francos de sua bolsa com flores, dotando-as com todas as qualidades do que poderia ter comprado em outras circunstâncias, a emoção de um chapéu novo, a segurança de um novo vestido.

Rosas amarelas ela comprava com seu dinheiro como se fossem brocado de cetim Empire, e lilases brancos e tulipas rosa como glacê esculpido de confeitaria, e rosas vermelhas escuras como um poema de Villon, pretas e aveludadas como a asa de um inseto, frias hortênsias azuis limpas como uma parede recém-caiada, os pingos cristalinos do lírio-do-vale, um vaso de nastúrcios que parecia bronze batido, anêmonas formadas dos resquícios de material de lavagem, malignas tulipas arranhando o ar com suas farpas pontudas, e as voluptuosas curvas amontoadas das violetas de Parma. Comprava perfumados cravos amarelos cor de limão com gosto de bala dura, e rosas de jardim cor de púrpura como pudins de framboesa, e toda espécie de flor branca que a floresta soubesse cultivar. Dava a madame gardênias que pareciam brancas luvas de criança e amores-perfeitos comprados nas tendas da Madeleine, ameaçadores ramos de gladíolos e o suave e tranquilo sussurrar das tulipas pretas. Comprava flores como se fossem saladas e flores como se fossem frutas, junquilhos e narcisos, papoulas e florzinhas cor-de-rosa, e flores com as brilhantes características carnívoras de Van Gogh. Escolhia nas janelas cheias de bolas de metal e jardins de cactos das floristas perto da Rue de la Paix, nas floristas da parte norte da cidade que vendiam principalmente plantas e íris de púrpura, nas floristas da Rive Gauche com lojas atravancadas pelas estruturas de arame da decoração, e nos mercados de rua onde os camponeses tingiam as rosas com uma brilhante cor de damasco e enfiavam fios de arame entre as corolas das peônias tingidas.

Gastar dinheiro desempenhara um papel importante na vida de Alabama antes de ela perder, com o seu trabalho, a necessidade de posses materiais.

Ninguém era rico no estúdio com exceção de Nordika. Ela vinha para as aulas de Rolls-Royce e dividia suas horas com Alacia, que tinha quase a mesma essência de uma aluna de Bryn Mawr College, pois era muito prática. Foi Alacia quem roubou sua alteza de Nordika, mas Nordika se agarrou ao dinheiro e elas deram um jeito de fazer do caso um arranjo conjunto. Nordika era a bonita, como um jato loiro, e Alacia era a que provocara a piedade de milorde. Nordika tremia com uma excitação transparente que tentava reprimir — diziam no balé que a excitação de Nordika estragava todos os seus vestidos. Nordika não podia andar vibrando no vazio, de modo que a amiga procurava ancorar seus pés no chão, o suficiente para manter o carro. Ambas ameaçaram sair do estúdio de madame, porque Stella escondeu uma lata de camarões pela metade atrás do espelho delas, onde azedou aos poucos. Stella dizia às garotas que o cheiro provinha de roupas sujas. Quando descobriram o que era, foram impiedosas com a pobre Stella. Stella gostava de ter a chique Nordika e sua amiga na aula, porque elas formavam quase uma plateia.

— Moleque! — disseram a Stella. — Já é ruim comer camarão em casa, quanto mais trazê-lo para cá como uma bomba de mau cheiro.

Stella tinha tão pouco espaço em casa que precisava manter a sua arca espremida para fora da janela do sótão, meio a descoberto. Uma lata de camarão a teria asfixiado no pequeno local.

— Não ligue — disse Alabama. — Vou levar você ao Prunier para comer camarões.

Madame disse que Alabama era louca por querer levar Stella para comer camarão. Madame lembrava-se dos dias em que ela e o marido comiam caviar no meio dos vapores de açougue da Rue Duphot. Para madame, havia sempre um presságio de desastre na evocada imagem do bar de ostras — revoluções aconteceriam com quase toda a certeza depois de idas ao Premier, e viriam a pobreza e os tempos difíceis. Madame era supersticiosa; nunca pedia emprestado alfinetes, nunca dançara de púrpura, e, de algum modo, relacionava dificuldades com o peixe de que tanto gostara na época em que tinha dinheiro para gastar. Madame tinha muito medo de qualquer luxo.

O açafrão na *bouillabaisse* fez Alabama suar embaixo dos olhos e deixou o Barsac sem gosto. Durante o almoço, Stella se mexia inquieta pela mesa e dobrou algo dentro do seu guardanapo. A garota não estava tão impressionada com o Prunier como Alabama teria desejado.

— Barsac é um vinho de monges — sugeriu Alabama distraidamente.

Com movimentos furtivos Stella puxava o que quer que tivesse encontrado na sopa sem fundo. Estava absorta demais para responder. Tão absorta como uma pessoa procurando um corpo morto.

— Que diabo você está fazendo, *ma chère?* — Alabama ficou irritada porque Stella não se mostrava mais entusiasmada. Resolveu que nunca mais levaria uma pessoa pobre a um lugar de ricos. Era uma perda de dinheiro.

— Psiu... psiu... psiu! *Ma chère* Alabama, são pérolas o que achei... grandes, três! Se os garçons sabem disso, vão exigi-las para o estabelecimento; por isso fiz um esconderijo no meu guardanapo.

— De verdade? — perguntou Alabama. — Deixe-me ver!

— Quando estivermos na rua. Asseguro-lhe que é verdade. Vamos ficar ricas, você terá um balé e eu dançarei nele.

As garotas acabaram o almoço quase sem respirar. Stella estava excitada demais para fazer os seus usuais e absurdos protestos de pagar a conta.

Na pálida luz filtrada da rua, elas abriram o guardanapo com cuidado.

— Vamos comprar um presente para madame — disse exultante.

Alabama examinou os glóbulos amarelos.

— São apenas olhos de lagosta — afirmou sem hesitar.

— Como poderia saber? Nunca comi lagostas antes — disse Stella, fleumática.

Imagine viver a vida só com a esperança de encontrar pérolas, fortunas e o inesperado cozidos no âmago de uma *bouillabaisse*! Era como ser uma criança com os olhos sempre grudados no chão à procura de uma moeda perdida — só que as crianças não têm de comprar pão, passas e armários de remédios com as moedas que encontram sobre o pavimento!

As aulas de Alabama começavam o dia no estúdio.

No galpão frio a criada escovava e tossia. A mulher passava os dedos sem sentir pela chama da estufa a óleo, apertando o pavio.

— A pobre mulher! — dizia Stella. — O marido bate nela

todas as noites. Ela me mostrou as marcas... O marido não tem maxilar desde a guerra. Será que não deveríamos lhe dar alguma coisa?

— Não me *fale* disso, Stella! Não podemos ter pena de todo mundo.

Era tarde demais. Alabama já notara o sangue preto coagulado embaixo das unhas da mulher, onde a escova dura de seu gelado balde de *eau de Javelle* as tinha partido. Deu-lhe dez francos e odiou a mulher por lhe causar pena. Já era bastante ruim trabalhar no meio da fria poeira asmática sem saber da criada.

Stella tirou os espinhos das hastes das rosas e juntou as pétalas espalhadas no chão. Ela e Alabama tremiam e fizeram os exercícios rapidamente para se aquecer.

— Mostre-me de novo o que madame lhe ensinou nas suas aulas particulares — pediu Stella.

Alabama repetiu mais de uma vez para ela a contração sem respirar e o relaxamento muscular necessários para atingir elevação. Fazia-se o mesmo exercício durante anos, e o resultado depois de três anos talvez fosse apenas mais alguns centímetros de altura no ar — claro que sempre havia a chance de não se conseguir nada.

— E, depois de completar o esforço de impelir seu corpo, você deverá deixá-lo cair no meio do ar... assim.

Ela levantou o corpo do chão com uma estupenda distensão para pousar depois claudicante, como um balão esvaziado.

— Oh, mas você vai ser uma dançarina! — suspirou a garota com gratidão. — Só que não entendo *por quê*, pois você já tem um marido.

— Será que não compreende que não estou tentando conseguir nada? Pelo menos, acho que não estou. O que desejo é me ver livre de partes minhas.

— Então por quê?

— Para me sentar desta maneira, esperando a minha aula, e sentir que, se eu não viesse, a hora que é minha ficaria vaga à minha espera.

— Seu marido não fica zangado por você passar tanto tempo fora de casa?

— Sim. Fica tão bravo que tenho que sair mais vezes para evitar brigas.

— Ele não gosta de dança?

— Ninguém gosta, só os dançarinos e os sádicos.

— Incorrigível! Ensine-me de novo o *jeté*.

— Você não pode realizá-lo, é gorda demais.

— Ensine-me para que possa tocá-lo no piano nas suas aulas.

Quando algo não saía bem com o adágio, Alabama culpava a garota com uma raiva silenciosa e controlada.

— Você escuta algo ao longe — dizia madame dando uma sugestão.

Alabama não conseguia ter ouvidos nas linhas de seu corpo. Sentia-se humilhada de ter de escutar com os quadris.

— Só ouço a desafinação de Stella — murmurava ferozmente. — Ela não obedece ao ritmo.

Madame se retirava quando as alunas brigavam.

— Uma dançarina deve guiar a música — dizia sucintamente. — Não há melodia no balé.

Certa tarde David apareceu com alguns velhos amigos.

Alabama ficou zangada com Stella quando o viu lá.

— Minhas aulas não são um circo. Por que você os deixou entrar?

— Era seu *marido*! Não posso ficar na frente da porta como um dragão.

— *Failli, cabriole, cabriole, failli, soubresaut, failli, coupé, ballonné, ballonné, ballonné, pas de basque, deux tours.*

— Isso não é "Contos dos Bosques de Viena"? — perguntou a alta e chique Dickie, alisando o corpo.

— Não vejo por que Alabama não seguiu a escola de Ned Weyburn — disse a elegante srta. Douglas, com um penteado semelhante a uma tumba de pórfiro.

O sol amarelo da tarde derramava um molho quente de creme pela janela. *"Failli, cabriole"*, Alabama mordeu a língua.

Correndo à janela para cuspir o sangue quente, ela tinha uma consciência esmagadora da mulher a seu lado. O sangue escorria pelo queixo.

— O que foi, *chérie?*

— Nada.

A srta. Douglas disse indignada:

— Acho ridículo trabalhar desse modo. Ela não pode estar se divertindo, com a boca espumando desse jeito!

Dickie disse:

— É abominável! Ela nunca será capaz de se levantar numa sala de recepções para fazer uma coisa *dessas!* Qual o sentido disso tudo?

Alabama nunca se sentiu tão perto de um propósito como naquele momento. *"Cabriole, failli"* — o "porquê" era algo que a russa compreendia e Alabama quase entendia. Sentia que compreenderia quando pudesse escutar com os braços e ver com os pés. Era incompreensível que os amigos só sentissem a necessidade de escutar com os ouvidos. Era esse o "porquê". Uma firme lealdade com o seu trabalho se expandiu em Alabama. Para que explicar?

"Encontramos você no bistrô da esquina", dizia o bilhete de David.

— Você vai sair com seus amigos? — perguntou madame desinteressadamente enquanto Alabama lia.

— Não — respondeu Alabama de modo abrupto.

A russa suspirou.

— Por que não?

— A vida é triste demais, e vou ficar muito suja depois da aula.

— O que você vai fazer em casa sozinha?

— Sessenta *fouettés*.

— Não esqueça o *pas de bourrée*.

— Por que não posso ter os mesmos passos de Arienne — esbravejou Alabama — ou pelo menos os de Nordika? Stella diz que danço quase tão bem.

Então madame a conduziu pelas complexidades da valsa de *Pavillon d'Armide*, e Alabama sentiu que fazia os passos como uma criança pulando corda.

— Veja — disse madame —, ainda não dá! É difícil dançar Diáguilev.

Diáguilev marcava seus ensaios às oito horas da manhã. Seus dançarinos saíam do teatro pela uma hora da madrugada. Do trabalho indispensável com seu *maître de ballet* vinham direto para o estúdio. Diáguilev insistia que vivessem numa tal tensão nervosa que o movimento, que para eles significava dança, se tornava uma necessidade, como uma droga. Eles trabalhavam sem parar.

Certo dia, houve um casamento no grupo. Alabama ficou surpresa ao ver as garotas com roupas normais, de peles e rendas sombreadas, quando se reuniram no estúdio. Pareciam mais velhas; todas tinham uma distinção que provinha da consciência de seus belos corpos, mesmo quando vestidos com roupas baratas. Se pesavam mais de cinquenta quilos, Diáguilev protestava com sua alta voz estridente:

— Você tem de emagrecer. Não posso mandar meus dançarinos a aulas de ginástica para que sejam capazes de dançar o adágio. — Ele nunca pensava nas mulheres como dançarinas, a não ser que fossem estrelas. Uma obediência a seu gênio, forte como um culto, determinava todas as opiniões dos membros de seu grupo. A característica que os distinguia de outros dançarinos provinha da insistência de Diáguilev em que renunciassem a seu ser em prol do objetivo integral do balé. Não havia *petite marmite* nos seus espetáculos, nem entre as pessoas que ele produzia, algumas delas a partir de esfarrapados vagabundos russos. Viviam para a dança e para seu mestre.

— O que você está fazendo com seu rosto? — dizia madame mordazmente. — Não estamos fazendo cinema. Queira fazer o favor de mantê-lo o mais inexpressivo possível.

— *Race, dva, tree, race, dva, tree...*

— Mostre-me, Alabama — gritava Stella em desespero.

— Como posso lhe mostrar? Eu também não sei fazer — respondia Alabama irritada. Ficava zangada quando Stella conseguia encaixá-la na mesma aula. Dizia para si mesma que não daria mais dinheiro à polonesa para lhe ensinar o seu lugar. Mas a garota a procurava cheia de lágrimas, cheirando a manteiga e às mecânicas da vida, oferecendo uma maçã que comprara para Alabama ou um saco de balas de hortelã, e Alabama lhe dava afinal dez francos em troca da maçã.

— Se você não estivesse aqui, como poderia viver? — dizia Stella. — Meu tio não pode mais me mandar dinheiro.

— Como você vai viver quando eu voltar para os Estados Unidos?

— Virão outras pessoas... talvez dos Estados Unidos. — Stella sorria, descuidada. Embora falasse bastante das dificuldades do futuro, não conseguia pensar além do dia seguinte.

Maleena apareceu para dar dinheiro a Stella. Queria abrir um estúdio seu e lhe ofereceu o emprego de pianista, se ela lhe arrumasse um bom número de alunas das aulas de madame. Esse lance desonesto era ideia da mãe de Maleena — ela também fora uma dançarina, mas não das grandes.

A mãe era tão inchada quanto as salsichas de armazém que a mantinham viva, e meio cega pelas vicissitudes da vida. Com as mãos gorduchas e gordurosas, segurava um binóculo de teatro para espiar a filha.

— Veja — dizia a Stella —, Pávlova não consegue fazer *sauts sur les pointes* assim! Não há dançarina como Maleena. Você vai mandar suas amigas para o nosso estúdio?

Maleena tinha o externo proeminente, dançava como uma pessoa dando chicotadas com um flagelo.

— Maleena é como uma flor — dizia a velha dama. Quando Maleena transpirava, cheirava a cebola. Maleena fingia que amava madame. Era uma aluna antiga — sua mãe achava que madame lhe devia arrumar um emprego no balé russo.

Ao lavar o chão antes da aula, a lata de água escorregou das mãos de Stella e ensopou o parquê no lugar de Maleena. Ela não ousou reclamar, imaginando que madame suspeitaria de sua hostilidade.

— *Failli, cabriole, cabriole, failli…*

Maleena escorregou na poça e abriu a patela.

— Sabia que nosso armário seria útil — disse Stella. — Quer me ajudar com a atadura, Alabama?

— … *Race, dva, tree.*

— As rosas morreram — Stella lembrou Alabama em tom de censura. Ela pedia as antigas saias de organdi de Alabama, que não fechavam nas suas costas e se abriam escandalosamente sobre as suas malhas encardidas. Alabama as mandara fazer com quatro folhos presos numa faixa larga que se assentava sobre os quadris — custava cinco francos mandá-las passar numa lavanderia francesa. Tinha uma xadrez vermelha e branca para um tempo como o da Normandia, uma cinzenta para os dias decadentes, rosa para as aulas ao meio-dia e azul-claro para o fim da tarde. De manhã gostava de saias brancas que combinavam melhor com o reflexo sem cor que vinha da claraboia.

Para a parte de cima comprava camisas de algodão e descorava-as ao sol a fim de conseguir tons pastel, laranja queimado para usar sobre rosa, verde para o cinza pálido. Era um jogo para Alabama descobrir novas combinações. O brilho habitual de suas roupas normais desabrochava nesse meio menos restrito. Ela escolhia uma cor para cada estado de espírito.

David reclamava que seu quarto cheirava a água-de-colônia. Havia sempre uma pilha de roupas sujas do estúdio jogada num canto. Os franzidos volumosos das saias não cabiam nos armários ou gavetas. Ela se vestia de qualquer jeito, e não dava atenção ao quarto.

Bonnie entrou certa vez para dizer bom-dia. Alabama estava atrasada; eram sete e meia; a umidade do ar noturno tinha tirado a goma de sua saia. Virou-se mal-humorada para Bonnie.

— Você não escovou os dentes hoje de manhã — disse com irritação.

— Claro que escovei! — falou a menina em tom de desafio, zangada com a suspeita da mãe. — Você me mandou escovar sempre, a primeira coisa a fazer de manhã.

— Foi o que eu lhe disse, mas aí você decidiu que hoje não escovaria. Ainda dá para ver o brioche nos dentes da frente — prosseguiu Alabama.

— Mas eu escovei.

— Não minta para mim, Bonnie — disse a mãe zangada.

— Você é que é uma mentira! — enfureceu-se Bonnie de um jeito imprudente.

— Como ousa falar assim comigo? — Alabama agarrou os bracinhos e bateu para valer nas coxas da criança. O curto som explosivo lhe avisou que empregara mais força do que pretendia. Ela e a filha se olharam, ambas com faces vermelhas e reprovadoras.

— Sinto muito — disse Alabama pateticamente. — Não tinha intenção de pisar você.

— Então por que me bateu? — protestou a criança, cheia de ressentimento.

— Queria que fosse só o suficiente para lhe mostrar que deve pagar quando está errada.

Ela não acreditava no que dizia, mas tinha de dar alguma explicação.

Alabama saiu do apartamento apressada. No caminho, ao passar pela porta de Bonnie, parou no corredor.

— Mademoiselle?

— *Oui*, madame?

— Bonnie escovou os dentes hoje de manhã?

— Naturalmente! Madame deu ordens para que fosse a primeira coisa a ser feita ao levantar, embora eu pessoalmente ache que estraga o esmalte.

"Droga", pensou Alabama desmoralizada, "mas havia migalhas nos dentes. O que posso dizer para reparar a sensação de injustiça que Bonnie deve estar sentindo?"

A babá levou Bonnie ao estúdio numa tarde em que madame não estava. As dançarinas a mimaram demais. Stella lhe deu balas e doces e Bonnie se engasgou e cuspiu, passando a mão pelo chocolate derretido que emplastrava sua boca; Alabama falara de modo tão severo que ela não podia fazer barulho que a criança tentava não tossir. Stella levou a menina ofegante e de rosto vermelho para o vestíbulo, batendo-lhe nas costas.

— Você também vai dançar quando crescer? — perguntou.

— Não — disse Bonnie com ênfase. — É *serieuse* demais ser como mamãe. Ela era melhor antes.

— Madame — disse a babá —, fiquei espantada ao ver como está dançando bem, realmente. Dança quase tão bem quanto as outras. Não sei se gostaria de dançar… mas deve ser muito bom para a senhora.

— Meu Deus! — disse Alabama enfurecida.

— Todos precisamos ter alguma coisa para fazer, e madame nunca joga bridge — persistiu Nanny.

— Arrumamos alguma coisa para fazer e, assim que conseguimos, ela toma conta de nós. — Alabama queria dizer "Cale-se!".

— Não é sempre assim?

Quando David sugeriu ir de novo ao estúdio, Alabama protestou.

— Por que não? — disse ele. — Pensei que você quisesse que eu fosse ver seus exercícios.

— Você não compreenderia — ela respondeu de um jeito egocêntrico. — Só verá que me dão coisas que não posso fazer e vai me desencorajar.

As dançarinas trabalhavam sempre além de suas forças.

— Por que *déboulé?* — reclamava madame. — Você já faz isso... razoavelmente.

— Você está tão magra — dizia David com ar protetor. — Não faz sentido matar-se trabalhando. Espero que se dê conta de que existe a maior distância do mundo entre o amador e o profissional da arte.

— Você está se referindo a você e a mim — disse ela pensativa.

Ele a exibia para os amigos como se fosse um de seus quadros.

— Sinta o seu músculo — dizia. O corpo dela era quase o único ponto de contato entre eles.

As saliências de sua parca estrutura resplandeciam com o desespero acumulado da fadiga que a iluminava interiormente.

O sucesso de David era dele, ele conquistara o direito de ser crítico. Alabama sentia que ela não tinha nada para dar ao mundo e que nem sabia como se descartar do que tomava para si.

A esperança de entrar no balé de Diáguilev assomava diante dela como uma catedral protetora.

— Você não é a primeira pessoa que já tentou dançar — dizia David. — Não precisa ser tão carola a respeito.

Alabama estava desanimada, alimentando sua vaidade com os ingredientes questionáveis das lisonjas generosas de Stella.

Stella era objeto de ridículo no estúdio. As garotas, zangadas e invejosas umas das outras, despejavam seu rancor e mau humor na desajeitada e gorducha polonesa. Ela se esforçava tanto para agradar que estava sempre no caminho de todo mundo — lisonjeava a todas.

— Não encontro minha malha, me custou quatrocentos francos — enfureceu-se Arienne. — Não tenho quatrocentos francos para atirar pela janela! Até agora não havia ladrões no estúdio. — Ela olhava para as dançarinas e se fixou em Stella.

Madame foi chamada para pôr fim aos insultos crescentes. Stella tinha colocado a malha no armário de Nordika. Nordika falou zangada que teria de mandar suas túnicas para a lavanderia. O que não precisava ter dito; Arienne era imaculada.

Foi Stella quem colocou Kira atrás de Arienne para que ela pudesse aprender melhor, imitando a bela técnica da colega. Kira era uma garota bonita com longos cabelos castanhos e grandes curvas voluptuosas. Era uma *protégée* — ninguém sabia de quem, mas incapaz de se mover sem supervisão.

— Kira! — gritava Arienne. — Ela vai estragar minha dança! Dorme na barra e dorme no chão. Dá para pensar que isto aqui é uma casa de repouso!

Kira tinha voz de taquara rachada.

— Arienne — ela adulava —, você me ajuda com a *batterie*?

— Você não tem *batterie* — esbravejava Arienne —, só se for *batterie de cuisine*, e gostaria que Stella soubesse que tenho minhas próprias *protégées*.

Quando Stella teve de dizer a Kira para colocar-se mais abaixo na barra, Kira chorou e foi procurar madame.

— O que Stella tem a ver com o lugar em que fico?

— Nada — respondeu madame —, mas, como ela vive aqui, você não deve lhe dar mais atenção que às paredes.

Madame nunca falava muito. Parecia esperar que as garotas brigassem. Às vezes discutia as propriedades do amarelo, do vermelho vivo e de Mendelssohn. O sentido de suas palavras se perdia inevitavelmente para Alabama, desaparecendo naquela sombria e triste colheita das marés do oceano de Marmara, a língua russa.

Os olhos castanhos de madame eram como caminhos de bronze púrpura através de bosques de faias no outono, onde o barro fica ensopado de névoa e lagos claros e frescos jorram da terra ao redor dos pés. As aulas balançavam com o movimento de seus braços como uma boia ancorada às marés. Embora não falassem quase nada naquela horrível língua oriental, todas as garotas conheciam música e compreendiam que madame estava cansada da agressividade das alunas, quando a pianista começava o patético acalanto do entreato de *Cleópatra*; que a lição ia ser interessante e difícil quando tocava Brahms. Madame parecia não ter outra vida além do trabalho, parecia existir apenas quando estava criando.

— Onde madame mora, Stella? — perguntou Alabama com curiosidade.

— Ora, *ma chère*, o estúdio é a sua casa — disse Stella. — Para nós, pelo menos.

A aula de Alabama foi interrompida certo dia por homens com trenas. Vieram, mediram o chão com passos e fizeram estimativas e cálculos trabalhosos. Voltaram no fim de semana.

— O que é? — perguntaram as garotas.

— Vamos ter de nos mudar, *chéries* — respondeu madame tristemente. — Vão fazer um estúdio de cinema deste meu lugar.

Na sua última aula, Alabama procurou atrás dos segmentos desmantelados do espelho por *pirouettes* perdidas, pontas de mil *arabesques*.

Não havia senão uma poeira grossa e as marcas de grampos enferrujados na parede onde a imensa estrutura ficava dependurada.

— Achei que pudesse encontrar alguma coisa — explicou timidamente, quando viu madame olhando para ela com curiosidade.

— E você vê que não há nada! — disse a russa, abrindo as mãos. — Mas no meu novo estúdio você poderá ter um saiote de bailarina — acrescentou. — Você me pediu para lhe dizer. Talvez nas suas dobras, quem sabe lá o que poderá encontrar.

A excelente mulher estava triste por abandonar aquelas paredes desbotadas tão impregnadas com o seu trabalho.

Alabama suara para alisar o chão gasto, trabalhara com bronquite para aplacar as correntes de ar no inverno, velas queimavam em St. Sulpice. Ela também odiava ter de ir embora.

Ela, Stella e Arienne ajudaram madame a levar suas pilhas de velhas saias abandonadas, sapatos de ponta gastos e arcas descartadas. Enquanto ela, Arienne e Stella separavam e arrumavam aquelas coisas que guardavam o aroma da luta pela beleza plástica, Alabama observava a russa.

— E então? — falou madame. — Sim, é muito triste — disse implacavelmente.

III

Os altos ângulos do novo estúdio no Conservatório Russo esculpiam a luz formando facetas de diamante.

Alabama estava sozinha, com o corpo em regiões impessoais, sozinha consigo mesma e com seus pensamentos tangíveis, como uma viúva rodeada de muitos objetos do passado. Suas longas pernas rompiam o saiote de bailarina branco como uma estatueta montando a lua.

— *Khorochó* — disse a professora de balé, uma palavra gutural com o som de granizo e trovão nas estepes. A face russa era branca e prismática como um sol indistinto num bloco de cristal. Havia veias azuis na sua fronte como numa pessoa com problemas de coração, mas ela não era doente, a não ser que fosse de muita abstração. Levava uma vida dura. Trazia o almoço para o estúdio numa pequena valise: queijo, maçã e uma garrafa térmica cheia de chá gelado. Sentava-se nos degraus do tablado e ficava com o olhar perdido no ar seguindo os tristes compassos do adágio.

Alabama aproximou-se da figura visionária, avançando atrás do eixo de suas escápulas, mantendo o corpo dominado com firmeza, como um bisturi em mãos seguras. Um sorriso se distendeu dolorosamente sobre suas feições.

— O prazer na dança é uma lição difícil de ser assimilada.

— Seu pescoço e tórax estavam quentes e vermelhos; a parte de trás de seus ombros, forte e grossa, repousava sobre os braços finos como uma canga pesada. Ela olhou gentilmente para a dama branca.

— O que você vê no ar desse jeito?

Havia uma aura de imensa ternura e abnegação ao redor da russa.

— Formas, minha filha, os formatos das coisas.

— É bonito?

— Sim.

— Vou dançá-lo.

— Bem, preste atenção ao desenho. Você faz bem os passos, mas nunca segue a configuração: sem isso, não pode falar.

— Vai ver se não posso fazer!

— Faça, então! *Chérie*, foi meu primeiro papel.

Alabama entregou-se à lenta dignidade do ritual generoso, ao voluptuoso flagelo dos intervalos menores russos. Lentamente se moveu com as frases do adágio de *O lago dos cisnes*.

— Espere um minuto.

Seus olhos captaram o rosto e o transparente no espelho. Os dois sorrisos se encontraram e se estilhaçaram.

— Vou conseguir, nem que minha perna se quebre — disse ela, começando de novo.

A russa puxou o xale sobre os ombros. Com um profundo misticismo, arriscou sem convicção:

— Não vale a pena quebrar a perna... Então você não poderia dançar.

— Não — disse Alabama —, não vale a pena.

— Então, minha pequena — suspirou a envelhecida bailarina —, você dançará... na medida exata.

— Tentaremos.

O novo estúdio era diferente. Madame tinha menos espaço livre; dava menos aulas sem receber pagamento. Não havia espaço no camarim para praticar *changement de pieds*. As túnicas eram mais limpas porque não se encontrava lugar para deixá-las secar. Nas aulas apareciam muitas inglesas que ainda acreditavam na possibilidade de viver e dançar, enchendo o vestíbulo com fofocas de passeios de barco sobre o Sena e noitadas em Montparnasse.

Era terrível nas aulas da tarde. Uma bruma preta vinda da estação pairava sobre a claraboia do estúdio, e havia homens demais. Um dançarino negro dos Folies-Bergère frequentava o bar. Tinha um corpo magnífico, mas as garotas riam. Riam de Alexandre com seu rosto de intelectual e óculos — ele tivera um camarote no Balé em Moscou, quando servira o exército. Riam de Boris, que parava no café ao lado para tomar dez gotas de varelena antes das aulas; riam de Schiller porque ele era velho e o rosto ficara balofo por causa de tantos anos de maquiagem, como o de um garçom de bar ou de um palhaço. Riam de Danton porque ele sabia dançar na ponta dos pés, embora tentasse restringir o prazer que era olhar para a sua figura. Riam de todos, exceto de Lorenz — ninguém poderia rir de Lorenz. Ele tinha um rosto de fauno do século XVIII; seus músculos ondulavam com perfeição orgulhosa. Observar seu corpo moreno distribuindo os compassos de uma mazurca de Chopin era sentir-se ungido com qualquer significado que se possa encontrar na vida. Era tímido e gentil, embora fosse o melhor bailarino do mundo, e sentava-se às vezes com as garotas depois da aula, bebendo café num copo e mastigando pãezinhos russos cheios de sementes de papoula. Compreendia o elegante abandono cerebral de Mozart, e sabia das loucuras contra as quais a consciência da raça cria uma vacina prematura para aqueles que devem tratar com a realidade. As volúpias de Beethoven eram fáceis para Lorenz, e ele não precisava levar em conta as agitadas revoluções dos músicos modernos. Dizia que não conseguia dançar com a música de Schumann, e era verdade, estando sempre adiantado ou atrasado em relação ao ritmo, fustigando as cadências românticas a ponto de ficarem irreconhecíveis. Ele era a perfeição para Alabama.

Arienne conseguia livrar-se dos risos com veneno perverso e uma técnica impecável.

— Que vento! — dizia alguém.

— É Arienne girando — era a resposta. Seu músico favorito era Liszt. Ela tocava a música no seu corpo como se ele fosse um xilofone, e tornara-se indispensável a madame. Quando madame ordenava dez ou mais passos consecutivos, só Arienne conseguia executá-los. Os rígidos dorsos dos pés e as pontas dos sapatos de balé cortavam o ar em tiras como o escalpelo de um escultor, mas os braços eram curtos e não podiam atingir o infinito, frustrados pelo peso de grande força e pelas linhas quebradas de músculo demais. Ela adorava contar que, ao ser operada, os médicos vieram examinar com interesse anatômico os músculos de suas costas.

— Mas você fez muito progresso — diziam as garotas para Alabama, agrupando-se diante dela na frente da aula.

— Vocês têm que deixar um lugar para Alabama — repreendia madame.

Ela fazia quatrocentos *battements* todas as noites.

Arienne e Alabama rachavam um táxi todos os dias até a Place de la Concorde. Arienne insistia que Alabama fosse almoçar no seu apartamento.

— Saio tanto com você — dizia. — Não gosto de ficar em dívida.

O que as ligava era um desejo de descobrir o que invejavam uma na outra. Em ambas havia uma tendência oculta para desrespeitar a disciplina, o que as aliava numa camaradagem turbulenta.

— Você tem de conhecer meus cachorros — dizia Arienne. — Um é poeta e o outro é muito bem treinado.

Samambaias prateadas ao sol repousavam sobre mesinhas, e havia muitas fotografias autografadas.

— Não tenho fotografia de madame.

— Talvez ela nos dê uma.

— Podemos comprar do fotógrafo que tirou as provas no último ano em que ela dançou — sugeriu Arienne ilicitamente.

Madame ficou satisfeita e zangada quando elas levaram as fotos para o estúdio.

— Vou arrumar umas melhores para vocês — falou.

Deu a Alabama um retrato seu no balé *Carnaval* com um longo vestido de bolinhas que seus dedos seguravam como uma asa de borboleta. As mãos de madame sempre surpreendiam Alabama: não eram longas e finas, mas curtas e espetadas. Arienne nunca recebeu o retrato, ela cobiçava a fotografia de Alabama e se tornou mais invejosa do que nunca.

Madame deu uma festa para celebrar o novo estúdio. Be-

beram muitas garrafas de champanhe doce que os russos providenciaram e comeram os grudentes bolos russos. Alabama contribuiu com duas garrafas grandes de Pol Roger Brut, mas o príncipe, marido de madame, que fora educado em Paris, carregou-os para casa a fim de beber sozinho.

Alabama ficou enjoada com os doces viscosos — o príncipe foi encarregado de acompanhá-la até em casa de táxi.

— Sinto o perfume do lírio-do-vale por tudo — dizia ela. Sua cabeça girava com o calor e o vinho. Segurava-se nas correias do carro para não vomitar.

— Você está trabalhando demais — disse o príncipe.

Seu rosto aparecia macilento nos reflexos passageiros das lâmpadas da rua. As pessoas diziam que ele mantinha uma amante com o dinheiro que recebia de madame. A pianista provia o sustento do marido; ele era doente. Quase todo mundo sustentava outra pessoa. Alabama mal podia se lembrar do tempo em que isso a teria ofendido — eram apenas as exigências da vida.

David dizia que a ajudaria a ser uma boa dançarina, mas não acreditava que ela fosse conseguir. Ele tinha feito muitos amigos em Paris. Quando chegava do ateliê, quase sempre trazia alguém consigo. Jantavam fora entre as gravuras de Montagné's, o couro e os vitrais de Foyot's, o luxo e os buquês dos restaurantes ao redor da Place de l'Opéra. Se ela tentava convencer David a ir para casa cedo, ele ficava zangado.

— Que direito você tem de reclamar? Afastou-se de todos os seus amigos com esse maldito balé.

Com os amigos dele, bebiam Chartreuse ao longo dos bulevares, embaixo das lâmpadas de quartzo rosa e das árvores que a noite brandia sobre as ruas como os leques de penas de aquiescentes cortesãs.

O trabalho de Alabama se tornava mais e mais difícil. Nos labirintos do *fouetté* perfeito, suas pernas lhe pareciam presuntos pendentes; na rápida elevação do *entrechat cinq*, imaginava os seios caídos como velhas tetas inglesas. Isso não aparecia no espelho. Ela era só músculo. Ter sucesso se tornara uma obsessão. Trabalhava até sentir-se como um cavalo ferido na praça de touros, arrastando as entranhas.

Em casa, a vida familiar desmoronava num conjunto de insatisfações, sem uma autoridade que harmonizasse seus elementos. Antes de sair do apartamento de manhã, Alabama deixava uma lista de coisas para o almoço que a cozinheira nunca se dava o trabalho de preparar — a mulher guardava a manteiga na lata do carvão, cozinhava um coelho para Adage todos os dias e dava à família o que ela gostava de comer. Não adiantava procurar outra; o apartamento não era bom, de qualquer maneira. A vida em casa era simplesmente a existência de indivíduos vivendo no mesmo espaço físico; não havia uma base de interesse comum.

Bonnie imaginava os pais como algo agradável e incalculável que nem Papai Noel, sem nenhuma relação real com a sua vida a não ser as imprecações de mademoiselle.

Mademoiselle levava Bonnie para passeios nos Jardins de Luxemburgo, onde a criança parecia muito francesa de luvas brancas e curtas, jogando o seu arco entre os canteiros de zínias e gerânios metálicos. Ela estava crescendo rápido. Alabama queria que começasse a aprender balé. Madame prometera lhe dar um *début*, quando tivesse tempo. Bonnie dizia que não queria dançar, uma aversão incompreensível para Alabama. Bonnie veio contar que mademoiselle caminhava com um motorista nas Tuileries. Mademoiselle respondeu que sua dignidade não lhe permitia contestar a suposição. A cozinheira dizia que os cabelos na sopa eram dos bigodes pretos de Marguerite, a criada. Adage comia em cima de um canapé de seda. David reclamava que o apartamento era uma praga: as pessoas do andar de cima punham "Punchinello" na eletrola às nove da manhã e interrompiam seu sono. Alabama passava mais e mais tempo no estúdio.

Madame, por fim, tomou Bonnie como aluna. Foi emocionante para a mãe ver as perninhas e os braços seguirem seriamente os largos movimentos da dançarina. A nova mademoiselle trabalhara para um duque inglês; reclamou que a atmosfera do estúdio não era apropriada para a menina. Tudo porque não sabia falar russo. Pensava que as garotas eram demônios infernais tagarelando na cacofonia de uma língua estranha e fazendo poses imodestas na frente do espelho. A nova mademoiselle era uma dama neurastênica. Madame disse que Bonnie não parecia ter talento, mas que era cedo para julgar.

Certa manhã Alabama chegou cedo para sua aula. Paris é um desenho feito a bico de pena antes das nove horas. Para evitar o tráfego pesado do Boulevard des Batignolles, Alabama tentou o metrô. A estação cheirava a batatas fritas, e ela escorregou na sujeira sobre as escadas úmidas. Teve medo de que a multidão lhe esmagasse os pés. Stella estava à sua espera, em lágrimas, no vestíbulo.

— Você deve ficar no meu lugar — disse ela. — Arienne só me insulta. Remendo os seus sapatos, arrumo a sua música e madame me ofereceu um dinheiro para tocar nas suas aulas, mas ela não quer.

Arienne estava inclinada sobre sua arca de palha no escuro, empacotando as coisas.

— Nunca mais dançarei aqui — falou. — Madame tem tempo para crianças, tempo para amadores, tempo para todo mundo, mas Arienne Jeanneret deve trabalhar nas horas em que não se pode ter uma pianista decente.

— Eu faço o melhor possível. É só me dizer como você quer — soluçava Stella.

— Estou lhe dizendo. Você é uma boa garota, mas toca piano como um *cochon*!

— Se me explicasse o que você deseja — implorava Stella. Era horrível ver o rostinho vermelho e inchado de medo e lágrimas.

— Explico já. Sou uma artista, e não uma professora de piano. Por isso Arienne se vai, para que madame possa continuar com seu jardim de infância — ela também chorava de zangada.

— Se alguém vai embora, Arienne — disse Alabama —, sou eu. Aí você terá sua hora de novo.

Arienne virou-se para ela soluçando.

— Expliquei para madame que não posso trabalhar de noite depois de meus ensaios. Minhas aulas custam dinheiro; não tenho como pagá-las. Tenho de aproveitar o tempo que passo aqui. Pago o mesmo que você — soluçou Arienne.

Virou-se desafiadora para Alabama.

— *Eu* vivo do meu trabalho — disse com desprezo.

— As crianças têm que começar — disse Alabama. — Foi você que me disse que se deve começar um dia... na primeira vez em que a vi.

— Certamente. Então que comecem como as outras, com os menos importantes.

— Vou dividir meu tempo com Bonnie — disse Alabama por fim. — Você deve ficar.

— Você é muito boa — Arienne riu de repente. — Madame é uma mulher fraca... sempre querendo algo novo — disse. — Vou ficar, mas só por enquanto.

Ela beijou impulsivamente o nariz de Alabama.

Bonnie reclamou suas aulas. Tinha três horas por semana do tempo de madame. Madame estava fascinada com a criança. Os sentimentos pessoais da mulher tinham de ser introduzidos à força nos intervalos de seu trabalho, pois esse era incessante.

Ela trazia frutas e línguas de gato para Bonnie, e esmerava-se em colocar os pezinhos na posição correta. Bonnie tornou-se o escape de sua afeição; as emoções da dança têm um estofo mais severo que as ligações sentimentais. A menina vivia correndo pelo apartamento dando saltos e fazendo *pas de bourrée*.

— Meu Deus — dizia David. — Já chega uma na família. Não aguento mais.

David e Alabama se cruzavam apressadamente nos corredores mofados e comiam à distância, um na frente do outro com o ar de inimigos à espera de um gesto de hostilidade.

— Se você não parar de cantarolar, vou perder a cabeça — ele reclamava.

Ela imaginava que *devia ser* irritante o modo como a música do dia não parava de tocar na sua cabeça. Não havia mais nada dentro dela. Madame lhe dizia que ela não era musical. Alabama concebia a música visual e arquitetonicamente — às vezes a melodia a transformava em um fauno de espaços crepusculares onde não penetrava nenhuma alma viva a não ser ela própria; às vezes, em uma estátua solitária a deuses esquecidos, molhada pelas ondas numa costa deserta — uma estátua de Prometeu.

O estúdio se enchia com o perfume de destinos em ascensão. Arienne passou nos exames da Ópera com o primeiro lugar no seu grupo. Ela impregnou o lugar com o seu sucesso. Trouxe um pequeno grupo de francesas para a aula, todas no estilo Degas e coquetes com suas longas saias de balé e costas sem cintura. Cobriam-se de perfume e diziam que o das russas lhes provocava enjoo. As russas reclamavam à madame que não podiam respirar com o cheiro de almíscar francês nos seus narizes. Madame borrifava o chão com óleo de limão e água para acalmar todo mundo.

— Vou dançar diante do presidente da França — gritou Arienne cheia de alegria certo dia. — Até que enfim, Alabama, eles começaram a apreciar Le Jeanneret!

Alabama não pôde reprimir uma onda de inveja. Estava contente por Arienne; Arienne trabalhava muito e só tinha a dança na vida. Mesmo assim, gostaria que o sucesso fosse dela.

— Tenho que renunciar a meus bolinhos e Cap Corse e viver como uma santa por três semanas. Antes de começar meu programa, quero dar uma festa, mas madame disse que não vai. Ela sai para jantar com você, mas não sai comigo. Perguntei a razão e ela me respondeu: "Mas é diferente, você não tem dinheiro". Eu vou ter dinheiro algum dia.

Olhou para Alabama como se esperasse que ela fosse protestar contra a afirmação. Alabama não pensava nada a respeito.

Uma semana antes de Arienne dançar, a Ópera marcou um ensaio que caía bem na hora de sua aula com madame.

— Vou trabalhar na hora de Alabama — sugeriu.

— Se ela puder trocar com você durante uma semana — disse madame.

Alabama não podia trabalhar às seis da tarde. Significava que David jantaria sozinho e que ela só chegaria em casa às oito. Ela já passava o dia no estúdio.

— Então nada feito — disse madame.

Arienne era tempestuosa. Vivia numa terrível tensão nervosa dividindo sua resistência entre a ópera e o estúdio.

— E desta vez vou embora para sempre! Encontrarei alguém que faça de mim uma grande dançarina — ameaçou.

Madame apenas sorriu.

Alabama não se dobrou à vontade de Arienne; as duas garotas trabalhavam numa atmosfera de ódio amigável.

A amizade profissional não aguentaria um exame mais detido; melhor deixar cada um por si e interpretar as coisas de modo a se adaptarem aos desejos pessoais; era assim que Alabama pensava.

Arienne estava intratável. Fora do campo de seu próprio estilo, recusava-se a executar os exercícios da aula. Com as lágrimas correndo pelo rosto, ficava sentada nos degraus do tablado, olhando para o espelho. Dançarinas são pessoas sensíveis, quase primitivas: ela desordenava o estúdio.

As aulas se enchiam com outras dançarinas além das alunas habituais de madame. Os balés Rubenstein estavam ensaiando e as dançarinas recebiam o suficiente para pagar de novo as aulas com madame. Garotas que tinham estado na América do Sul voltavam à cidade, abandonando a trupe dispersa de Pávlova. Os passos não podiam ser sempre os testes de força e técnica que convinham a Arienne. Eram os passos que moldavam o corpo e o ofereciam aos poucos aos conteúdos regeneradores de Schumann e Glinka, que Arienne sobretudo odiava — ela só conseguia se entregar aos estrondos confusos de Liszt e ao melodrama de Leoncavallo.

— Vou-me embora deste lugar na próxima semana — disse para Alabama. A boca de Arienne estava dura e determinada. — Madame é uma louca. Vai sacrificar minha carreira por nada. Mas há outras!

— Arienne, não é assim que alguém se torna uma das grandes — dizia madame. — Você tem de descansar.

— Não tenho mais nada para fazer aqui; é melhor ir embora — dizia Arienne.

As garotas só comiam rosquinhas antes das aulas de manhã. O estúdio ficava tão longe de suas casas que não conseguiam tomar café a tempo; tornavam-se todas irascíveis. O sol de inverno formava quadrados coléricos através da neblina e os edifícios cinzentos ao redor da place de la République assumiam o ar de uma fria caserna.

Madame chamava Alabama para executar os passos mais difíceis na frente das outras com Arienne. Arienne era uma bailarina perfeita. Alabama tinha consciência de como devia ficar longe da fina concisão que marcava o trabalho da garota france-

215

sa. Quando dançavam juntas, as combinações eram, em geral, passos para Arienne em vez das coisas líricas que Alabama fazia melhor, mas Arienne sempre reclamava que os passos não convinham ao seu estilo. Queixava-se com as outras de que Alabama era uma intrusa.

Alabama comprava para madame flores que murchavam e definhavam no vapor do estúdio superaquecido. Como o lugar ficara mais confortável, um número maior de espectadores vinha ver as aulas. Um crítico do Balé Imperial veio assistir a uma das aulas de Alabama. Impressionante, cheio de formalidades antiquadas, ele saiu ao final da aula depois de uma torrente de palavras russas.

— O que ele disse? — perguntou Alabama quando ficaram sozinhas. — Não dancei bem... Ele vai pensar que você não é uma boa professora.

Ela se sentia infeliz com a falta de entusiasmo de madame. O homem era o crítico número um da Europa.

Madame a fitou com olhos sonhadores.

— Monsieur sabe que espécie de professora eu sou — foi tudo o que disse.

Em poucos dias chegou o bilhete.

A conselho de monsieur... escrevo para lhe oferecer um *début* solo na ópera *Faust* com a Ópera San Carlo de Nápoles. É um papel pequeno, mas haverá outros mais tarde. Em Nápoles existem pensões onde se pode viver muito confortavelmente com trinta liras por semana.

Alabama sabia que David, Bonnie e mademoiselle não poderiam viver numa pensão que custava trinta liras por semana. David não poderia viver em Nápoles de modo algum — ele a chamara de cidade de cartão-postal. Não haveria uma escola francesa para Bonnie em Nápoles. Não haveria senão colares de coral, apartamentos sujos e o balé.

"Não devo ficar eufórica", disse para si mesma. "Devo trabalhar."

— Você vai? — perguntou madame cheia de expectativa.

— Não. Vou ficar e você vai me ajudar a dançar *La Chatte*.

Madame era evasiva. Olhar para dentro dos olhos impenetráveis da mulher era como caminhar sobre um trecho de seixos incômodos num agosto sem árvores e sem sombra, enquanto Alabama os perscrutava em busca de alguma indicação.

— É difícil arranjar um *début* — disse ela. — Não se deveria recusar.

David pareceu achar o bilhete um pouco fortuito.

— Você não pode fazer isso — disse ele. — Temos que ir para casa na primavera. Nossos pais estão velhos, e prometemos no ano passado.

— Eu também estou velha.

— Temos obrigações — ele insistiu.

Alabama não se importava mais com essas coisas. David tinha um coração melhor que o seu, pensou, pois cuidava para não ferir as pessoas.

— Não quero ir para os Estados Unidos — disse ela. Arienne e Alabama brigavam sem dó nem piedade. Elas trabalhavam com mais afinco e mais constância que as outras. Quando ficavam cansadas demais para vestir a roupa depois das aulas, sentavam-se no chão do vestíbulo rindo histericamente e batendo uma na outra com toalhas ensopadas de água-de-colônia ou com a água-limão de madame.

— E eu penso… — dizia Alabama.

— *Tiens!* — gritava Arienne. — *Mon enfant* começa a pensar. Ah! *Ma fille*, é um erro… todo esse pensar que você faz. Por que não vai para casa cerzir as meias de seu marido?

— *Méchante!* — respondeu Alabama. — Vou ensiná-la a criticar os mais velhos!

A toalha molhada bateu com um estalo nas nádegas rígidas de Arienne.

— Vê se me dá mais espaço. Não posso me vestir com esta moleca assim tão perto — replicou Arienne. Virou-se para Alabama com ar bem sério e olhou-a interrogativamente. — Mas é verdade... Não tenho mais lugar aqui desde que você encheu o camarim com seus saiotes caros. Não tenho mais onde dependurar minhas pobres roupas de lã.

— Tome, um saiote novo para você! É um presente!

— Não uso verde. Significa má sorte na França.

Arienne estava ofendida.

— Se tivesse um marido que pagasse as contas, eu também poderia comprá-los — prosseguiu com hostilidade.

— O que você tem a ver com quem paga as minhas contas? Ou é só a respeito disso que os patrocinadores das três primeiras filas sabem falar?

Arienne jogou Alabama contra o grupo de garotas nuas. Uma delas rapidamente a empurrou de volta contra o corpo rodopiante de Arienne. A água-de-colônia derramou no chão e lhes causou enjoo. Uma lambada com a ponta da toalha atingiu os olhos de Alabama. Às cegas ela se chocou com o corpo quente e escorregadio de Arienne.

— Ei! — gritou Arienne. — Veja o que fez! Vou imediatamente a um juiz para que a agressão fique comprovada! — Ela chorava e lançava invectivas apaches a plenos pulmões. — Não é hoje que aparece, só amanhã. Vou ficar com câncer! Você me bateu no peito de propósito! Vou dar queixa para você me pagar muito dinheiro quando o câncer se desenvolver, nem que esteja nos confins da Terra! Você vai pagar!

Todo o estúdio escutava. A aula que madame dava lá fora

não pôde continuar, o barulho era grande demais. As russas tomavam o partido das francesas ou das americanas.

— Raça suja! — gritavam para umas e outras.

— Não se pode confiar nos americanos!

— Não se deve confiar nos franceses!

— São nervosos demais, os americanos e os franceses.

Abriam longos e superiores sorrisos russos, como se tivessem esquecido havia muito tempo por que razão estavam sorrindo, como se o sorriso fosse um carimbo de sua superioridade em relação à circunstância. O barulho era ensurdecedor, mas de certo modo sub-reptício. Madame protestava — ela estava zangada com as duas garotas.

Alabama vestiu-se o mais rápido possível. Lá fora, no ar fresco, os joelhos tremiam enquanto ela esperava um táxi. Perguntava-se se não pegaria um resfriado por causa do cabelo molhado embaixo do chapéu.

O lábio superior estava frio e picante com o suor que secava. Ela tinha vestido uma meia que não era sua. O que era isso, perguntou para si mesma — lutar como duas criadas da cozinha, mal e mal se aguentando, com os recursos físicos, todos eles, por um fio?

"Meu Deus!", pensou. "Que coisa sórdida! Que coisa tão absolutamente sórdida!"

Ela queria estar num lugar fresco e lírico, adormecida sobre um refrescante leito de samambaias.

Não foi à aula da tarde. Não havia ninguém no apartamento. Ouvia Adage arranhar a porta querendo sair. As salas zumbiam com o vazio. No quarto de Bonnie, encontrou um cravo vermelho como os que se dão nos restaurantes, murchando num pote de geleia.

"Por que não compro flores *para ela*?", perguntou a si mesma.

Havia uma tentativa remendada de saiote de bailarina para boneca em cima da cama da criança; os sapatos pretos perto da porta estavam arranhados nas pontas. Alabama pegou um caderno de desenho aberto de cima da mesa. Dentro Bonnie desenhara uma desajeitada figura combativa com feixes de cabelo loiro. Embaixo lia-se a legenda: "Minha mãe é a dama mais bonita do mundo". Na página oposta, duas figuras davam-se as mãos cautelosamente; atrás delas, a ideia que Bonnie fazia de um cachorro. "Isto é quando minha mãe e meu pai vão passear", dizia a escrita. *"C'est très chic, mes parents ensemble!"*

"Oh, céus!", pensou Alabama. Tinha quase esquecido que a mente de Bonnie seguia adiante, crescendo. Bonnie orgulhava-se dos seus pais assim como Alabama orgulhava-se dos seus em criança, dotando-os de todas as perfeições em que queria acreditar. Bonnie devia ter um desejo terrível de algo bonito e estilizado na vida, de alguma noção de estrutura em que encontrasse seu lugar. Os pais de outras crianças eram para elas algo mais que o distante *"chic"*, censurou-se Alabama amargamente.

Durante toda a tarde ela dormiu. De seu subconsciente vinha o sentimento de uma criança maltratada, e seus ossos doíam no sono e a garganta ressecava como carne ferida. Quando acordou, teve a sensação de que chorara durante horas.

Via as estrelas brilhando muito pessoalmente para dentro do quarto. Podia ter ficado na cama horas a fio escutando os sons da rua.

Alabama só ia às aulas particulares, para não se encontrar com Arienne. Enquanto trabalhava, podia ouvir a gargalhada da garota no vestíbulo roçando as alunas que chegavam em busca de apoio. As garotas olhavam para Alabama com curiosidade. Madame dizia que ela não devia ligar para Arienne.

Vestindo-se apressadamente, Alabama espiou as dançarinas por entre as cortinas cheias de poeira. As imperfeições de Stella, as manobras de Arienne, as bajulações, as disputas pelos lugares da frente lhe pareceram, à luz do sol aprisionado que caía do teto de vidro, o movimento rastejante e agitado de insetos vistos através dos lados de um jarro de vidro.

— Larvas! — exclamou a infeliz Alabama com desprezo.

Queria ter nascido no balé, ou poder abandoná-lo de vez.

Quando pensava em desistir de seu trabalho, sentia-se doente e envelhecida. As milhas e milhas de *pas de bourrée* deviam ter aberto um caminho para algum lugar.

Diáguilev morreu. O material do grande movimento do Balé Russo se deteriorava num tribunal francês — ele nunca fora capaz de fazer dinheiro.

Alguns de seus bailarinos dançavam ao redor da piscina do Lido para o deleite de americanos bêbados no verão; os ingleses voltaram para a Inglaterra. O transparente cenário de celuloide de *La Chatte*, que apunhalara a plateia com as espadas de prata que saíam dos holofotes de Paris e Monte Carlo, Londres e Berlim, jazia com um aviso de "Não Fumar" num armazém úmido e cheio de ratos perto do Sena, trancado num túnel de pedra onde a luz cinzenta que vinha do rio batia na terra escura e gotejante e no fundo curvo e molhado.

— Para que tudo isso? — perguntava Alabama.

— Você não pode abandonar todo esse tempo, trabalho e dinheiro por nada — disse David. — Vamos tentar arrumar alguma coisa nos Estados Unidos.

Foi uma atitude gentil de David. Mas ela sabia que nunca dançaria nos Estados Unidos.

O sol intermitente desapareceu da claraboia na sua última aula.

— Você não vai esquecer o adágio? — dizia madame. — Vai me mandar alunas quando voltar para os Estados Unidos?

— Madame — respondeu Alabama de repente —, acha

que ainda posso ir a Nápoles? Falará com o homem imediatamente para lhe dizer que parto em seguida?

Olhar nos olhos da mulher era como observar esses blocos de pirâmides brancos e pretos, onde há às vezes seis e às vezes sete quadrados. Olhar nos seus olhos era experimentar uma ilusão de óptica.

— Pois sim! — disse ela. — Tenho certeza de que o lugar ainda está vago. Você parte amanhã? Não há tempo a perder.

— Sim — disse Alabama. — Irei.

4.

I

Dálias se projetavam para fora de latas verdes nas tendas de flores da estação como os leques de papel que vêm com os pacotes de pipocas; as laranjas estavam empilhadas como balas Minié ao longo dos estandes de jornais; as vitrinas do balcão de *la gare* exibiam três grapefruits americanas como bolas de uma casa de penhores gastronômica. Ar saturado cobria o espaço entre as janelas do trem e a cidade de Paris como um pesado cobertor.

David e Alabama enchiam o vagão-leito de segunda classe com uma atrevida fumaça de cigarro. Ele tocou a campainha para pedir outro travesseiro.

— Se precisar de qualquer coisa, estarei sempre aqui — disse.

Alabama chorou e engoliu uma colherada de sedativo amarelo.

— Você vai ficar farto de tanto contar para as pessoas como estou indo...

— Vou para a Suíça assim que fechar o apartamento. Mandarei Bonnie para você, quando puder recebê-la.

Um demi-Perrier chiava na janela do carro. David tossia com o mofo úmido.

— É tolice viajar de segunda classe. Não quer que eu mande transferi-la para a primeira? — disse ele.

— Prefiro sentir que posso pagar desde o começo.

O peso de suas reações individuais os separava como uma barragem. Um alívio inconsciente constrangia tristemente a separação — inúmeras associações involuntárias sufocavam suas despedidas com um desespero platônico.

— Eu lhe mando dinheiro. É melhor descer do trem.

— Até logo… Oh, David! — ela gritou enquanto o trem se afastava. — Lembre-se de mandar mademoiselle pegar as roupas íntimas de Bonnie em Old England…

— Vou falar… Até logo, querida!

Alabama enfiou a cabeça dentro da incandescência indistinta do trem, iluminado como uma sessão espiritualista. Seu rosto se achatou como uma escultura de pedra contra a janela. Seu traje não era adequado para a segunda classe; Yvonne Davidson o criava com os reflexos de um desfile do Armistício — as linhas do capuz azul-horizonte e a curva da capa eram generosas demais para a limitação dos incômodos bancos cobertos de renda. Alabama reviu seus planos compassivamente como uma mãe consolando uma criança infeliz. Só poderia falar com a *maîtresse de ballet* no dia seguinte ao de sua chegada. Fora um gesto simpático de mademoiselle dar-lhe um ramo de agave; lamentava tê-lo esquecido sobre o consolo da lareira em casa. Tinha também algumas roupas sujas na lavanderia — mademoiselle podia embrulhá-las junto com a roupa branca quando se mudassem. Imaginava que David deixaria a roupa branca no American Express. Não seria difícil a mudança, eles tinham tão pouca coisa: um serviço de chá quebrado, relíquias de uma peregrinação a Valence quando estavam em St. Raphaël, umas poucas fotografias — sentia não ter trazido a que David tirara na varanda em Connecticut —, alguns livros e os quadros encaixotados de David.

O brilho dos sinais elétricos fulgurava sobre Paris à distância como o clarão de um forno de olaria. Suas mãos suavam sob o grosseiro cobertor vermelho. O vagão tinha o mesmo cheiro do interior do bolso de um menino. Os pensamentos compunham com insistência frases inarticuladas em francês seguindo o ritmo das rodas do vagão.

La belle main gauche l'éther compact
S'étendre dans l'air qui fait le beau
Trouve la haut le rhythm intact
Battre des ailes d'un triste oiseau.*

Alabama levantou-se para pegar um lápis.

"Le bruit constant de mille moineaux",** acrescentou. Perguntou-se se não perdera a carta — não, estava na sua caixa de Cutex.

Devia ter dormido — era difícil saber num trem. Passos pesados nos corredores a acordaram. Devia ser a fronteira. Ela tocou a campainha. Ninguém apareceu por muito tempo. Por fim, surgiu um homem com um uniforme verde de domador de circo.

— Água? — pediu Alabama insinuantemente.

---

* A bela mão esquerda o éter compacto/ Estender-se no ar que cria o belo/ Encontra lá em cima o ritmo intacto/ Bater das asas de um triste pássaro. (N. T.)

** O barulho constante de mil pardais. (N. T.)

O homem olhou sem entender ao redor do vagão. Não havia reação no suave enigma de sua fisionomia fascinada.

— *Acqua, de l'eau, aguá* — persistiu Alabama.

— Fraulein toca a campainha — comentou o homem.

— Ouça — disse Alabama. Levantou os braços fazendo os movimentos do *crawl* australiano e terminou com uma tentativa de meio-termo entre goles exagerados e um gargarejo. Olhou o guarda esperançosa.

— Não, não, não! — ele gritou alarmado e desapareceu do compartimento.

Alabama pegou seu livro de expressões italianas e tocou novamente a campainha.

— *Do... veh pos... so com... prar... eh ben... ze... no* — dizia o livro. O homem riu às gargalhadas. Ela devia ter-se enganado de lugar.

— Nada — disse Alabama com relutância e voltou à sua composição. O homem tirara o ritmo de sua cabeça. Ela devia estar na Suíça a essa altura. Não lembrava se fora Byron quem cruzara os Alpes com as cortinas do vagão abaixadas. Tentou olhar pela janela — algumas latas de leite brilhavam no escuro. O que ela devia ter feito com as roupas íntimas de Bonnie era ter procurado uma costureira que as fizesse sob medida. Mademoiselle cuidaria disso. Levantou-se e se esticou, segurando-se na porta de correr.

O homem lhe informou com desprezo que ela não podia abrir as portas na segunda classe e que o café da manhã não podia ser servido numa *couchette*.

A paisagem das janelas do vagão-restaurante no dia seguinte era plana como a terra de onde o mar retrocedeu, com árvores esparsas que pareciam espanadores de penas fazendo cócegas no céu brilhante. Nuvens pequenas se formavam sem rumo sobre a placidez, como a espuma de um balde de cerveja; castelos caíam sobre as colinas redondas como coroas enviesadas: ninguém cantava "O Sole Mio".

Havia mel no café da manhã, e pão que parecia uma marreta de pedra. Ela ficou com medo de trocar de trem em Roma sem David. A estação de Roma estava cheia de palmeiras; as fontes escovavam as termas de Caracalla com borrifos de luz do sol na frente do terminal. Na afabilidade franca do ar italiano, o seu ânimo melhorou.

"*Ballonné, deux tours*", disse para si mesma. O novo trem era imundo. Havia tapetes no chão e cheirava a fascistas, a armas. Os cartazes pronunciavam uma ladainha: Asti Spumante, Lagrima Christi, Spumoni, Tortoni. Ela não atinava com o que perdera, a carta ainda estava no Cutex. Alabama apoderou-se de si mesma, como um menino caminhando num jardim fecharia a mão sobre um vaga-lume.

— *Cinque minute mangiare* — disse o servidor.

— Está bem — disse ela, contando nos dedos —, *una, due, tre...* Está bem — assegurou-lhe.

O trem desviou-se por aqui e por ali, tentando evitar a desordem de Nápoles. Os cocheiros tinham se esquecido de tirar os carros de aluguel de cima dos trilhos, homens sonolentos não se lembravam do rumo no meio das ruas, crianças abriam as bocas e os suaves olhos pisados esqueciam a emoção de chorar. Uma poeira branca soprava pela cidade; armazéns vendiam cheiros picantes, cubos, triângulos e globos de vime exalando odor. Nápoles encolhia-se à luz das lâmpadas de suas praças públicas, reprimida por uma grande pretensão de disciplina, sufocada por suas fachadas de pedra enegrecida.

— *Venti lire!* — pediu o cocheiro.

— A carta — disse Alabama com arrogância — dizia que eu poderia viver com trinta liras por semana em Nápoles.

— *Venti, venti, venti* — cantou o italiano, sem se virar.

"Vai ser difícil não poder me comunicar", pensou Alabama. Deu ao homem o endereço que a *maîtresse* lhe enviara. Com um floreio grandiloquente do chicote, o cocheiro imprimiu aos cascos do cavalo um movimento oscilante através da magnanimidade da noite. Quando deu o dinheiro ao homem, os olhos castanhos se penduraram nos dela como tigelas que se colocam numa árvore para captar uma seiva preciosa. Ela pensou que ele nunca deixaria de olhar.

— *Signorina* vai gostar de Nápoles — disse surpreendentemente. — A voz da cidade é suave como a da solidão.

O carro se afastou pesadamente através das luzes verdes e vermelhas ao redor da orla da baía, como pedras na filigrana de uma taça de veneno da Renascença. As gotas meladas do Sul sujo de moscas se destilavam na brisa que impelia a imensa translucidez de água-marinha a uma dissolução emocional.

A luz da entrada da pensão pingava gotas redondas nas unhas de Alabama. Seus movimentos captaram perturbações inconsequentes do ar, enquanto entrava sem deixar vestígios na quietude atrás de si.

— Bem, tenho de viver aqui — disse Alabama. — Portanto não há o que reclamar.

A proprietária disse que o quarto tinha uma sacada — era verdade, mas não havia chão na sacada; as vigas de ferro se prendiam diretamente à camada de tinta rosa descascada das paredes exteriores. Entretanto, havia um lavabo com torneiras gigantescas que, saindo da bacia, borrifavam o quadrado de encerado embaixo. O molhe curvava o braço ao redor da bola de noite azul que se via na janela; o cheiro de piche subia do porto.

As trinta liras de Alabama compraram uma cama de ferro que um dia sem dúvida fora verde, um guarda-roupa de bordo com um espelho chanfrado que transformava o sol italiano numa opala, e uma cadeira de balanço feita com uma tira de tapete de

Bruxelas. Repolho três vezes por dia, um copo de vinho Amalfi, nhoque aos domingos e o refrão de "Donna" cantado por vagabundos embaixo da sacada à noite estavam incluídos no preço. Era um imenso quarto sem forma, tão cheio de vãos e cantos que chegou a lhe dar a sensação de que morava num apartamento. Uma sugestão de dourado paira sobre todas as coisas em Nápoles, e, embora Alabama não pudesse encontrar vestígios disso no seu quarto, de certo modo sentia como se o teto fosse incrustado de ouro em folha. Sons de passos subiam dos pavimentos abaixo, trazendo suntuosas e cordiais reminiscências. As noites eram tiradas dos clássicos, a mais simples sugestão de pessoas trazia flutuando fantásticas excrescências de existência feliz; lombos de peixes cintilavam nos barcos abertos como lascas de mica.

Mme. Sirgeva dava suas aulas no palco do teatro da Ópera. Reclamava sem cessar do preço das luzes; o piano soava ineficaz nas brechas vitorianas. A escuridão dos bastidores e a obscuridade entre os três globos que ela mantinha acesos no alto dividiam o palco em pequenos compartimentos íntimos. Madame desfilava o seu fantasma por um vaivém de tarlatana, pelo estalar de sapatos de ponta e pelo ofegar contido das garotas.

— Não façam barulho, menos barulho — repetia. — Ela era tão pálida, tingida, murcha e encurvada pela pobreza como uma pele depois de mergulhada em ácido. A tintura preta no seu cabelo, duro como o enchimento de um travesseiro, era amarela ao longo do repartido; ela dava aula às garotas vestida com blusas de mangas bufantes e saias pregueadas que mais tarde usava na rua sob o casaco.

Rodopiando mais de uma vez como em um exercício de caligrafia, Alabama ziguezagueou pelos focos de luz.

— Mas você é como madame! — disse Mme. Sirgeva. — Estivemos juntas na Escola Imperial na Rússia. Fui eu que lhe ensinei os *entrechats*, embora ela nunca os fizesse como se deve.

Mes enfants! Há quatro tempos em um *quatre-temps*, por favor, p-o-r f-a-v-o-r!

Aos poucos Alabama deixou o seu ser mergulhar com estrépito no balé, como peças caindo através de um piano mecânico.

As garotas não eram como as russas. Seus pescoços viviam sujos e elas chegavam ao teatro com sacos de papel cheios de grossos sanduíches. Comiam alho; eram mais gordas que as russas e tinham as pernas mais curtas; dançavam com os joelhos dobrados e as malhas de seda italiana enrugavam sobre as suas curvas.

— Por Deus e pelo Diabo! — gritava Sirgeva. — Moira nunca está com o passo certo, e o balé se apresenta em três semanas.

— Oh, *maestra* — protestava Moira. — *Molto bella!*

— Oh — dizia madame ofegante, virando-se para Alabama. — Está vendo? Eu lhes dou sapatos de aço para erguer os seus pés preguiçosos mas, assim que viro as costas, elas dançam com os pés no chão… E me pagam só seiscentas liras por tudo isso! Graças a Deus, agora tenho *uma* dançarina. — A senhora continuava a falar como um pistão em constante movimento. Sentava-se no teatro úmido e fechado com uma capa de pele de foca ao redor dos ombros, desbotada e tingida como o cabelo, e ficava ali tossindo no seu lenço.

— Santa Mãe de Deus! — suspiravam as garotas. — Maria Santíssima! — Elas se reuniam em grupos assustados na penumbra. Desconfiavam de Alabama por causa de suas roupas. Sobre os encostos das cadeiras de lona no camarim encardido ela jogava suas coisas: duzentos dólares de tule preto "Adieu Sagesse", rosas flutuando por névoas como sementes num sorvete de morango, névoas caras — cem, duzentos dólares, uma rústica franja amarela, uma capa verde com capuz, sapatos brancos, sapatos azuis, fivelas de Bobby Shafto, fivelas de prata, fivelas de aço, chapéus e sandálias vermelhas, sapatos com os signos do zodíaco, uma capa de veludo lisa como o teto de um antigo *château*, um gorro de penas de faisão — ela não se dera conta em Paris de que tinha tantas roupas. Teria de gastá-las, agora que estava vivendo com seiscentas liras por mês. Alegrava-se por ter todas essas roupas que David lhe comprara. Depois da aula, vestia-se no meio das finas vestimentas com o ar determinado de um pai examinando o brinquedo de uma criança.

— Santa Mãe! — suspiravam as garotas timidamente, tocando com os dedos a roupa de baixo da americana. Alabama ficava zangada quando elas faziam isso; não queria que lambuzassem de salsicha as suas calcinhas de seda.

Ela escrevia a David duas vezes por semana — o apartamento lhe parecia tão distante e sem graça. Os ensaios estavam se aproximando — tudo o mais parecia monótono. Bonnie respondeu num pequeno papel com cantigas francesas no topo.

Muito querida mamãe
Eu fui a anfitriã enquanto papai colocava as suas abotoaduras para receber uma dama e um cavalheiro. Minha vida está indo bem. Mademoiselle e a criada disseram que nunca viram uma caixa de pintura tão bonita como a que você me mandou. Pulei de alegria com a caixa de pintura e fiz alguns desenhos *des gens a la mer, nous qui jouons au croquet et une vase avec des fleurs dedans d'après nature.* Quando estamos domingo em Paris, vou ao catecismo para aprender sobre os horríveis sofrimentos de Jesus Cristo.
Sua filha que muito a ama,
Bonnie Knight

Alabama tomava o sedativo amarelo à noite para esquecer as cartas de Bonnie. Fez amizade com uma russa morena que voava pelo balé como um siroco. Juntas foram à Galleria. No recinto de pedras brancas onde os passos respingavam como chuva constante, sentaram-se para tomar uma cerveja. A garota se recusava a acreditar que Alabama fosse casada; vivia na esperança constante de conhecer o homem que dava à sua amiga tanto dinheiro, a fim de roubá-lo para si. Multidões de homens que passavam de braços dados as olhavam com indiferença e desprezo — não sairiam com mulheres que iam à Galleria de noite desacompanhadas, era o que pareciam dizer. Alabama mostrou à amiga o retrato de Bonnie.

— Você é feliz — disse a garota. — As pessoas são mais felizes quando não se casam. — Seus olhos eram de um castanho escuro que resplandecia vermelho e claro como resina de violino quando ela ficava alegre com um pouco de álcool. Em ocasiões especiais, usava uma bata de tule negro com laços lavanda que comprara quando trabalhava no corpo do Balé Russo, antes da morte de Diáguilev.

Ensaiando no grande teatro vazio, a trupe passava e repassava o balé *Faust*. O maestro da orquestra regia o solo de três minutos de Alabama como se fosse um raio. Mme. Sirgeva não ousava falar com ele. Por fim, com lágrimas nos olhos, ela interrompeu a execução.

— Você está matando as minhas meninas — disse chorando. — É desumano!

O homem jogou a batuta no piano, o cabelo ficou de pé sobre a sua cabeça como grama brotando num couro cabeludo de barro.

— *Sapristi!* — gritou. — A música está escrita assim!

Perturbado, saiu precipitadamente do teatro e eles terminaram sem música. Na tarde seguinte o maestro estava ainda mais determinado, a música soou mais rápida do que nunca. Ele examinara um exemplar da partitura original; nunca cometera um erro. Os braços dos violinos erguiam-se acima do palco, inclinados e negros como pernas de gafanhotos, e o maestro fazia a sua espinha estalar como um estilingue de borracha, arremessando as cordas velozes sobre o palco com uma rapidez insuportável.

Alabama não estava acostumada com um palco inclinado. Para se habituar, trabalhava sozinha na hora do almoço, depois da aula da manhã, girando, girando. A inclinação desequilibrava seus rodopios. Ela trabalhava com tanto afinco que se sentia como uma velha ao pé de uma fogueira num país nórdico distante, quando mais tarde se sentava no chão. O azul de espaços condensados e o azul mais brilhante da baía de Nápoles a cegavam, fazendo-a tropeçar no caminho para casa. Os pés de Alabama sangravam quando caía na cama.

Quando por fim seu primeiro espetáculo terminou, ela sentou-se na base de uma estátua da Vênus de Milo, do lado de fora das portas cheias de tachas das salas de espera dos figurantes da Ópera; Palas Atena a fitava através do saguão mofado. Os olhos latejavam com as batidas de seu pulso, o cabelo colava-se como plasticina à cabeça; os gritos de "*Bravo*" e "*Benissimo*" dirigidos ao balé soavam nos seus ouvidos como mosquitos persistentes. "Bem, está feito", disse ela.

Não ousou olhar para as garotas no camarim; tentava agarrar-se à magia do momento por mais tempo. Sabia que seus olhos veriam os seios caídos como cabaças secas de agosto e se insinuariam pelas nádegas arredondadas, que lembravam as frutas chocantes nos quadros de Georgia O'Keeffe.

David enviara uma cesta de copos-de-leite. "De seus dois amores" deveria estar escrito no cartão, mas a florista napolitana trocara para "De seus dois corações suados". Ela não riu. Há três semanas que não escrevia a David. Emplastrou o rosto com creme e chupou a metade de um limão que trouxera na valise. Sua amiga russa a abraçou. As garotas do balé pareciam estar esperando que alguma coisa acontecesse; não havia homens esperando nas sombras da porta da Ópera. As garotas em geral eram feias, e havia algumas velhas. Os rostos eram vazios e tão distendidos de cansaço que teriam caído aos pedaços se não fossem os músculos feito cordas, desenvolvidos durante anos de respiração forçada. Tinham pescoços contraídos e torcidos como nós sujos de linha emendada quando eram magras, e nas gordas a carne caía sobre os ossos como massas salientes saindo pelos lados dos recipientes de papel. O cabelo era preto, sem nenhuma nuance que agradasse os sentidos cansados.

— *Jesu!* — gritaram com admiração. — Os copos-de-leite! Quanto não terão custado? São dignos de uma catedral!

Mme. Sirgeva beijou Alabama com gratidão.

— Você dançou bem! Quando fizermos o programa de balé para o ano todo, você terá o papel principal... essas garotas são feias demais. Nada posso fazer com elas. Antes ninguém se interessava pelo balé... vamos ver agora! Não se preocupe. Vou escrever à madame! Suas flores são belas, *piccola ballerina* — terminou com delicadeza.

Alabama sentou-se à sua janela escutando o refrão noturno de "Donna".

"Bem", suspirou distraidamente, "deveria haver alguma coisa para se fazer depois de um sucesso."

Arrumou o guarda-roupa e pensou nos seus amigos de Paris. Amigos de domingo, com esposas de casacos de cetim, brindando com sotaques impecáveis ao sol de praias estrangeiras, amigos turbulentos afogando Chopin no jazz moderno com vinhos de vindimas, amigos cultos se juntando ao redor de David como um grupo de parentes em torno de um recém-nascido. Eles a teriam levado a algum lugar. Copos-de-leite, em Paris, não teriam sido atados com um laço de tule branco.

Ela mandou a David os recortes de jornal. Todos concordavam que o balé era um sucesso e que a nova aquisição do corpo de baile de Mme. Sirgeva era uma dançarina competente. Ela prometia e deveria receber um papel maior, diziam os jornais. Os italianos gostam de loiras, diziam que Alabama era etérea como um anjo de Fra Angelico porque ela era mais magra que as outras.

Mme. Sirgeva ficou orgulhosa com esses comentários. Para Alabama, parecia mais importante a descoberta de um novo modelo de sapato de ponta feito em Milão; os sapatos eram leves como o ar. Alabama encomendou cem pares — David lhe mandou o dinheiro. Ele estava morando na Suíça com Bonnie. Ela esperava que ele tivesse comprado calções de lã para Bonnie — até os dez anos as meninas precisam andar com as barrigas bem protegidas. No Natal ele lhe escreveu que comprara um traje de esqui azul para Bonnie, e lhe mandou fotos Kodak da neve e dos dois caindo pelas colinas juntos.

Asmáticos sinos de Natal soaram sobre Nápoles; lâminas metálicas de som como telhados sussurrando. Os degraus nos lugares públicos estavam cheios de junquilhos e rosas tingidos de laranja, pingando água vermelha. Alabama foi ver o presépio de cera em Benediction. Havia copos-de-leite por toda parte, círios e rostos gastos e suaves sorrindo convulsivamente com o passar do tempo. Do reflexo do tremeluzir das velas no dourado, dos cânticos que se elevavam e diminuíam como o bater das marés em praias amorfas antes da criação do homem, do caminhar rumorejante das mulheres com as cabeças cobertas por véus de renda, Alabama absorvia uma sensação de júbilo como se marchasse ao som da melodia virtuosa da organização espiritual. As sobrepelizes dos padres em Nápoles eram de cetim branco, enfeitadas com flores de maracujá e romãs. Durante os ritos, Alabama pensou nos príncipes de Bourbon e na hemofilia, nas contas papais e em cerejas ao marasquino. O brilho de damasco dourado no altar era quente e rico como o que representava. Os pensamentos rondavam sua introspecção como leopardos numa jaula do zoológico. Seu corpo estava tão cheio de estática por causa do constante açoite de seu trabalho que ela não conseguia obter uma clara comunicação consigo mesma. Disse para si que os seres humanos não têm o direito de falhar. Ela não sabia o que era o fracasso. Pensou na árvore de Bonnie. Mademoiselle podia armá-la tão bem quanto ela.

Inesperadamente riu, tateando seu espírito como um piano sendo afinado.

— Há muita coisa na religião — disse à amiga russa —, mas ela tem significado demais.

A russa contou a Alabama sobre um padre que conhecera, que ficava tão excitado com as histórias que ouvia no confessionário que se embebedava com o Santo Sacramento. Bebia tanto durante a semana que não havia comunhão para dar no domingo aos penitentes, que também tinham bebido durante a semana e precisavam de um trago. Sua igreja tornou-se conhecida como uma espelunca suja que pedia emprestado o sangue de Cristo na sinagoga, dizia a garota; e perdeu muitos fiéis, inclusive ela própria.

— Eu era muito religiosa — a garota continuou devagar. — Certa vez, na Rússia, quando descobri que meu carro estava sendo puxado por um cavalo branco, saí, andei cinco quilômetros pela neve até o teatro e peguei uma pneumonia. Desde então, não ligo tanto para Deus — entre padres e cavalos brancos.

A Ópera apresentou *Faust* três vezes durante o inverno, e a tarlatana rosa-chá de Alabama, que primeiro se armava como uma fonte congelada, ficou marcada e amassada. Ela adorava as aulas na manhã depois de um espetáculo — o relaxamento e a calma tranquila e floral, como a quietude de um pomar em flor, que se seguia à excitação, o rosto ainda pálido, e os restos de maquiagem que a transpiração retirava do canto de seus olhos.

— Via Sacra! — gemiam as garotas — Oh, mas as minhas pernas doem, e estou com tanto sono! Minha mãe me bateu ontem à noite porque cheguei tarde; meu pai não quer me dar Bel Paese, não posso trabalhar só comendo queijo de cabra!

— Ah — as mães gordas desabafavam —, belíssima, a minha filha... Ela deveria ser a primeira bailarina, só que as americanas pegam tudo. Mas Mussolini vai lhes mostrar, Santo Sacramento!

Para o final da Quaresma a Ópera pediu um programa só de balé; Alabama deveria ser, finalmente, a primeira bailarina de *O lago dos cisnes*.

Quando o balé começou a ensaiar, David escreveu perguntando se ela gostaria de ficar com Bonnie por duas semanas. Alabama obteve permissão para faltar a uma aula de manhã a fim de buscar a filha na estação. Um elegante oficial do exército ajudou Bonnie e mademoiselle a descer do trem no meio da confusão napolitana de som e cor.

— Mamãe — a criança gritava excitada. — Mamãe!

Agarrou-se com adoração aos joelhos de Alabama; um vento suave jogava a franja para trás com pequenas rajadas. O rosto redondo estava tão ruborizado e translúcido como o brilho no dia de sua chegada. Os ossos tinham começado a aparecer no nariz; as mãos estavam se formando. Ela ia ter aqueles dedos de pontas grossas de espanhol primitivo, como David. Era muito parecida com o pai.

— Ela deu um exemplo excelente aos passageiros — disse mademoiselle alisando o cabelo de Bonnie.

Bonnie agarrou-se à mãe, eriçada de ressentimento por causa do ar proprietário de mademoiselle. Tinha sete anos, começava a entender a sua posição no mundo e estava cheia de cruciais reservas infantis que acompanham as primeiras formações do julgamento social.

— Seu carro está lá fora? — murmurou.

— Não tenho carro, querida. Um coche de aluguel, muito mais bonito, vai nos levar à minha pensão.

Uma determinação de não manifestar seu desapontamento apareceu no rosto de Bonnie.

— Papai tem um carro — disse em tom de crítica.

— Bem, aqui andamos de coches.

Alabama a colocou sobre os panos de linho amarrotados do veículo.

— Você e papai são muito *chic* — continuou Bonnie fazendo conjecturas. — Você deveria ter um carro...

— Mademoiselle, foi você que lhe disse isso?

— Certamente, madame. Gostaria de estar no lugar de Mlle. Bonnie — disse mademoiselle com ênfase.

— Acho que vou ser muito rica — disse Bonnie.

— Meu Deus, não! Deve tirar essas ideias da sua cabeça. Você vai ter de trabalhar para conseguir o que quer. Por isso é que eu queria que você dançasse. Fiquei triste de saber que abandonou as aulas.

— Não gostava de dançar, só dos presentes. No final madame me deu uma bolsinha prateada de festa. Dentro veio um espelho, um pente e pó de arroz de verdade... Dessa parte eu gostava. Quer ver?

De uma pequena valise ela tirou um baralho incompleto, várias bonecas de papel rasgadas, uma caixa de fósforos vazia, uma garrafinha, dois leques de lembrança e um caderninho de notas.

— Eu fazia você arrumar melhor as suas coisas — comentou Alabama, olhando a bagunça.

Bonnie riu.

— Agora faço mais o que quero — disse. — Aqui está a bolsa.

Manuseando o pequeno invólucro prateado, Alabama sentiu um inesperado nó na garganta. Um leve perfume de água-

-de-colônia evocou o brilho das contas de cristal de madame; a música martelando a tarde até transformá-la numa travessa de prata batida, David e Bonnie esperando para jantar, tudo rodopiou na sua cabeça como flocos de neve acomodando-se num peso de papel de vidro.

— É muito bonita — disse ela.

— Por que está chorando? Eu deixo você usá-la de vez em quando.

— É o perfume que faz meus olhos ficarem cheios de água. O que você tem na sua valise que cheira assim tão forte?

— Mas, madame — reclamou mademoiselle —, é a mesma mistura que fazem para o príncipe de Gales. Uma parte limão, uma parte água-de-colônia, uma parte jasmim de Coty e...

Alabama riu.

— ... e você sacode e despeja duas partes de éter e metade de um gato morto!

Os olhos de Bonnie alargaram-se com desdém.

— Você pode usá-los nos trens quando as mãos ficam sujas — protestou —, ou se você tem a *vertige*.

— Compreendo... ou se o motor ficar sem combustível. É aqui que descemos.

Sacudindo-se, o coche se deteve, sem parar por completo, diante da pensão cor-de-rosa. Os olhos de Bonnie erraram incredulamente pela tinta descascada e pela entrada vazia. A passagem da porta cheirava a umidade e urina; degraus de pedra embalavam os séculos nos seus centros gastos.

— Madame não se enganou? — protestou mademoiselle com voz queixosa.

— Não — disse Alabama animadamente. — Você e Bonnie têm um quarto só para as duas. Não *adoram* Nápoles?

— Eu odeio a Itália — decretou Bonnie. — Gosto mais da França.

— Como você sabe? Mal acabou de chegar.

— Os italianos são muito sujos, não é?

Mademoiselle mostrou com relutância uma inclassificável expressão facial.

— Ah — disse a proprietária da pensão, sufocando Bonnie com um imenso abraço convexo. — Mãe de Deus, que menina bonita! — Os seios ficaram dependurados como sacos de areia sobre a aturdida menina.

— *Dieu!* — suspirou mademoiselle. — Estes italianos são um povo religioso!

A mesa de Páscoa estava decorada com lúgubres cruzes feitas de folhas secas de palmeiras. Havia nhoque e *vino* de Capri no almoço, e um cartão púrpura com cupidos colados no centro de irradiações douradas que pareciam medalhas de Estado. À tarde elas caminharam por brancas estradas cheias de pó e subiram becos íngremes cortados por trapos coloridos dependurados na rua para secar ao brilho do sol. Bonnie esperou no quarto da mãe, enquanto Alabama se preparava para o ensaio. A criança se divertia fazendo esboços, sentada na cadeira de balanço.

— Não sei fazer um bom retrato — anunciou —, por isso agora desenho caricaturas. Este é papai quando era jovem.

— Seu pai só tem trinta e dois anos — disse Alabama.

— Bem, isso é bem velho, não acha?

— Não tão velho quanto sete, minha querida.

— Oh, é claro... se você conta de trás para a frente — concordou Bonnie.

— E se começa no meio, acabamos todos sendo uma família bem jovem.

— Gostaria de começar com vinte e ter seis filhos.

— Quantos maridos?

— Oh, nenhum marido. Eles talvez estejam longe na época — disse Bonnie vagamente. — Vi maridos assim no cinema.

— Qual foi esse filme tão extraordinário?

— Era sobre dança, por isso papai me levou. Uma dama dançava no Balé Russo. Ela não tinha filhos, só um homem, e ambos choravam muito.

— Deve ter sido interessante.

— Sim. Era com Gabrielle Gibbs. Você gosta dela, mamãe?

— Nunca a vi a não ser pessoalmente, por isso não saberia dizer.

— Ela é a minha atriz favorita. É uma dama muito bonita.

— Tenho de ver esse filme.

— Poderíamos ir se estivéssemos em Paris. Eu poderia levar o meu *sac de soirée* prateado.

Todos os dias, durante os ensaios, Bonnie sentava-se no teatro frio com mademoiselle, perdida sob os enfeites confusos que pareciam rosas e anéis de charuto dourados, aterrorizada com a seriedade, o vazio e com Mme. Sirgeva. Alabama repetia o adágio mais de uma vez.

— Diabos! — dizia a *maîtresse* com voz ofegante. — Ninguém jamais dançou esta passagem com dois giros. *Ma chère* Alabama… você verá com a orquestra que não pode ser!

A caminho de casa elas passaram por um homem que engolia sapos com ar sério. As pernas do sapo eram atadas a uma corda, e ele puxava os bichos de novo de dentro do estômago, quatro sapos de cada vez. Bonnie não tirava os olhos da cena, com uma satisfação enojada. Causava-lhe repugnância olhar, mas ela estava fascinada.

A comida da pensão provocou urticária na criança.

— É parasita da sujeira — disse mademoiselle. — Se ficarmos, madame, pode virar erisipela — ameaçou. — Além disso, madame, nosso banho é sujo!

— É que nem um caldo, caldo de carneiro — ajudou Bonnie com repugnância —, só que sem as ervilhas!

— Eu queria dar uma festa para Bonnie — disse Alabama.

— Madame tem uma ideia de onde poderia conseguir um termômetro? — interpôs mademoiselle apressadamente.

Nádia, a russa, desencavou um menino para a festa de Bonnie. Mme. Sirgeva inesperadamente forneceu um sobrinho. Embora toda a Nápoles estivesse coberta com baldes de anêmonas e ramos de florescência noturna, com violetas claras como pregadores esmaltados, com arrebenta-pedras, boninas e com a gananciosa floração envolvente das azáleas, a proprietária da pensão insistiu em decorar a mesa das crianças com venenosas flores de papel rosa e amarelo. Arrumou duas crianças para a festa, uma com uma ferida embaixo do nariz e a outra com o cabelo recém-raspado. As crianças chegaram com calças de veludo cotelê gastas no traseiro que nem a cabeça de um condenado. A mesa foi coberta de biscoitos, mel e limonada cor-de-rosa quente.

O menino russo trouxe um macaco que saltava pela mesa, provando de todas as geleias e atirando as colheres temerariamente por toda parte. Alabama observava-os brincando embaixo das palmeiras irregulares, apoiada no peitoril baixo de seu quarto. A governanta francesa andava em vão de um lado para o outro na periferia de suas atividades.

— *Tiens, Bonnie! Et toi, ah, mon pauvre chou-chou!* — gritava sem parar.

Parecia o sortilégio de uma bruxa. Que filtro mágico não estaria a mulher preparando para ser bebido pelos anos que passavam? Os sentidos de Alabama afastaram-se flutuando em sonhos. Um grito agudo de Bonnie a assustou, trazendo-a de volta à realidade.

— Ah, *quelle sale bête!*

— Bem, venha aqui, querida, vamos colocar iodo — chamou Alabama do batente da janela.

— Ai! Serge pegou o macaco — gaguejou Bonnie — e j-o-

-g-o-u o bicho em cima de mim. Ele é horrível, e eu detesto as crianças de Nápoles!

Alabama colocou Bonnie sobre os joelhos. O corpo parecia à mãe muito pequeno e indefeso.

— Os macacos precisam ter *alguma coisa* para comer — implicou Alabama.

— Você tem sorte por ele não ter mordido seu nariz — comentou Serge sem apreensão.

Os dois italianos só se preocupavam com o animal, alisando-o com carinhos e acalmando-o com sonhadoras frases italianas que pareciam uma canção de amor.

— *Che... che... che* — pipilava o periquito.

— Venham — disse Alabama —, vou lhes contar uma história.

Os olhos jovens ficaram suspensos das suas palavras como gotas de chuva debaixo da viga de uma cerca; as carinhas seguiam o rosto de Alabama como pálidos chumaços de nuvens sob a lua.

— Eu nunca teria vindo — declamou Serge —, se soubesse que não teria Chianti!

— Nem eu, Santa Maria! — repetiram os italianos.

— Vocês não querem ouvir sobre os templos gregos, todos brilhantes, vermelhos e azuis? — insistiu Alabama.

— *Si, signora.*

— Bem... eles são brancos agora porque os séculos destruíram sua cor original e brilhante...

— Mamãe, posso comer a *compote*?

— Você quer ouvir sobre os templos ou não? — perguntou Alabama zangada. A mesa fez um silêncio de mortal expectativa.

— É tudo o que sei sobre eles — conclui ela fracamente.

— Então posso comer a *compote* agora, por favor?

Bonnie pingou-se, uma mancha cor de púrpura sobre as pregas de seu melhor vestido.

— Madame não acha que já tivemos bastante para uma tarde? — perguntou mademoiselle desanimada.

— Estou um pouco enjoada — confessou Bonnie. Ela estava horrivelmente pálida.

O médico falou que devia ser o clima. Alabama esqueceu-se de pegar na farmácia o emético que ele receitou, e Bonnie ficou de cama uma semana, vivendo de leite de magnésia e caldo de carneiro, enquanto sua mãe ensaiava a valsa. Alabama estava perturbada, Mme. Sirgeva tinha razão — ela não podia fazer dois giros com a orquestra, a menos que esta diminuísse a velocidade. O maestro era inexorável.

— Mãe das mulheres! — as garotas murmuravam nos cantos escuros.

— Ela vai quebrar a espinha dessa maneira.

De algum modo ela conseguiu que Bonnie ficasse em condições de tomar o trem. Levou-lhes uma espiriteira para a viagem.

— Mas o que vamos fazer com isso, madame? — perguntou mademoiselle desconfiada.

— Os ingleses sempre têm uma espiriteira — explicou Alabama. — Assim, quando o bebê fica com crupe, podem cuidar dele. Nós nunca temos nada, por isso precisamos conhecer o interior de muitos hospitais. Os bebês nascem todos iguais, só mais tarde na vida é que uns preferem a espiriteira e outros preferem hospitais.

— Bonnie não está com crupe, madame — reprovou mademoiselle amuada. — A doença dela é só resultado de nossa visita.

Ela queria que o trem partisse para que ela e Bonnie se livrassem das confusões napolitanas. Alabama também queria ficar sozinha.

— Deveríamos ter tomado o *train-de-luxe* — disse Bonnie.

— Estou com bastante pressa de chegar a Paris.

— Este é o *train-de-luxe*, esnobe!

Bonnie olhou para a mãe com um ceticismo insensível.

— Há muitas coisas no mundo que você não sabe, mamãe.

— É bem possível.

— Ah — agitou-se mademoiselle aprovando. — *Au 'voir, madame, au 'voir!* E boa sorte!

— Até logo, mamãe. Não dance demais! — gritou Bonnie descuidadamente, enquanto o trem se afastava.

Os choupos diante da estação tiniam as suas copas como bolsos cheios de moedas; o trem assobiou tristemente ao dobrar uma curva.

— Por cinco liras — disse Alabama ao cocheiro com orelhas de cachorro — Você deve me levar ao teatro da Ópera.

Ela passou aquela noite sozinha, sem Bonnie. Não se dera conta de como a vida era mais rica com Bonnie por perto. Ficou triste por não ter passado mais tempo com a filha quando ela estava doente na cama. Talvez pudesse ter faltado aos ensaios. Ela queria que a filha a tivesse visto dançando balé. Mais uma semana de ensaios e ela teria o seu *début* como primeira bailarina!

Alabama jogou no lixo o leque quebrado e o maço de cartões-postais que Bonnie esquecera. Não parecia valer a pena mandá-los a Paris. Sentou-se para costurar sua malha milanesa. Os sapatos de ponta italianos eram bons, mas as malhas italianas eram pesadas demais — cortavam as coxas no *arabesque croisé*.

II

— Você se divertiu?

David encontrou-se com Bonnie sob explosivas macieiras rosa, onde o lago Geneva estendia uma rede embaixo das ondulantes acrobacias das montanhas. Diante da estação Vevey uma ponte traçada a lápis se recortava agradavelmente sobre o rio; as montanhas mantinham-se fora da água escoradas nas hastes de violetas *perkins* e em tiras de clematites cor de púrpura. A natureza enchera todas as fendas e ravinas com recheio floral; narcisos listravam as montanhas como vias lácteas, as casas se prendiam à terra com vacas ruminantes e potes de gerânios. Damas de rendas com sombrinhas, damas de linho com sapatos brancos, damas com sorrisos ácidos tratavam os elementos com condescendência na quadra da estação. O lago Geneva, triturado durante tantos verões pela claridade cruel, sacudia o punho contra o alto céu, amaldiçoando a Deus com base na segurança da República Suíça.

— Bastante — replicou Bonnie sucintamente.

— Como estava mamãe? — prosseguiu David.

Vestido com modelos de um catálogo de verão, até Bonnie percebia que as roupas do pai eram um pouco surpreendentes, sugerindo uma estudada seleção de alfaiate. Estava vestido de cinza pérola e dava a impressão de ter entrado no suéter angorá e nas calças de flanela com tal precisão que não chegava a desfazer o propósito decorativo independente que tinham. Se não fosse tão bonito, nunca teria conseguido esse efeito tão teórico e experimental. Bonnie orgulhava-se do pai.

— Mamãe estava dançando — disse Bonnie.

Sombras escuras espraiavam-se pelas ruas de Vevey como preguiçosos bêbados de verão; nuvens cheias de umidade flutuavam como folhas de nenúfar no barro luminoso do céu.

Eles subiram no ônibus do hotel.

— Os quartos, príncipe, custarão oito dólares por dia por causa da *fête* — disse o triste e suave hoteleiro.

O criado levou a bagagem para uma suíte incrustada de branco e dourado.

— Oh, que sala bonita! — exclamou Bonnie. — Tem até telefone. Tanta *"élégance"*!

Rodopiou ao redor acendendo os abajures de pé.

— E tenho um quarto para mim e um banheiro só meu — cantarolou. — Você foi bonzinho, papai, em dar férias a mademoiselle!

— Como é que a visitante real gostaria de seu banho? — perguntou David.

— Bem... mais limpo do que em Nápoles, por favor.

— Seu banho era sujo em Nápoles?

— Mamãe dizia que não... — respondeu Bonnie hesitante —, mas mademoiselle dizia que sim. Todo mundo me dá informações contraditórias — confidenciou.

— Alabama devia ter cuidado de seu banho — disse David.

Ele ouvia a fina voz de soprano cantando para si mesma na banheira: "*Savez-vous planter les choux...*". Não havia som de água.

— Você está lavando os joelhos?

— Ainda não cheguei lá... "*à la manière de chez-nous, à la manière de chez-nous...*"

— Bonnie, você *tem* de se apressar.

— Posso ficar acordada até as dez hoje à noite?... "*on les plante avec le nez*"...

Bonnie irrompeu pelos quartos dando risadinhas.

O sol cintilava na trança dourada, as cortinas sopravam suavemente com a brisa fantasmagórica, as lâmpadas brilhavam como fogueiras abandonadas sob os abajures cor-de-rosa à luz do dia. As flores do quarto eram bonitas. Devia haver um relógio. O cérebro da criança corria por tudo ao redor cheio de satisfação. As copas das árvores lá fora brilhavam azuis.

— Mamãe não disse nada? — perguntou David.

— Oh, sim — disse Bonnie —, ela deu uma festa.

— Simpático. Como foi?

— Bem — disse Bonnie —, havia um macaco, eu fiquei enjoada e mademoiselle gritou por causa da compota no meu vestido.

— Compreendo... bem, o que mamãe disse?

— Mamãe disse que, se não fosse a orquestra, ela podia fazer dois rodopios.

— Deve ter sido muito interessante — disse David.

— Oh, sim — concordou Bonnie —, foi muito interessante. Papai...

— Sim, querida?

— Eu amo você, papai.

David riu com pequenas sacudidelas bruscas como uma pessoa fazendo renda com bilros.

— Bem, ai de você se não me amasse.

— Também acho. Posso dormir na sua cama hoje à noite?

— Claro que não!

— Seria mais confortável.

— A sua é tão confortável quanto a minha.

O tom da criança mudou repentinamente para uma inflexão prática.

— É mais seguro perto de você. Não me admiro que mamãe gostasse de dormir na sua cama.

— Que tolice!

— Quando eu casar, toda a família vai dormir junto numa cama grande. Assim ficarei bem tranquila a respeito de todos, e eles não terão medo do escuro — continuou a criança. — Você não gostava de ficar perto de seus pais antes de ter mamãe?

— Nós tínhamos nossos pais... depois tivemos você. A geração atual é sempre aquela que não tem o consolo de pessoas em que se apoiar.

— Por quê?

— Porque o consolo, Bonnie, tem a ver com lembranças e expectativas. Se não se apressar, nossos amigos chegarão antes de você ficar pronta.

— Vêm crianças?

— Sim, estou levando a família de um de meus amigos para que você os conheça. Vamos a Montreux ver o balé. Mas — disse David — o céu está ficando nublado. Parece que vem chuva.

— Papai, tomara que não!

— Também espero. Alguma coisa sempre estraga uma festa, macacos ou chuva. Aí estão nossos amigos.

Atrás de sua governanta três crianças loiras atravessaram o pátio do hotel à luz do sol fraco que coloria sugestivamente de rosa os troncos dos abetos.

— *Bonjour* — disse Bonnie, estendendo a mão frouxamente com uma interpretação juvenil de grande dama. Apesar disso, logo depois arremeteu contra a menina. — Oh, mas você está vestida como Alice no País das Maravilhas! — gritou.

A criança era muito mais velha que Bonnie.

— *Grüss Gott* — respondeu séria —, você também está com um vestido bonito.

— *Et bonjour, mademoiselle!* — Os dois meninos eram mais moços. Aproximaram-se de Bonnie com a rígida formalidade militar do colegial suíço.

As crianças tinham um efeito muito decorativo sob o panorama dos olmos podados. As colinas verdes se estendiam ao longe como um mar de lona até desmaiarem em refúgios de lenda. Plantas de montanha agradavelmente ociosas balançavam na frente do hotel em buquês pendentes de azul e lilás. As vozes infantis zumbiam através da claridade da montanha conversando intimamente, na sensação de isolamento dada pelos Alpes circundantes.

— O que é este *"it"* que eu vi nos jornais? — perguntou a voz de oito anos.

— Não seja besta, é apenas *sex-appeal* — respondeu a voz de dez anos.

— Só damas bonitas podem ter *sex-appeal* nos filmes — disse Bonnie.

— Mas, às vezes, os homens também não têm? — perguntou o menino desapontado.

— O pai diz que todo mundo tem — gritou a menina mais velha.

— Bem, a mãe disse que só algumas pessoas têm. O que seus pais disseram, Bonnie?

— Não disseram nada, porque não li sobre isso nos jornais.

— Quando você for mais velha — disse Genevra —, vai ler... se ainda estiver lá.

— Eu vi meu pai tomando uma ducha — sugeriu o menino menor com expectativa.

— Isso não é nada — disse Bonnie com desprezo.

— Por que não é nada? — insistiu a voz.

— Por que seria alguma coisa? — perguntou Bonnie.

— Eu nadei com ele nu.

— Crianças... crianças! — reprovou David.

Sombras negras caíram sobre a água, ecos de nada se derramaram das colinas e se evaporaram sobre o lago. Começou a chover, um aguaceiro suíço encharcou a terra. As lisas trepadeiras bulbosas ao redor das janelas do hotel despejavam torrentes sobre as saliências das janelas; as cabeças das dálias inclinavam-se com a tempestade.

— Como vão fazer a *fête* na chuva? — gritavam as crianças desanimadas.

— Talvez o balé use galochas que nem nós — disse Bonnie.

— De qualquer modo, eu preferia que fossem focas amestradas — disse o menino otimista.

A chuva era a goteira lenta e faiscante de um sol lacrimoso. As plataformas de madeira ao redor do estrado estavam úmidas e impregnadas com a tintura das serpentinas molhadas e das massas de confete grudentas. Uma luz fresca e molhada através dos cogumelos vermelhos e laranja de guarda-chuvas brilhantes resplandecia como uma vitrine de loja de lâmpadas; a plateia elegante cintilava em claras capas impermeáveis de celofane.

— E se chover dentro da trompa? — disse Bonnie, quando a orquestra apareceu embaixo do conjunto de montanhas molhadas de chuva que pareciam feitas de chinchila.

— Talvez soe bem — protestou o menino. — Às vezes, no banho, quando mergulho, faço os barulhos mais bonitos soprando.

— É maravilhoso quando meu irmão sopra — declarou Genevra.

O ar úmido nivelava a música como uma esponja; garotas afastavam a chuva de seus chapéus; o lado avesso virado da tela alcatroada deixava à mostra as tábuas escorregadias e perigosas.

— É *Prometeu* que eles vão apresentar — disse David lendo o programa. — Mais tarde eu conto a história para vocês.

No meio do zumbido de saltos em círculo, Lorenz concentrou sua grandeza morena, cerrando os punhos no ar e trazendo o mistério do céu da montanha até a altura do queixo. Seu corpo nu, brilhante de chuva, torturava-se em posturas inextricáveis, endireitava-se e tombava no chão como o flutuar em suspenso de papel caindo.

— Olhe, Bonnie — gritou David —, uma velha amiga sua!

Arienne, dominando um labirinto técnico de giros insolentes e contorções arrogantes, representava um cupido rosa. Molhada e sem convencer, ela se agarrava tenazmente às exigências sobre-humanas do papel. A artesã embaixo da artista girava a manivela de sua difícil interpretação.

David sentiu uma inesperada e esmagadora onda de piedade pela garota que fazia todo aquele esforço, enquanto os espectadores pensavam em como estavam ficando molhados e no desconforto que sentiam. Os dançarinos também pensavam na chuva e tremiam um pouco no crescendo explosivo do *finale*.

— Gostei mais daqueles de preto que brigavam — disse Bonnie.

— Sim — disse o menino —, quando se chocavam, foi o melhor de tudo.

— Acho melhor ficarmos em Montreux para jantar... está chovendo demais para voltarmos de carro — sugeriu David.

Pelo saguão do hotel distribuíam-se muitos grupos com um ar de espera profissional; o cheiro de café e de confeitaria francesa permeava a meia obscuridade; capas de chuva pingavam no vestíbulo.

— *Bonjour!* — gritou Bonnie de repente. — Você dançou muito bem, até melhor que em Paris.

Insinuante e bem-vestida, Arienne atravessou a sala. Virou-se como uma modelo, exibindo-se. Um leve embaraço cobriu o honesto espaço cinzento entre os seus olhos.

— Lamento estar tão *dégouttante* — disse pretensiosamente, sacudindo o casaco — neste velho modelo de Patou! Mas você cresceu tanto! — acariciou Bonnie com afetação. — E como está sua mãe?

— Ela também está dançando — disse Bonnie.

— Sei.

Arienne desembaraçou-se deles o mais rápido possível. Ela encenara o seu sucesso. Patou era a *couturière* favorita das estrelas de balé; só os andrajos mais finos eram feitos por Patou. Arienne tinha dito "Patou".

— Patou — disse ela, enfaticamente.

— Tenho de ir para o meu quarto, nossa *étoile* está me esperando. *Au 'voir, cher David! Au 'voir, ma petite Bonnie!*

As crianças estavam muito educadas ao redor da mesa e de certo modo não eram um anacronismo neste lugar noturno que tivera música antes da guerra. O vinho listrava a mesa com raios cor de topázio, a cerveja protestava contra a fria limitação das canecas de prata, as crianças riam excitadas sob a disciplina dos pais como água fervente sacudindo a tampa de uma caçarola.

— Eu quero o *hors d'oeuvre* — disse Bonnie.

— Ora, filha! É pesado demais à noite.

— Mas eu também quero! — choramingou o menino.

— Os mais velhos vão escolher para os mais moços — anunciou David — e eu vou lhes contar sobre Prometeu para que esqueçam que não vão ganhar o que querem. Prometeu foi acorrentado a uma imensa rocha e...

— Quer me passar a geleia de damasco? — interrompeu Genevra.

— Você quer ouvir sobre Prometeu ou não? — disse o pai de Bonnie com impaciência.

— Sim, senhor. Oh, sim, claro.

— Assim — recomeçou David —, ele se contorceu ali anos a fio...

— Isso está na minha *Mythologie* — disse Bonnie orgulhosamente.

— E então o que aconteceu? — perguntou o menino. — Depois de ele se contorcer?

— O que aconteceu? Bem... — David brilhava com a alegria de ser atraente, expondo as facetas de sua personalidade para as crianças como pilhas de camisas luxuosas a criados admiradores. — Você se lembra exatamente do que aconteceu? — perguntou sem graça a Bonnie.

— Não, esqueci há muito tempo.

— Se isso é tudo, quer me passar a compota por favor? — insistiu Genevra educadamente.

Ao voltarem para casa pela noite bruxuleante, a paisagem desfilava visões de vilas que piscavam e de jardins de chalés que obstruíam o caminho com altos caules de girassóis. As crianças, protegidas pela armadura brilhante do carro do pai de Bonnie, cochilavam encostadas nos assentos de feltro. A salvo, no carro resplandecente, elas andavam de: carro às suas ordens, carro-mistério, carro do rajá, carro da morte, o do primeiro prêmio, soprando o poder do dinheiro no ar de verão como um *seigneur* distribuindo dádivas. Onde o céu da noite refletia o lago, eles passavam como uma bolha se elevando através do compacto globo de mercúrio. Atravessavam as negras sombras impenetráveis que nublavam a estrada como vapores do laboratório de um alquimista, e corriam pelo brilho do topo descoberto da montanha.

— Não gostaria de ser um artista — disse o menino com sono. — Só se pudesse ser uma foca amestrada — especificou.

— Eu gostaria — disse Bonnie. — Eles vão estar jantando quando já estivermos dormindo.

— Mas nós já comemos — protestou Genevra com razão.

— Sim — concordou Bonnie —, mas é sempre bom estar jantando.

— Não quando você está de barriga cheia.

— Bem, de barriga cheia você nem pensaria se é bom ou não.

— Por que você discute tudo? — Genevra acomodou-se em fria retirada contra a janela.

— Porque você me interrompeu quando eu estava pensando no que seria bom.

— Vamos direto ao hotel — sugeriu David. — Vocês, crianças, parecem estar cansadas.

— Papai diz que conflito desenvolve o caráter — disse o menino mais velho.

— Eu acho que estraga a noite — disse David.

— Mamãe disse que arruína o ânimo — acrescentou Genevra.

Movendo-se pelos quartos do hotel sozinha com David, Bonnie aproximou-se do pai.

— Acho que deveria ter sido mais boazinha, não é?

— Sim. Um dia você vai compreender que as pessoas são ainda mais importantes que a digestão.

— Deveriam ter feito com que eu me *sentisse* boazinha, não acha? Eles eram as visitas.

— As crianças são sempre visitas — disse David. — As pessoas são como almanaques, Bonnie. Você nunca encontra a informação que procura, mas a leitura casual já compensa o esforço.

— Esses quartos são muito bonitos — ponderou Bonnie.

— O que é aquela coisa no banheiro onde a água esguicha como de uma mangueira?

— Já lhe disse mil vezes para não tocar nessas coisas. É uma espécie de extintor de incêndio.

— Eles acham que vai haver um incêndio no banheiro?

— Muito raramente.

— Claro — disse Bonnie —, seria muito ruim para as pessoas, mas seria divertido ver a confusão.

— Você está pronta para dormir? Quero que escreva à sua mãe.

— Sim, papai.

Bonnie sentou-se para escrever na sala quieta com as escuras janelas majestosas abrindo-se sobre a praça de sépias.

"Muito querida mamãe:

Como verá, estamos de volta à Suíça..." O quarto era muito grande e silencioso.

"... é muito interessante ver os suíços! O homem do hotel chamou papai de príncipe."

As cortinas ondulavam suavemente com a brisa, depois ficavam paradas.

"... *Figurez-vous*, *Mamman*, isso me tornaria uma princesa. Imagine só alguém pensar uma coisa tão tola..."

Havia um número razoável de lâmpadas, mesmo para um quarto grande e *chic* como aquele.

"… Mademoiselle Arienne estava com um vestido de Patou. Ela ficou contente com seu sucesso…"

Tinham até se lembrado de colocar flores para tornar o quarto mais bonito no hotel de seu pai.

"… se eu fosse uma princesa, faria sempre todas as minhas vontades. Traria você para a Suíça…"

As almofadas eram duras, mas muito bonitas com as borlas douradas caindo pelos pés das cadeiras.

"… eu vivia feliz quando você estava em casa…"

As sombras pareciam se mover. Só bebês tinham medo de sombras ou de coisas se mexendo à noite.

"… não tenho muitas experiências para relatar. Estou me tornando tão mimada quanto possível…"

Não havia nada escondido nas sombras. Só pareciam mover-se dessa maneira. Era a porta se abrindo?

— Oh… oh… oh — gritou Bonnie aterrorizada.

— Psiu… psiu… psiu — David tranquilizou a criança, prometendo amor e segurança à filha.

— Eu assustei você?

— Não… foram as sombras. Às vezes sou tola quando fico sozinha.

— Compreendo — ele acalmou a criança. — Isso também acontece com os adultos, com muita frequência.

As luzes do hotel caíam sonolentas sobre o parque à sua frente; um ar de espera cobria as ruas como uma bandeira caindo ao redor do mastro sem nenhuma brisa.

— Papai, quero dormir de luz acesa.

— Que ideia! Não precisa ficar com medo… Você tem a mim e a mamãe.

— Mamãe está em Nápoles — disse Bonnie — e, assim que eu dormir, você vai sair com toda a certeza!

— Está bem então, mas é um absurdo!

Algumas horas mais tarde, quando David entrou nas pontas dos pés, encontrou o quarto de Bonnie no escuro. Os olhos estavam apertados demais para ela estar dormindo. Ela arrumara uma pequena fenda na porta que dava para a sala de estar como uma solução conciliatória.

— O que não está deixando você dormir?

— Estava pensando — murmurou Bonnie. — É melhor aqui que com o sucesso de mamãe na Itália.

— Mas eu tenho sucesso — disse David. — Só que ele aconteceu antes de você nascer, por isso parece a ordem natural das coisas!

Insetos reverberavam nas árvores ao lado do quarto silencioso.

— Foi assim tão ruim em Nápoles? — ele prosseguiu.

— Bem — hesitou Bonnie —, não sei como foi para mamãe, é claro...

— Ela não falou nada sobre mim?

— Sim... deixe-me ver... não sei o que mamãe disse, papai. Ela só falou que o conselho que tinha para me dar era que eu não devia tentar dirigir a vida sentada no banco de trás.

— Você compreendeu?

— Oh, não — suspirou Bonnie agradecida e satisfeita.

O verão tremulou de Lausanne a Genebra, enfeitando o lago como a borda delicada de um prato de porcelana; os campos amarelavam com o calor; as montanhas diante de suas janelas não tinham mais detalhes nem mesmo no mais claro dos dias.

Bonnie brincava num isolamento profético, observando as montanhas Juras introduzirem suas sombras negras entre os juncos na beira d'água. Pássaros brancos voando em acentos circunflexos invertidos enfatizavam a sugestão sem cor de um infinito limitado.

— A pequenininha dormiu bem? — perguntavam as pessoas que, recuperando-se de longas doenças, pintavam paisagens no jardim.

— Sim — respondeu Bonnie educadamente —, mas não devem me distrair... Sou a sentinela que avisa quando o inimigo se aproxima.

— Então posso ser rei do Castelo? — gritou David da janela. — E cortar a sua cabeça se cometer um erro?

— Você é um prisioneiro — disse Bonnie —, e eu arranquei sua língua, por isso não pode se queixar... Mas sou boa para você mesmo assim — condescendeu —, por isso não precisa ficar triste, papai... a menos que queira! Mas, é claro, talvez fosse *melhor* sentir-se infeliz!

— Está bem — disse David —, sou uma das pessoas mais infelizes do mundo! A lavanderia desbotou minha camisa rosa e acabo de ser convidado para um casamento.

— Não permito que saia para fazer visitas — disse Bonnie severamente.

— Bem, então a minha infelicidade diminui pela metade.

— Não deixo mais você brincar, se faz assim. Você devia estar triste e com saudades de sua mulher.

— Olhe! Eu me desfaço em lágrimas! — David cobriu-se com a cortina imitando um boneco por cima dos trajes de banho molhados que secavam no peitoril da janela.

O garoto de recados que trazia o telegrama pareceu um tanto surpreso por encontrar Monsieur le Prince Américain numa posição tão inusitada. David rasgou o envelope.

— "Papai sofreu ataque" — ele leu. — "Recuperação duvidosa. Venham sem demora. Tente poupar Alabama do choque. Com toda a afeição. Millie Beggs."

David olhou em transe para as borboletas brancas que esvoaçavam embaixo de uma árvore de galhos retorcidos que to-

258

cavam o chão impassivelmente. Observou suas emoções escorregarem pelo presente como uma carta atirada num conduto de vidro; o telegrama abria uma incisão nas suas vidas de modo tão decisivo como a lâmina cadente da guilhotina. Agarrando um lápis, ele começou a escrever um telegrama para Alabama, depois decidiu telefonar, mas lembrou-se de que a Ópera fechava à tarde. Mandou o telegrama para a pensão.

— Qual é o problema, papai, não vai mais brincar?

— Não, querida. É melhor você entrar, Bonnie.

— O que aconteceu?

— Seu avô está morrendo, por isso temos de voltar para os Estados Unidos. Vou mandar buscar mademoiselle para ficar com você. Mamãe provavelmente irá direto a Paris para encontrar-se comigo... a não ser que eu parta da Itália.

— Eu não faria isso — aconselhou Bonnie. — Eu partiria da França.

Eles esperaram ansiosos por notícias de Nápoles.

A resposta de Alabama chegou como uma estrela cadente, uma fria massa de chumbo dos céus. Embora escrita em um italiano volúvel e histérico, David decifrou finalmente a mensagem.

"Madame está doente no hospital há dois dias. Você deve vir para salvá-la. Não há ninguém que cuide dela, mas ela se recusa a nos dar seu endereço, ainda esperando poder ficar boa sozinha. Não tem com quem contar, só com você e Jesus."

— Bonnie — gemeu David —, onde coloquei este maldito endereço de mademoiselle?

— Não sei, papai.

— Então você vai ter que arrumar a mala sozinha... e rápido.

— Oh, papai — chorou Bonnie. — Mal cheguei de Nápoles. Não quero ir!

— Sua mãe precisa de nós — foi tudo o que David disse. Eles pegaram o expresso da meia-noite.

O hospital italiano lembrava um pouco a Inquisição. Eles tiveram de esperar do lado de fora com a proprietária da pensão de Alabama e Mme. Sirgeva até que as portas se abrissem às duas horas.

— Uma promessa tão grande — lamentava madame. — Ela teria se tornado provavelmente uma grande dançarina com o tempo...

— E Santos Anjos, tão jovem! — murmurava a italiana.

— Só que, é claro, não havia mais tempo — acrescentou Sirgeva com tristeza. — Ela era velha demais.

— E sempre sozinha, que Deus me ajude, signor — suspirou a italiana com reverência.

As ruas circundavam pequenos gramados como cálculos geométricos, uns diagramas explicativos meio apagados de algum doutor erudito sobre uma lousa. Uma faxineira abriu as portas.

David não se incomodava com o cheiro de éter. Dois médicos conversavam na antessala sobre escores de golfe. Eram os uniformes que tornavam o hospital semelhante à Inquisição, e o cheiro de sabão antisséptico.

David sentia muita pena de Bonnie.

David não acreditava que o interno inglês tivesse atingido o buraco com uma só tacada.

Os médicos lhe contaram sobre a infecção causada pela cola no interior do sapato de ponta — tinha penetrado numa bolha. Usavam a palavra "incisão" muitas vezes, como se estivessem dizendo uma "Ave Maria".

— Uma questão de tempo — repetiam, um depois do outro.

— Se ela tivesse ao menos desinfetado — disse Sirgeva. — Vou ficar com Bonnie enquanto você entra.

No desespero definitivo do quarto, David fitou o teto.

— Não há nada com o meu pé — gritava Alabama. — É o meu estômago! Estão me matando!

Por que o doutor habitava um outro mundo diferente do dela? Por que não escutava o que ela dizia, em vez de ficar de pé falando sobre sacos de gelo?

— Vamos ver — dizia o médico, olhando para fora da janela, impassível.

— Quero beber água! *Por favor* me dê um pouco de água!

A enfermeira continuava a arrumar metodicamente os curativos sobre a mesa de rodas.

— *Non c'è acqua* — sussurrou.

Ela não precisava ser tão confidencial a respeito.

As paredes do hospital se abriam e fechavam. O quarto de Alabama tinha um cheiro muito forte. O seu pé ficava para fora da cama imerso num fluido amarelo que se tornava branco depois de certo tempo. Ela sentia uma terrível dor nas costas. Era como se tivesse sido golpeada com vigas pesadas.

— Quero tomar suco de laranja — imaginou que dizia. Não, era Bonnie que tinha dito isso. David vai me trazer sorvete de chocolate e eu vou vomitar; tem cheiro de lanchonete, depois de vomitado, pensou. Havia tubos de vidro no seu tornozelo que pareciam hastes, como no penteado de uma imperatriz chinesa — estavam fazendo uma permanente no seu pé, pensou.

As paredes do quarto deslizavam por ela silenciosas, caindo uma sobre a outra como as folhas de um álbum pesado. Tinham todas as nuances de cinza, rosa e lilás. Não faziam barulho ao cair.

Vieram dois médicos e conversaram. O que Salonica tinha a ver com o seu pé?

— Quero um travesseiro — disse sem força. — Alguma coisa quebrou meu pescoço!

Os médicos paravam impessoalmente perto da extremidade da cama. As janelas se abriam como ofuscantes cavernas brancas, aberturas para os funis brancos colocados sobre a cama como tendas. Era muito fácil respirar dentro daquela tenda radiante —, ela não sentia o corpo, o ar era tão leve.

— Hoje de tarde, portanto, às três — disse um dos homens e saiu. O outro continuou a falar consigo mesmo.

"Não posso operar", imaginou que ele dizia, "porque tenho que ficar aqui e contar as borboletas brancas."

"E assim a garota foi violentada por um copo de leite", ele disse, "… ou, não, acho que foi o jorro de uma ducha que fez o estrago!", falou em triunfo.

Ele ria diabolicamente. Como podia rir tanto de Pulcinella? Logo ele, magro como um palito de fósforo e alto como a Torre Eiffel! A enfermeira ria com outra enfermeira.

"Não é *Pulcinella*", Alabama imaginou que dizia para a enfermeira. "É *Apollon-Musagète*."

"Você não saberia a diferença. Como pude imaginar que compreendesse isso?", gritou com desprezo.

De forma bem expressiva, as enfermeiras riram juntas e saíram do quarto. As paredes começaram de novo. Ela decidiu ficar deitada e frustrar as paredes, se essas pensavam que podiam comprimi-la entre suas páginas como um botão de um buquê de noiva. Durante semanas Alabama permaneceu ali deitada. O cheiro do material na bacia irritava sua garganta, e ela cuspia muco vermelho.

Durante aquelas sofridas semanas, David chorava enquanto caminhava pelas ruas, e chorava à noite, e a vida parecia sem sentido e acabada. Então ele se desesperou, e assassinato e violência se apoderaram de seu coração até não lhe restar mais nenhuma energia.

Duas vezes por dia ele ia ao hospital e escutava os médicos falarem de envenenamento do sangue.

Por fim, permitiram que David a visse. Ele enterrou a cabeça nas roupas de cama, passou os braços sob o corpo quebrado

262

e chorou como um bebê. As pernas dela estavam levantadas, presas por roldanas de correr semelhantes à parafernália de um dentista. Os pesos doíam e forçavam a nuca e as costas como um suplício medieval.

Soluçando sem parar, David a manteve junto de si. Ele parecia ser de um mundo diferente para Alabama; seu ritmo era diferente dos ritmos estéreis e fracos do hospital. Parecia de certa maneira exuberante e insensível, como um trabalhador impetuoso. Alabama tinha a sensação de que mal o conhecia.

Ele mantinha os olhos persistentemente colados no seu rosto. Mal ousava olhar para a ponta da cama.

— Querida, não é nada — disse com suavidade afetada. — Você logo ficará boa.

Por alguma razão ela não ficou tranquilizada. Ele parecia estar evitando falar de alguma coisa. As cartas da mãe não se referiam ao seu pé, e não traziam Bonnie para o hospital.

"Devo estar muito magra", pensou. A comadre cortava a sua espinha, e as mãos pareciam garras de pássaro. Prendiam-se no ar como em um poleiro, enganchando o firmamento como se este fosse o seu direito a um descanso para os pés. As mãos eram longas, frágeis e azuis ao redor dos nós dos dedos, como uma ave sem penas.

Às vezes o pé doía tanto que ela fechava os olhos e saía flutuando sobre as ondas da tarde. Ia invariavelmente ao mesmo lugar de delírio. Lá havia um lago, tão claro que ela não distinguia o fundo da superfície, e uma ilha pontuda aparecia pesada sobre as águas como um raio abandonado. Choupos fálicos, explosões de gerânios rosa e uma floresta de troncos brancos cuja folhagem fluía do céu cobriam a terra. Ervas obscuras oscilavam na corrente; hastes púrpura com folhas carnudas e animalescas, longas hastes tentaculares sem folha alguma, bolas de iodo que zuniam e as curiosas formações químicas das águas paradas. Corvos crocitavam de uma névoa sombria a outra. A palavra "doente" se apagava no ar venenoso, movia-se irrequieta e claudicante pelo espaço entre os cumes do lugar e parava na estrada branca que cortava a ilha ao meio. "Doente" se virava e se contorcia pela faixa estreita da estrada como um porco assando no espeto, e acordava Alabama querendo lhe arrancar os olhos com as pontas de suas letras.

Às vezes ela fechava os olhos, e sua mãe lhe trazia limonada fresca, mas isso só acontecia quando não tinha dor.

David vinha sempre que algo de novo ocorria, como um pai supervisionando uma criança que está aprendendo a andar.

— E assim... você tem de ficar sabendo algum dia, Alabama — disse por fim. O fundo de seu estômago desapareceu. Ela podia sentir as coisas caindo pelo buraco.

— Há muito tempo que sei — disse com calma doentia.

— Pobre querida... você ainda tem o seu pé. Não é *isso* — disse compassivo. — Mas nunca mais poderá dançar. Você vai se importar muito?

— Terei de usar muletas? — perguntou.

— Não... nada. Os tendões estão cortados e eles tiveram de desobstruir uma artéria, mas você poderá caminhar mancando um pouco. Procure não ligar.

— Oh, meu corpo! — disse ela. — E todo esse trabalho por nada!

— Pobrezinha, minha querida... mas isso nos uniu de novo. Nós temos um ao outro, querida.

— Sim... o que sobrou de nós — ela soluçou.

Ela ficou ali deitada, pensando que sempre pretendera tomar o que quisesse da vida. Bem, isso ela não tinha desejado. Era uma pedra que necessitaria de uma boa quantidade de sal e pimenta.

Sua mãe também não desejou que o filho morresse, supôs,

e certamente houve ocasiões em que seu pai não quis nenhum deles se arrastando ao redor de suas pernas e enfraquecendo sua alma.

Seu pai! Ela esperava que pudessem chegar em casa enquanto ele ainda estivesse vivo. Sem o pai o mundo ficaria sem seu último recurso.

— Mas — lembrou-se com um repentino choque de sobriedade — serei eu o último recurso quando meu pai morrer.

III

Os David Knight saíram da antiga estação de tijolos. A cidade sulista dormia silenciosa na larga paleta dos campos de algodão. A intensa quietude amortecia os ouvidos de Alabama, como se ela tivesse entrado num vácuo. Negros, letárgicos e imóveis, dispunham-se sobre os degraus da estação como efígies para algum exausto deus da criação. A praça larga, mascarada por sombras de veludo, se afogava na calmaria do Sul, estendida como um mata-borrão macio sob o homem e sua herança.

— Então é aqui que vamos descobrir uma bela casa para morar? — perguntou Bonnie.

— *Que c'est drôle!* — exclamou mademoiselle. — Tantos negros! Eles têm missionários para lhes ensinar?

— Ensinar o quê? — perguntou Alabama.

— Ora… religião.

— A sua religião é muito satisfatória, eles cantam bastante.

— Isso é bom. São muito simpáticos.

— Eles vão mexer comigo? — perguntou Bonnie.

— Claro que não. Você está mais segura aqui do que jamais esteve na sua vida. Este é o lugar onde sua mãe foi criança.

— Fui a um batismo de negros naquele rio às cinco horas

da manhã num 4 de julho. Estavam vestidos com mantos brancos, e o sol vermelho caía obliquamente sobre a beira lamacenta da água. Senti um grande arrebatamento e quis entrar para a igreja deles.

— Gostaria de ver esse batismo.

— Talvez um dia.

Joan estava esperando no pequeno Ford marrom.

Alabama sentiu-se de novo como uma menina ao ver a irmã depois de tantos anos. A velha cidade em que o pai passara uma parte tão grande de sua vida trabalhando se estendia diante dela protetoramente. Era bom ser estrangeiro num país quando alguém se sentia agressivo e querendo coisas, mas, quando se começava a tecer os horizontes para formar alguma espécie de abrigo, era agradável saber que mãos amadas tinham ajudado a fiá-los — dava a sensação de que os fios custariam mais a se soltar.

— Estou muito contente por você ter chegado — disse Joan com tristeza.

— Vovô está muito doente? — perguntou Bonnie.

— Sim, querida. Sempre achei Bonnie uma criança tão meiga.

— Como estão seus filhos, Joan? — Joan não mudara muito. Era convencional, mais parecida com a mãe.

— Ótimos. Não os trouxe. Tudo isso é muito deprimente para crianças.

— Sim. Acho melhor deixar Bonnie no hotel. Ela pode ir até lá amanhã.

— Deixe que vá só para dizer "alô". Mamãe gosta tanto dela — virou-se para David. — Ela sempre gostou mais de Alabama que do resto de nós.

— Besteira! Porque sou a caçula.

O carro correu por ruas familiares. A suave noite inconsequente, o perfume da terra transpirando gentilmente, os grilos na grama, as árvores pesadas conspirando sobre os pavimentos quentes embalavam o medo absoluto no coração de Alabama, transformando-o numa sensação de impotência.

— Não há *nada* que possamos fazer? — perguntou.

— Já fizemos tudo. Não há cura para a velhice.

— Como está mamãe?

— Corajosa como sempre... mas estou contente por você ter chegado.

O carro parou diante da casa silenciosa. Quantas noites ela não estacionara naquele caminho, exatamente daquela maneira, para não acordar o pai com o rangido dos freios depois das danças? O doce perfume dos jardins adormecidos estava no ar. Uma brisa vinda do golfo fazia soar tristemente as nogueiras-pecãs, movendo-as de um lado para o outro. Nada mudara. As janelas amistosas brilhavam na justa bênção do espírito de seu pai, a porta se abria segundo a justa decência de sua vontade. Trinta anos ele vivera naquela casa, observando os junquilhos dispersos florescerem, vendo as ipomeias se enrugarem à luz do sol da manhã, tirando a praga de suas rosas e admirando as samambaias de Millie.

— Não são bonitas? — dizia. Compassada, marcada apenas pela ausência de acentuação, sua dicção equilibrada oscilava segundo a aristocracia de seu espírito.

Certa vez ele pegou uma mariposa vermelha nas trepadeiras e espetou-a sobre o consolo de sua lareira num calendário.

— É um bom lugar para ela — disse, esticando as asas frágeis sobre um mapa das estradas de ferro do Sul. O juiz tinha senso de humor.

Homem infalível! Como suas filhas se deliciavam quando algo saía errado — a operação malograda no papo de uma galinha com o canivete do juiz e uma agulha da cesta de costura de Millie, um copo de chá gelado derrubado na mesa de jantar de domingo, uma mancha de molho de peru na toalha limpa do

Dia de Ação de Graças. Essas coisas tinham tornado a engrenagem cerebral daquele honesto homem mais tangível.

O medo passageiro de uma emoção não classificada apoderou-se de Alabama, uma esmagadora sensação de perda. Ela e David subiram a escada. Como estas lajes de cimento que sustentavam as samambaias pareciam altas quando ela era criança, a pular de uma para outra — e lá estava o lugar onde se sentara com alguém que lhe contou tudo sobre Papai Noel, enquanto ela odiava o informante e odiava também os pais pelo fato de o mito não ser verdade e ainda assim existir, gritando "Mas eu vou acreditar...". E lá estava a grama de Bermuda entre os tijolos quentes que tinha feito cócegas nas suas pernas nuas, e o galho de árvore em que o pai a proibira de se balançar. Parecia incrível que o galho fino pudesse ter suportado seu peso.

— Você não deve maltratar as coisas — ele repreendera.

— Mas não vai machucar a árvore.

— Na minha opinião, vai. Se você quer ter coisas, precisa cuidar delas.

Ele que tivera tão poucas coisas! Uma gravura com o retrato do pai, uma miniatura de Millie, três castanhas-da-índia que trouxera de umas férias em Tennessee, um par de abotoaduras de ouro, uma apólice de seguro e umas meias de verão — era tudo o que Alabama lembrava de ter visto na gaveta de cima de sua escrivaninha.

— Alô, querida! — a mãe a beijou tremendo. — E minha querida! Deixe-me dar um beijo na sua cabeça — Bonnie agarrou-se à avó.

— Podemos ver o vovô, vovó?

— Você vai ficar triste de vê-lo, querida.

O rosto da velha senhora estava branco e reticente. Movia-se lentamente de um lado para o outro no velho balanço, embalando com gentis condolências as perdas espirituais.

— Oh... o... o... o... Millie — a voz do juiz chamou fracamente.

O cansado doutor apareceu na varanda.

— Prima Millie, acho que, se as filhas quiserem ver o pai, ele está consciente agora — virou-se com bondade para Alabama. — Estou contente por você ter chegado — falou.

Tremendo, ela seguiu as suas costas magras e protetoras e entrou no quarto. Seu pai! Seu pai! Como estava fraco e pálido! Sentia vontade de gritar por não ser capaz de frustrar a inútil e inevitável devastação.

Sentou-se em silêncio na cama. O seu pai tão bonito!

— Alô, pequena — o olhar errou pelo rosto dela. — Você vai ficar aqui por uns tempos?

— Sim, é um bom lugar.

— Sempre fui dessa opinião.

Os olhos cansados se voltaram para a porta. Bonnie esperava, assustada, no corredor.

— Quero ver a pequena — um doce sorriso tolerante iluminou o rosto do juiz. Bonnie aproximou-se da cama timidamente.

— Alô, pequena. Você é um passarinho — o homem sorriu. — E é tão bonita quanto dois passarinhos.

— Quando vai ficar bom, vovô?

— Em breve. Estou muito cansado. Vejo você amanhã — afastou a criança com um movimento de mão.

Sozinha com o pai, o coração de Alabama se encolheu. Magro e pequeno agora que estava doente, parecia impossível que ele tivesse passado por tanta coisa na vida. Não fora fácil para ele prover o sustento de todos. A nobre perfeição da vida que definhava na cama à sua frente fez com que prometesse a si mesma a realização de muitos propósitos.

— Oh, meu pai, há tantas coisas que gostaria de lhe perguntar.

269

— Pequena — o velho acariciou sua mão. Os pulsos eram que nem de passarinho. Como é que ele alimentara a todos?

— Até agora sempre achei que você não saberia a resposta. Ela alisou o cabelo cinza, um cinza até de confederado.

— Tenho que dormir, pequena.

— Dormir — disse ela —, dormir.

Ficou ali sentada por um bom tempo. Odiava o modo como a enfermeira se movia pelo quarto, como se o pai fosse uma criança. Seu pai sabia tudo. O coração de Alabama soluçava, soluçava.

O velho abriu os olhos orgulhosamente, como era seu costume.

— Você falou que queria me perguntar alguma coisa?

— Achei que você poderia me dizer se os corpos nos são dados para servir de contrairritante à alma. Achei que você saberia por que os corpos falham e entram em colapso, quando deveriam receber uma folga de nossas mentes torturadas. E por que, quando sofremos tormentos em nossos corpos, a alma abandona nosso refúgio?

O velho permaneceu em silêncio.

— Por que passamos anos gastando os corpos para alimentar as mentes com experiência, para no final descobrir as mentes se voltando para os corpos exaustos em busca de consolo? Por quê, papai?

— Pergunte-me alguma coisa fácil — respondeu o velho com sua voz muito fraca e distante.

— O juiz deve dormir — disse a enfermeira.

— Estou indo.

Alabama parou no corredor. Aquela era a luz que o pai apagava antes de ir para a cama; lá estava o cabide com o seu chapéu dependurado.

Quando o homem não é mais o guardião de suas vaidades

e convicções, não é absolutamente nada, pensou. Nada! Não há nada em cima daquela cama — mas é o meu pai, e eu o amei. Sem o seu desejo, eu nunca teria existido, ela pensou. Talvez sejamos todos apenas agentes num estágio muito experimental do livre-arbítrio orgânico. É impossível que eu seja o objetivo da vida de meu pai — mas é possível que aquilo que aprecio no seu espírito tão fino seja o propósito da minha vida.

Ela foi procurar a mãe.

— O juiz Beggs dizia ontem — falava Millie para as sombras — que gostaria de dar um passeio no seu carro para ver as pessoas nas varandas da frente de suas casas. Ele tentou aprender a dirigir durante todo o verão, mas estava velho demais. "Millie", dizia, "diga a este anjo de cabelos grisalhos para me vestir. Quero sair." Ele chama a enfermeira de anjo de cabelos grisalhos. Sempre teve um humor muito sarcástico. Ele gostava do carro.

Como a boa mãe que sempre fora, ela continuava a falar — como se pudesse ensinar Austin a viver de novo lembrando todas essas coisas. Como uma mãe falando de um filho bem pequeno, contou a Alabama sobre o juiz doente, sobre o seu pai.

— Ele disse que queria encomendar umas camisas novas da Filadélfia. Disse que gostaria de bacon no café da manhã.

— Ele deu a mamãe um cheque de mil dólares para o enterro — acrescentou Joan.

— Sim — a sra. Millie riu como se de uma brincadeira caprichosa de criança. — Depois disse: "Mas eu o quero de volta, se não morrer".

— Oh, minha pobre mãe — pensou Alabama. — E, durante todo esse tempo, ele vai morrer. Mamãe sabe, mas não consegue dizer para si mesma "Ele vai morrer". Nem eu.

Millie cuidara dele por tanto tempo, o marido estando doente ou bem de saúde. Cuidara dele quando era um jovem no escritório de advocacia e os outros funcionários da mesma idade já o chamavam de "sr. Beggs", quando era um homem de meia-idade consumido pela pobreza e cuidados, quando era velho e tinha mais tempo para ser bondoso.

— Minha pobre mãe — disse Alabama. — Você deu a sua vida por papai.

— Meu pai disse que podíamos nos casar — respondeu a mãe —, quando descobriu que o tio de seu pai esteve durante trinta e dois anos no Senado dos Estados Unidos e que o irmão de seu pai foi um general confederado. Ele foi ao escritório de meu pai pedir a minha mão. O *meu* pai esteve durante dezoito anos no Senado e no congresso dos confederados.

Alabama viu a mãe à luz do que ela realmente era, parte de uma tradição masculina. Millie não parecia ter consciência de sua própria vida, de que não lhe restaria nada quando o marido morresse. Ele era o pai de seus filhos, que eram mulheres e que a tinham abandonado pelas famílias de outros homens.

— Meu pai era um homem altivo — disse Millie com orgulho. — Eu o amava muito quando era menina. Nós éramos vinte, e só duas mulheres.

— Onde estão seus irmãos? — perguntou David curioso.

— Mortos e desaparecidos há muito tempo.

— Eles eram só meio-irmãos — disse Joan.

— Aquele que esteve aqui na primavera é meu irmão de pai e de mãe. Foi embora e disse que escreveria, mas nunca escreveu.

— O irmão de mamãe era muito querido — disse Joan. — Tinha uma farmácia em Chicago.

— Seu pai foi muito gentil com ele, levou-o para passear de carro.

— Por que você não lhe escreveu, mamãe?

— Não me lembrei de pegar seu endereço. Quando vim morar com a família de seu pai, tinha tanto o que fazer que não ficava sabendo da minha.

Bonnie dormia no banco duro da varanda. Quando Alabama adormecia desse modo em pequena, o pai a carregava nos braços para a cama no andar superior. David levantou a criança adormecida.

— Temos que ir — falou.

— Papai — sussurrou Bonnie, aninhando-se embaixo das lapelas do seu casaco. — Meu papai.

— Você volta amanhã?

— Bem cedo de manhã — respondeu Alabama. O cabelo branco da mãe formava uma coroa ao redor da cabeça como o de uma santa florentina. Ela abraçou a mãe. Oh, ela se lembrava da sensação de estar bem perto da mãe!

Todos os dias Alabama ia à velha casa, tão limpa e brilhante por dentro. Levava para o pai coisinhas especiais para comer e flores. Ele gostava de flores amarelas.

— Nós sempre colhíamos violetas amarelas no mato quando éramos jovens — dizia a mãe.

Os médicos chegavam e sacudiam as cabeças, e tanta gente aparecia que ninguém jamais recebeu tal profusão de bolos e flores de um número tão grande de amigos. Criados antigos vinham perguntar como estava o juiz, o leiteiro deixava meio litro de leite extra, pago do próprio bolso, para mostrar que lamentava a doença, e os colegas do juiz surgiam com rostos tristes e nobres como as cabeças nos selos do correio e nos camafeus. O juiz, na cama, se preocupava com dinheiro.

— Não vamos poder pagar esta doença — repetia. — Tenho que me levantar. Isso está custando dinheiro.

As filhas discutiram o problema. Dividiriam as despesas. O juiz não teria permitido que aceitassem o seu salário do Estado, se soubesse que não ia ficar bom. Todas tinham recursos para ajudar.

Alabama e David alugaram uma casa a fim de ficarem perto dos pais. Era maior que a casa do juiz, no meio de um jardim

273

de rosas e de uma cerca viva de alfena, com íris plantada para desfrutar a primavera e muitos arbustos e moitas embaixo das janelas.

Alabama tentou convencer a mãe a dar um passeio de carro. Há meses que ela não saía de casa.

— Não posso ir — disse Millie. — Seu pai pode me chamar enquanto eu estiver fora. — Ela estava sempre à espera de algumas últimas palavras iluminadoras do juiz, sentindo que ele deveria ter alguma coisa para lhe dizer antes de deixá-la sozinha.

— Então só meia hora — concordou finalmente Millie.

Alabama passou com a mãe pela frente do Capitólio, onde seu pai passara tantos anos de vida. Os funcionários lhes enviavam rosas do canteiro embaixo da janela de seu escritório. Alabama se perguntava se os livros do pai não estariam cobertos de poeira. Talvez ele tivesse deixado uma última mensagem ali, numa das gavetas.

— Como é que você conheceu papai?

— Ele queria se casar comigo. Eu tinha muitos namorados.

A velha senhora olhou para a filha como se esperasse um protesto. Ela era mais bonita que as filhas. Havia muita integridade no seu rosto. Certamente tivera muitos namorados.

— Um deles queria me dar um macaco. Disse à minha mãe que todos os macacos tinham tuberculose. Minha avó olhou para ele e falou: "Mas você me parece bem saudável". Ela era francesa, uma mulher muito bonita. Um jovem me mandou um filhote de porco da sua fazenda, e outro rapaz me enviou um coiote do Novo México. Um deles bebia, e outro casou com a prima Lil.

— Onde estão todos agora?

— Mortos e desaparecidos há muitos anos. Não os reconheceria se os visse. As árvores não são bonitas?

Passaram pela casa em que a mãe e o pai tinham se conhecido.

— Num baile de Ano-Novo — contou a mãe. — Ele era o homem mais bonito da festa, e eu estava visitando sua prima Mary.

Prima Mary era velha, e os olhos vermelhos ficavam sempre cheios de lágrimas atrás dos óculos. Pouco restava dela, mas dera um baile de Ano-Novo.

Alabama nunca imaginara o pai dançando.

Quando ela o viu no caixão afinal, o seu rosto estava tão jovem, bonito e alegre que o primeiro pensamento de Alabama foi para aquele baile de Ano-Novo de tantos anos antes.

"A morte é a única elegância verdadeira", disse para si mesma. Ficara com medo de olhar, com receio das descobertas que poderia fazer no rosto gasto, sem vida. Mas não havia o que temer, só beleza plástica e imobilidade.

Não encontraram nada entre os papéis no seu escritório vazio, nada na caixa com os prêmios do seguro a não ser uma pequena bolsa mofada com três moedas embrulhadas num jornal antigo.

— Devem ser as primeiras moedas que ele ganhou.

— A mãe lhe pagou para arrumar o pátio da frente — disseram.

Não havia nada entre as suas roupas, nem escondido atrás dos livros.

— Ele deve ter se esquecido de deixar a mensagem — disse Alabama.

O Estado mandou uma coroa para o enterro e o Tribunal, outra coroa de flores. Alabama sentia orgulho do pai.

Pobre Millie! Ela prendeu um véu de luto sobre o chapéu de palha preta do ano anterior. Comprara aquele chapéu para passear pelas montanhas com o juiz.

Joan reclamou do preto.

— Não tenho como arrumar roupas pretas — falou.

Por isso não puseram luto.

Não houve música. O juiz nunca gostara de canções, exceto a de "Old Grimes" sem melodia que cantava para as filhas. Leram "Lead Kindly Light", Conduz, ó Luz Bondosa, no enterro.

O juiz ficou adormecido na encosta da colina sob as nogueiras e o carvalho. De seu túmulo podia-se ver a cúpula do Capitólio obstruindo o pôr do sol. As flores murcharam e as filhas plantaram jasmins e jacintos. Havia paz no velho cemitério. Ali cresciam flores silvestres e roseiras tão velhas que as flores tinham perdido a cor com os anos. Murtas e cedros-do-líbano deixavam cair barbas-de-pau sobre as lajes; cruzes enferrujadas de confederados desapareciam sob clematites e a grama queimada. Emaranhados de narcisos e flores brancas se perdiam sobre os bancos pintados e as trepadeiras subiam pelas paredes em ruínas. No túmulo do juiz estava dito:

AUSTIN BEGGS

ABRIL, 1857

NOVEMBRO, 1931

Mas o que o pai dissera? Sozinha na encosta da colina, Alabama tinha os olhos fixos no horizonte tentando escutar de novo aquela voz abstrata e compassada. Não conseguia se lembrar de ele ter dito alguma coisa. As últimas palavras que pronunciou foram:

— Esta doença está custando dinheiro — e quando a mente estava divagando: — Bem, filho, eu também nunca consegui ganhar dinheiro. E ele dissera que Bonnie era tão bonita quanto dois passarinhos, mas o que falara para ela em pequena? Não se lembrava. Não havia nada no céu encarneirado a não ser uma fria chuva de primavera.

Certa vez ele tinha dito:

— Se você quer fazer as suas vontades, tem de ser uma deusa. — Isso foi quando ela quisera impor a sua vontade às coisas ao redor. Não era fácil ser uma deusa fora do Olimpo.

Alabama correu dos primeiros pingos do chuvisco amargo.

— Ficamos certamente responsáveis por todas as coisas manifestas nos outros de que partilhamos em segredo — disse ela.

— Meu pai me legou muitas dúvidas.

Ofegante, engrenou o carro e deslizou pela já escorregadia estrada de barro vermelho. À noite sentia saudades do pai.

— Todo mundo é capaz de lhe dar a confiança que você solicita — disse a David —, mas são poucos os que lhe dão algo mais que acreditar, alguma coisa além da convicção que você já tem. Apenas não o desapontam, só isso. É tão difícil encontrar uma pessoa que aceita mais responsabilidades do que as que você pede.

— Tão fácil ser amado... tão difícil amar — respondeu David.

Dixie veio depois de um mês já se ter passado.

— Agora tenho bastante lugar para quem quiser ficar aqui comigo — disse Millie com tristeza.

As filhas passavam bastante tempo com a mãe, tentando distraí-la.

— Alabama, por favor, leve o gerânio vermelho para a sua casa — insistia a mãe. — Não tem mais por que ficar aqui.

Joan pegou a antiga escrivaninha, encaixotou-a e a despachou.

— Tome cuidado para não deixar que eles consertem o canto que foi atingido pelo projétil ianque que caiu no telhado de meu pai. Isso lhe tiraria o valor.

Dixie pediu a poncheira de prata e a mandou para a sua casa em Nova York.

— Cuide para não deformá-la — disse Millie. — É feita à

mão com dólares de prata que os escravos economizaram para dar a seu avô depois que foram libertos. Vocês, crianças, podem pegar o que quiserem.

Alabama queria os retratos, Dixie levou a velha cama onde ela, a sua mãe e o filho de Dixie tinham nascido.

A sra. Millie buscava consolo no passado.

— A casa de meu pai era quadrada com corredores que se cruzavam — dizia. — Havia lilases ao redor das janelas duplas da sala e um pomar de macieiras mais ao longe, perto do rio. Quando meu pai morreu, levei vocês, crianças, para o pomar a fim de afastá-las da tristeza. Minha mãe era sempre muito gentil, mas nunca mais foi a mesma depois daquele dia.

— Eu gostaria de ficar com este antigo daguerreótipo, mamãe — disse Alabama. — Quem é?

— Minha mãe e minha irmã pequena. Ela morreu numa prisão federal durante a guerra. Meu pai foi considerado traidor. Kentucky não se separou da federação. Eles queriam enforcá-lo por não apoiar os Estados Unidos.

Millie finalmente concordou em mudar-se para uma casa menor. Austin nunca teria aprovado a pequena casa. As filhas a convenceram. Arrumaram as suas memórias sobre o antigo consolo da lareira como uma coleção de bricabraque e fecharam as venezianas da casa de Austin, deixando a luz e o que restava dele lá dentro. Era melhor assim para Millie, pois as memórias seriam dolorosas para quem não tinha mais por que viver.

Todas as filhas possuíam casas maiores que a de Austin e muito maiores do que a que ele deixara para Millie, mas vinham procurar a mãe para se alimentar com o seu espírito e as suas lembranças do pai, como fiéis absorvendo um culto.

O juiz tinha dito:

— Quando vocês ficarem velhos e doentes, vão lamentar não ter economizado dinheiro na juventude.

Um dia eles teriam de aceitar o estreitamento do mundo, tinham de começar em algum lugar a fechar os seus horizontes.

Alabama ficava acordada à noite, pensando: o inevitável acontece às pessoas e elas se descobrem preparadas. A criança perdoa os pais quando compreende o acidente do nascimento.

— Vamos ter que começar tudo de novo — disse para David. — Com uma nova cadeia de relações, com novas esperanças a serem pagas com a soma de nossas experiências, como cupons destacados de um bônus.

— Moral de meia-idade!

— Mas nós *somos* de meia-idade, não é?

— Meu Deus! Não tinha me dado conta! Você acha que os meus quadros também são?

— Continuam bons.

— Tenho que trabalhar, Alabama. Por que praticamente desperdiçamos os melhores anos de nossa vida?

— Para que, no final, não sobre tempo em nossas mãos.

— Você é uma sofista incurável.

— Todo mundo é. Só que algumas pessoas são sofistas nas vidas particulares, e outras na filosofia.

— E então?

— Então, o objetivo do jogo é ordenar as coisas para que Bonnie encontre um belo e harmonioso mosaico de dois deuses do lar, quando tiver a nossa idade e investigar as nossas vidas. Olhando para essa visão, ela se sentirá menos enganada por ter sido forçada, num certo período de sua vida, a sacrificar o seu desejo de pilhagens para proteger o que imagina ser o tesouro que lhe transmitimos. Com isso acreditará que sua inquietação vai passar.

A voz de Bonnie chegou da rua solta no ar da tarde evangélica.

— Então até logo, sra. Johnson. Minha mãe e meu pai ficarão muito satisfeitos e contentes quando eu lhes contar como a senhora foi bondosa e encantadora nesta tarde tão agradável.

Ela subiu a escada com ar satisfeito. Alabama ouviu-a sussurrar no corredor.

— Você deve ter se divertido muitíssimo...

— Detestei aquela festa antiquada e estúpida!

— Então para que o discurso?

— Você disse que eu não fui bem-educada da última vez, quando não gostei da mulher — Bonnie fitou a mãe com desprezo. — Por isso, espero que esteja contente agora com o modo como me portei.

— Oh, muito!

As pessoas não aprendem nada sobre seus relacionamentos! Quando esses são compreendidos, terminam. "A consciência", murmurou Alabama para si mesma, "é uma traição definitiva, na minha opinião. Ela só pediu a Bonnie para poupar os sentimentos da senhora."

A criança brincava frequentemente na casa da avó. Brincavam de arrumar a casa. Bonnie era a chefe da família, a avó representava uma menina bem querida de se ter.

— As crianças não eram educadas com tanta rigidez quando as minhas eram pequenas — dizia. Ela sentia muita pena de Bonnie, de que a menina tivesse de aprender tanto da vida antes que esta começasse para ela. Alabama e David insistiam nesse ponto.

— Quando sua mãe era pequena, comprava tanta bala na loja da esquina que eu tinha um trabalho danado para que o pai não ficasse sabendo.

— Então vou ser como mamãe era — disse Bonnie.

— O que você puder dar um jeito de ser — riu a avó. — As coisas mudaram. Nos meus tempos de criança, era a criada e o cocheiro que discutiam se eu devia ou não levar um garrafão para a igreja nos domingos. Disciplina costumava ser uma questão de forma, e não uma responsabilidade pessoal.

Bonnie olhou fixamente para a avó.

— Vovó, conte-me mais sobre a época em que você era criança.

— Bem, eu era muito feliz em Kentucky.

— Continue.

— Não me lembro. Era assim como você.

— Eu vou ser diferente. Mamãe diz que posso ser atriz, se quiser, e estudar na Europa.

— Eu frequentei a escola na Filadélfia, o que era considerado um grande avanço na época.

— E vou ser uma grande dama e usar roupas finas.

— As sedas de minha mãe foram importadas de Nova Orleans.

— Você não se lembra de mais nada?

— Lembro-me de meu pai. Ele me trazia brinquedos de Louisville e achava que as garotas deviam casar cedo.

— Sim, vovó.

— Eu não queria. Estava me divertindo tanto.

— Você não se divertiu depois que se casou?

— Oh, sim, querida, mas era diferente.

— Acho que não pode ser sempre igual.

— Não.

A velha senhora riu. Ela se orgulhava dos netos. Eram boas crianças, espertas. Era muito bonito vê-la com Bonnie, ambas fingindo grande sabedoria sobre as coisas, ambas eternamente fingindo.

— Vamos embora em breve — suspirou a menina.

— Sim — suspirou a avó.

— Partimos depois de amanhã — disse David.

Do lado de fora das janelas da sala de jantar dos Knight,

as árvores se inclinavam com os brotos como pintos de penas novas. O céu brilhante e benévolo flutuava através das vidraças e levantava as cortinas, fazendo-as ondular como velas de barco.

— Vocês nunca param em lugar algum — dizia a garota com cabelo de Shanghai —, mas não os censuro.

— Nós acreditávamos que encontraríamos em um lugar coisas que não existiam em outro — falou Alabama.

— Minha irmã foi a Paris no verão passado. Disse que havia... bem, banheiros ao longo das ruas... Gostaria de ver!

A cacofonia da mesa se lançava em rajadas e se frustrava como um *scherzo* de Prokófiev. Alabama transformava seu *staccato* quebrado na única forma que ela conhecia: *schstay, schstay, brisé, schstay*, a frase dançava pelas circunvoluções de seu cérebro. Imaginava que passaria o resto de sua vida criando formas daquela maneira: adaptando uma coisa a outra, e tudo a regras.

— Em que está pensando, Alabama?

— Formas, formatos das coisas — respondeu. A conversação golpeava sua consciência como o som de cascos sobre o pavimento.

— ... Dizem que ele bateu nela, nos seios.

— Os vizinhos tiveram de fechar as portas por causa das balas.

— E quatro na mesma cama. Imagine!

— E Jay pulando sempre pelas bandeiras das portas, agora não conseguem alugar a casa de jeito algum.

— Mas não ponho a culpa na esposa, mesmo que ele tenha prometido dormir na sacada.

— Ela falou que o melhor aborteiro estava em Birmingham, mas mesmo assim foram para Nova York.

— A sra. James estava no Texas quando tudo aconteceu,

e James deu um jeito de conseguir que a ocorrência não fosse registrada.

— E o chefe de polícia a levou no carro da patrulha.

— Eles se encontraram no túmulo do marido. Correu um boato de que ele tinha enterrado a mulher perto de casa de propósito, e foi assim que tudo começou.

— Tão grego!

— Mas, minha querida, há limites para a conduta humana!

— Mas não para os impulsos humanos.

— Pompeia!

— E ninguém quer vinho caseiro? Eu o filtrei numa roupa branca velha, mas parece que ainda está com um pouco de borra.

Em St. Raphaël, ela estava pensando, o vinho era doce e quente. Grudava como xarope no céu da boca e mantinha o mundo unido contra a pressão do calor e a dissolução do mar.

— Como está a sua exposição? — perguntavam. — Vimos as reproduções.

— Gostamos muito dos últimos quadros — diziam. — Ninguém jamais tratou o balé com tanta vitalidade desde...

— Pensei — disse David — que, sendo ritmo um exercício puramente físico do globo ocular, a representação visual da dança produziria, ao guiar o olho através de uma coreografia pictórica, a mesma sensação de marcar os compassos com os pés.

— Oh, sr. Knight — diziam as mulheres —, que ideia maravilhosa!

Os homens falavam "Aí, garoto" e "Dê o fora" desde a Depressão.

Ao longo dos caminhos dos rostos, a luz dormia nos olhos como velas de barcos de brinquedo refletidas num lago. Os anéis, onde as pedras atiradas da estrada afundavam, se alargavam e desapareciam, e os olhos ficavam profundos e quietos.

— Oh — gemiam os convidados —, o mundo é terrível e trágico, e não podemos escapar do que desejamos.

— Nós também não... É por isso que temos uma lasca do globo oscilando nos nossos ombros.

— Posso saber o que é? — perguntavam.

— Oh, a vida secreta do homem e da mulher... Sonhar que seríamos tão melhores do que somos, se fôssemos outra pessoa ou até nós próprios, e sentir que nossos recursos não foram explorados ao máximo. Atingi o ponto em que só posso expressar o inarticulado, experimentar comida sem gosto, sentir o cheiro de aragens do passado, ler livros estatísticos e dormir em posições incômodas.

"Quando voltar à escola alegórica", continuou David, "meu Cristo vai rir das pessoas tolas que não dão a mínima para a sua triste situação, e se verá na expressão de seu rosto que ele gostaria de um pedaço dos sanduíches dos espectadores, se alguém desprendesse os pregos só por um minuto..."

— Iremos todos a Nova York para ver o quadro — diziam.

— E os soldados romanos em primeiro plano também vão querer um pedaço do sanduíche, mas estarão ciosos demais da dignidade de sua posição para pedirem.

— Quando será exposto?

— Oh, daqui a muitos e muitos anos... Quando eu acabar de pintar tudo o mais no mundo.

Sobre a bandeja dos coquetéis, montanhas de coisas representavam outros seres: canapés pareciam peixinhos dourados, caviar era servido em bolas, manteiga formava rostos e copos gelados suavam com a carga de refletir tantas coisas capazes de estimular o apetite até a saciedade antes da refeição.

— Vocês dois têm sorte — diziam.

— Você quer dizer que nos desfazemos de partes de nós mesmos com mais facilidade que as outras pessoas... Se é que fomos intactos algum dia — disse Alabama.

— Vocês têm uma boa vida — diziam.

— Nós nos treinamos para deduzir uma lógica de nossas experiências — disse Alabama. — Quando uma pessoa chega à idade em que saberia escolher um rumo, a sorte já está lançada e o momento que determinou o futuro já passou há muito tempo. Crescemos baseando nossos sonhos na infinita promessa da propaganda americana. Eu *ainda* acredito que se pode aprender piano pelo correio e que a argila torna a pele perfeita.

— Comparados com o resto, vocês são felizes.

— Eu fico sentada em silêncio olhando o mundo e dizendo para mim mesma: "Oh, as pessoas de sorte que ainda podem usar a palavra 'irresistível'".

— Não podíamos continuar indefinidamente a viver de arrebatamentos — completou David.

— Equilíbrio — diziam —, todos precisamos de equilíbrio. Vocês encontraram muito equilíbrio na Europa?

— Seria melhor que você tomasse outra bebida... Foi para isso que veio, não foi?

A sra. McGinty tinha cabelo branco curto e o rosto de um sátiro, e os cabelos de Jane pareciam um redemoinho de pedra; o cabelo de Fannie era como uma espessa camada de poeira sobre um móvel de mogno, o cabelo de Veronica não desmentia a pintura com uma vereda escura no centro, o cabelo de Mary era cabelo campestre, como o de Maude, e o cabelo de Mildred lembrava os drapeados da escultura *Vitória de Samotrácia* voando.

— E diziam que ele tinha um estômago de platina, minha querida, de modo que o alimento caía num saquinho quando ele comia. Mas viveu anos assim.

— Aquele buraco no topo de sua cabeça era para enchê-lo de ar, embora ele inventasse que o tinha adquirido na guerra.

— Então ela cortou o cabelo, primeiro conforme um pintor, depois segundo outro, até que chegou aos cubistas e camuflou a calva.

— Eu disse a Mary que ela não ia gostar de haxixe, mas ela respondeu que devia conseguir alguma coisa de sua desilusão ganha a duras penas, por isso agora fica assim, num transe permanente.

— Mas não foi o rajá, lhe asseguro! Foi a mulher do dono das Galeries Lafayette — insistiu Alabama com a garota que queria falar sobre viver no estrangeiro.

Levantaram-se para sair do local agradável.

— Matamos vocês no cansaço de tanto falar.

— Vocês devem estar mortos com a mudança.

— É mortal para uma festa ficar depois do início da digestão.

— Estou morta, minha querida. Foi maravilhoso!

— Então até logo e por favor voltem para nos ver nas suas andanças.

— Voltaremos sempre para ver a família.

Sempre, pensou Alabama, teremos de buscar uma perspectiva de nós próprios, um elo entre nós e todos os valores mais permanentes que só percebemos retornando ao cenário de nosso pai.

— Vamos voltar.

Os carros se afastaram da entrada de cimento.

— Até logo!

— Até logo!

— Vou arejar a sala um pouco — disse Alabama. — Gostaria que as pessoas não colocassem copos molhados sobre mobília alugada.

— Alabama — disse David —, se você parasse de despejar os cinzeiros enquanto as visitas ainda não se afastaram totalmente da casa, seríamos mais felizes.

— É uma característica bem minha. Junto tudo num grande monte que rotulo de "o passado" e, depois de esvaziar dessa maneira esse profundo reservatório que foi um dia meu ser, estou pronta para continuar.

Ficaram sentados na obscuridade agradável do fim da tarde, olhando um para o outro através dos restos da festa. Os copos de prata, a bandeja de prata, os vestígios de muitos perfumes. Ficaram sentados juntos observando o crepúsculo fluir pela calma sala de estar, que eles iam abandonar, como a corrente clara e fria de um riacho de trutas.

APÊNDICE

Prefácio à edição brasileira de 1986

Caio Fernando Abreu

Sempre imagino assim: um dia, um daqueles dias longos, chapados e doloridos da clínica psiquiátrica, Zelda sentou e escreveu, como se fosse a voz de outra pessoa, uma frase assim: "Essas garotas pensam que podem fazer qualquer coisa e ficar impunes". Porque provavelmente era isso que diziam todos em volta dela. Ou só pensavam, nem era preciso dizer. Estava escrito nos olhos e no comportamento dos médicos, das enfermeiras, dos poucos amigos que a visitavam, e quem sabe até mesmo no rosto do marido Francis Scott, obrigado agora a escrever e vender ficção como se fossem salsichas para poder sustentá-la na clínica. Linda, jovem, talentosa, com um marido e uma filha lindos — e louca. Pode?

Podia. Tanto que ela estava ali. Depois de escrita aquela frase — imagino sempre —, o resto veio naturalmente: em apenas seis semanas, ela terminou *Esta valsa é minha*. Escrito, como se pode perceber por seu volume e pelo pouquíssimo tempo, de um jato só. Zelda escrevia para se justificar, para se compreender, para se salvar. Para orientar a si própria dentro daquele poço onde tinha caído e que, até hoje, por falta de outra palavra mais adequada, chamamos de "loucura". Nesse sentido, conheço apenas um outro livro assim, autoterapêutico: *The Bell Jar*, o único romance escrito pela poeta Sylvia Plath, pouco antes de suicidar-se, aos trinta e um anos. Ela não conseguiu salvar-se através da literatura. Zelda também não: a loucura voltaria em ondas, com pequenos intervalos, até o incêndio no hospital psiquiátrico que a matou acidentalmente, em 1947, sete anos depois da morte de Scott.

A autobiografia é nítida em *Esta valsa é minha*. De certa forma, parece a versão pessoal de Zelda a tudo que Scott contaria em *Suave é a noite*, onde ela própria aparece com o nome de Nicole. Aqui, ela chama-se Alabama, uma garota ousada do sul dos Estados Unidos que, em plenos anos 1920, emerge de sua vida provinciana para casar-se com o artista David Knight: "David Knight e srta. Alabama Ninguém" — ele grava com a ponta de uma faca na madeira da porta, pouco depois de se conhecerem. E a vida, a seguir, por trás dos prazeres, viagens e bebedeiras monumentais, parece ter sido sempre a luta de Alabama para deixar de ser a "srta. Ninguém". Ou a luta de Zelda para deixar de ser a sombra, embora fascinante, do escritor mais mimado e talentoso de seu tempo.

Alabama/Zelda tem uma filha (Bonnie, no romance; Scottie, na vida real), um caso com um aviador francês (Jacques, no romance; Edouard Josanne, na vida real). À procura da própria face, apaixona-se pela dança: faz aulas alucinadamente, como se fosse possível tornar-se uma grande bailarina. Zelda desistiu: Alabama, não. Persegue seu sonho até a Itália, e é aqui que a loucura aparece sob a forma de metáfora: Alabama quase precisa amputar um pé, de tanto dançar. O pé salva-se, mas ela nunca mais pode voltar a dançar. Para Alabama, a dança está perdida.

Para Zelda, a sanidade mental. O único jeito de prosseguir, então, é tentar compreender o que se passou. Como diz Alabama, no final: "Junto tudo num grande monte que rotulo de 'o passado' e, depois de esvaziar dessa maneira esse profundo reservatório que foi um dia meu ser, estou pronta para continuar".

Esta valsa é minha é principalmente isto: a tentativa, apesar das mutilações, de continuar a vida. Com seus cortes bruscos, seus diálogos derramados e técnica às vezes desconjuntada, mas encharcado de emoção e entrega, o livro flui — para usar a imagem da própria Zelda — "como a corrente clara e fria de um riacho de trutas". Depois dele, é possível compreender melhor aquela velha história de Zelda chamando os bombeiros, trancada num quarto de hotel em Paris. Quando eles arrombaram a porta, perguntando onde era o fogo, ela bateu no próprio peito e disse: "Aqui". E é então, também, que se pode compreender aqueles versos de Ana Cristina Cesar: "Chamem os bombeiros, gritou Zelda./ Alegria! Algoz inesperado". Não, essas garotas não podiam mesmo ficar impunes — dizem todos. E veja só: Sylvia Plath, Ana Cristina Cesar, Zelda Fitzgerald e Alabama Knight — para ficarmos só nessas quatro — não ficaram. Mas deixaram versos, histórias. E lendas. Que talvez não existissem, se elas — bravas garotas — não tivessem ousado ir muito além do mediocremente permitido.

Prefácio à edição americana de 1968

Esta valsa é minha, de Zelda Fitzgerald, é um romance inusitado. Baseado em alguns dos acontecimentos que seu marido, F. Scott Fitzgerald, esboçou para o romance *Suave é a noite*, o livro da sra. Fitzgerald é, entre outras coisas, um tanto complementar àquele volume. Mas não segue exatamente sua estrutura, pois o romance de Fitzgerald só foi publicado em 1934, dois anos depois do lançamento do de sua mulher. Isso pede uma explicação.

A despeito dos méritos ou deméritos do livro da sra. Fitzgerald, trata-se de uma curiosidade literária. Ela possuía pelo menos um talento superficial para escrever, assim como possuía pelo menos um talento superficial para pintar e dançar balé. Ao escrever, tinha noção de fraseado e cor, como se pode observar em ensaios como "Show Mr. and Mrs. F. to Number…". Tanto ela como o marido assinaram seus nomes embaixo desse ensaio, mas parece que foi a esposa quem o escreveu, com o marido o organizando e revisando. É claro que frases bem-feitas sobre os vários quartos de hotel em que o casal esteve não criam uma romancista, mas mostram que Zelda Fitzgerald tinha talento. Compor um romance, com todos os problemas de personagem e forma (sim, forma), é outra história. Mas *Esta valsa é minha* tem vida própria como representação de uma época fabulosa e das pessoas que nela viveram. É mais que uma simples curiosidade literária.

Há muitos livros desse tipo, entre os quais um de especial interesse, porque diz respeito a contemporâneos dos Fitzgerald. O livro é *The Journey Down*, publicado em 1938 por Aline Bernstein, que foi a Esther Jack de alguns romances autobiográficos de Thomas Wolfe. *The Journey Down*, a obra de uma mulher sensível e talentosa, é apenas uma rasa repetição da vitalidade dos textos de Wolfe, mas o romance tem importância para aqueles que desejarem ver Wolfe a partir de um ângulo especial, o de uma mulher que o amava. Outro exemplo de livros desse tipo pode ser mencionado de passagem: o escritor americano Nelson Algren e a autora francesa Simone de Beauvoir escreveram histórias fictícias diferentes sobre seu relacionamento.

Mas, entre todos esses volumes, o de Zelda Fitzgerald se destaca por causa do intenso interesse que os leitores têm hoje em dia pela vida e obra de F. Scott Fitzgerald. Nesse ponto, talvez seja necessário um retrospecto bastante elementar para aqueles que não estão *au courant* da história dos Fitzgerald.

Pouco depois da Primeira Guerra Mundial, Scott Fitzgerald convenceu Zelda Sayre — que ele conheceu quando serviu perto de Montgomery, Alabama, durante a guerra — a casar-se com ele. Estava começando sua carreira de escritor, e as perspectivas eram boas. Maxwell Perkins, o brilhante editor de Charles Scribner's Sons, interessou-se especialmente pelos escritos de Fitzgerald, como também faria mais tarde com Ernest Hemingway e Thomas Wolfe. Em 1920, o primeiro romance de

Fitzgerald, *Este lado do paraíso*, foi um sucesso de crítica e público. Fitzgerald continuou a escrever, muitas vezes se forçando a produzir contos para o *Saturday Evening Post* a fim de ganhar dinheiro para manter o alto estilo de vida de que ele e a esposa logo vieram a depender. Em 1925, Fitzgerald publicou uma de suas obras-primas, *O grande Gatsby*. Os críticos saudaram o livro, mas ele não vendeu. Nove anos mais tarde Fitzgerald publica sua principal obra-prima, *Suave é a noite*, e isso nos leva diretamente à questão de *Esta valsa é minha*.

A simples sinopse de uma vida, como a que foi dada acima, dificilmente inclui os elaborados conflitos e as complicadas tensões da existência dos Fitzgerald. Hemingway compreendeu que naquela família a mulher interferia constantemente no trabalho do marido porque tinha inveja dele. Seus desvairados esforços para se tornar pintora, bailarina e escritora eram parte dessa inveja. Zelda tinha talento em todas essas direções, mas em geral se frustrava ao tentar desenvolvê-lo. Começou a estudar seriamente balé, por exemplo, quando já passara da idade para realizar qualquer coisa de importância nesse campo. Por fim, teve de ser internada para tratamento de esquizofrenia. O que precede parece um esboço de *Esta valsa é minha*, mas este livro não deixa de ser uma autobiografia quase literal.

Até há bem pouco tempo era difícil encontrar muita coisa sobre *Esta valsa é minha*. A biografia de Andrew Turnbull só se refere de passagem ao livro, e até o *The Far Side of Paradise*, de Arthur Mizener, passa por cima do problema. Mas Henry Dan Piper dedica um capítulo a *Esta valsa é minha* no seu recente *F. Scott Fitzgerald: A Critical Portrait*. O sr. Piper faz mais do que explicar o romance; tem boas palavras para dizer a seu respeito.

Na sua história, Zelda Fitzgerald aparece como Alabama Beggs, uma *glamour girl* do extremo Sul. Fitzgerald usou a mulher como modelo da *glamour girl* dos anos 1920 em vários romances e histórias; na verdade, tanto ela como o marido tinham se tornado emblemas da juventude dourada da época. Foi então, depois do colapso, quando estava no Hospital Johns Hopkins em Baltimore, que Zelda Fitzgerald escreveu *Esta valsa é minha* durante o que o sr. Piper caracterizou como "umas seis semanas frenéticas". Ele conta mais sobre a história do livro:

> Era uma tentativa desesperada e comovente de ordenar suas confusas memórias. Era também um amargo ataque a Fitzgerald, que aparecia mal disfarçado no manuscrito sob o nome de "Amory Blaine". (O herói parecido com Fitzgerald de *Este lado do paraíso*.) Ela enviou o livro a Marx Perkins em março sem Fitzgerald saber, e Perkins ficou bastante impressionado a ponto de querer publicá-lo. Além de seus méritos evidentes, tanto ele como Fitzgerald concordaram com os médicos de Zelda que a publicação da obra faria bem a seu ego despedaçado.

É possível, entretanto, que Fitzgerald tenha examinado o manuscrito e mudado algumas das passagens que se referiam intimamente a seu casamento. A esposa no início se recusou a fazer qualquer revisão, mas afinal aceitou fazê-la. E tanto ela como Fitzgerald devem ter revisado as primeiras provas. O nome do principal personagem masculino mudou de Amory Blaine para David Knight.

Quando o livro foi lançado em Nova York no outono de 1932, os críticos não o pouparam. Mas, quando uma edição foi publicada em Londres, em 1953, os críticos britânicos o saudaram com entusiasmo. O *Times Literary Supplement* considerou o texto "vigoroso e memorável" com "força e poder de concretização". Outros periódicos também apresentaram muitos elogios.

Cinco anos antes, porém, a autora morrera num incêndio em um hospital para pacientes com doenças nervosas, sete anos depois da morte do marido, causada por um ataque de coração. Ele não chegou a completar outro romance depois de *Suave é a noite*. Esta é a sua verdadeira obra-prima, um dos poucos livros deste século com um núcleo autenticamente trágico: o homem talentoso que se destrói. A tragédia se torna ainda mais contundente porque a maior parte da ação é intensificada pelo brilho do sol da Riviera.

Suave é a noite foi o primeiro romance de Fitzgerald depois de *O grande Gatsby*, e ele passou grande parte dos nove anos entre esses dois livros escrevendo ou tentando escrever essa história de luz exterior e sombras interiores. Fez várias tentativas falsas, e em diferentes épocas desenvolveu o romance com títulos como "O menino que matou a mãe" e "A Feira Mundial", o último sugerindo o ambiente de romance de costumes de Thackeray. Fitzgerald tinha originalmente a intenção de escrever a história de um técnico de cinema que comete matricídio. Mas, depois de muitos rascunhos (dezessete, incluindo o das provas de prelo), Fitzgerald completou por fim sua história, que veio a ser a do dr. Dick Diver. Vários personagens que aparecem na versão Diver estavam, de um ou outro modo, nos esboços anteriores. O casal que foi por uns tempos Seth e Dina Piper, por exemplo, se transformou depois em Dick e Nicole Diver. Baseados em parte nos amigos de Fitzgerald, os Gerald Murphy, eles também foram caracterizados nas versões posteriores segundo o modelo dos próprios Fitzgerald.

A história desses dezessete rascunhos de *Suave é a noite* — e para os detetives literários esta é uma história de suspense — foi relatada com todos os detalhes em *The Composition of Tender is the Night: A Study of the Manuscripts*, de Mathew J. Bruccoli, que é o organizador do texto da presente versão de *Esta valsa é minha*. Como Fitzgerald trabalhou em *Suave é a noite* depois de ler a história da mulher, o seu livro, segundo o sr. Piper, "tornou-

-se claramente uma defesa de seu casamento". Leitores dos dois livros notarão paralelos entre pontos de ação, especialmente nas cenas da Riviera. É de um interesse absorvente observar as diferenças entre as duas versões, a do marido e a da mulher, sobre o que estava acontecendo.

É claro que Fitzgerald era um grande artista e que a realidade por trás de seu relato tem importância secundária, mas um conhecimento das circunstâncias subjacentes em geral ajuda a compreender melhor uma história, suas motivações, suas atitudes, seus aspectos. Fitzgerald transmuta experiência cotidiana em arte significativa, elevada a um alto nível imaginativo, quando projeta através da tragédia de Dick Diver a da sua própria vida.

É óbvio que *Esta valsa é minha* não está nesse patamar de realização. Porém, merece ser lido como algo mais que um simples comentário sobre *Suave é a noite* ou que um livro análogo ao do marido. Sua escrita é incisiva — o sr. Piper observa que o leitor, que a princípio fica irritado com a prosa, começa a considerá-la menos bombástica depois do primeiro terço da obra — e recorre a muitas atitudes modernas para seus efeitos de estilo. E, além de ser quadro autêntico de uma época, é o retrato revelador de uma mulher. O livro pode não ter a arte perfeita da obra de Scott Fitzgerald, mas há em *Esta valsa é minha* uma corrente de vida passando por suas páginas. Pode ser lido por si mesmo.

Harry T. Moore
Universidade do Sul de Illinois,
12 de outubro de 1966

ESTA OBRA FOI COMPOSTA POR ACOMTE EM ELECTRA E
IMPRESSA PELA RR DONNELLEY EM OFSETE SOBRE PAPEL PÓLEN
SOFT DA SUZANO PAPEL E CELULOSE PARA A
EDITORA SCHWARCZ EM JANEIRO DE 2014